Wie die Fliegen

Samuel Hamen

Wie die Fliegen

diaphanes

Der Blick der namenlosen Linse leckt den Fußboden wie ein Detektiv ohne Grammatik ab. Eine Puppe, eine weitere Puppe, ein Stofftier, eine Vase, Kakteen, ein Fernseher, Kabel, ein Korb, die Ecke eines Sofas, ein Stück Teppich, Krümel der Kekse, Würfelzucker, ein altes Familienfoto.

Yōko Tawada

Immer ist es mir vorgekommen, als ob du auf diesen Spaziergängen jemanden suchtest. Immer hast du deinen Kopf nach rechts und nach links gewendet wie die Eisbären, die die Freiheit suchen, oder etwas, von dem wir nichts wissen, und ich habe dich oft meinen Eisbären genannt.

Marie Luise Kaschnitz

1

Zwölfter August

Es war eine Fliege und nicht ganz einfach, sie von hier unten im Auge zu behalten. Zuerst flog sie ein Dreieck, gefolgt von einer geraden Linie fast bis zur Tür; dann machte sie kehrt, wurde schneller, bevor sie einen Haken schlug. Ich stellte mir vor, wie sie im Flug erstarrt, kadaverschwer in die Kuhle zwischen Auge und Nasenwurzel fällt und doch leicht hin und her wiegt, wenn ich blinzele. Ich lag rücklings, nicht auf dem Boden, sondern im Bett, und während ich jeder ihrer Bewegungen folgte, wurde ihr Summen von den üblichen Geräuschen überlagert: von dem einen Auto, das zum dritten Mal in einer Stunde vorbeifuhr – gut möglich, dass es die eine Brigadier-Streife auf Kontrolle war –, dann vom Krächzen der Raben, die wie jeden Morgen die Kabel umklammerten und sich die Flügel putzten, schließlich vom Fenster im Haus gegenüber, das wieder geschlossen wurde, nachdem Zeug weggeräumt worden war, eine kleine geflochtene Holzschale, ein gerahmtes Foto und Blumen, drei blaue und eine gelbe.

Ich fragte mich, ob ich an diesem 12. August 20.. doch noch ein wenig weiterschlafen und darauf hoffen sollte, statt stets neue Traumbilder intubiert zu bekommen, endlich mal etwas zu vergessen, die Konturen der Bäume etwa, die wie riesige, fahrlässig überdüngte Pilze ihre Schatten auf die Städter warfen, auf diese milbenähnlich emsigen Gestalten. Aber dann krampfte mein linker Arm, und ich wälzte mich zur Seite.

Saul war nach wie vor verschwunden, seine Mutter wütend, sein Vater verzweifelt, die Stadt in trägem Aufruhr. Der Zwischenbericht, den ich gestern losgeschickt hatte, hatte aus vier Worten bestanden: *bin dran, bald mehr.* Bell hatte mit drei Punkten geantwortet. Bleistift und Papier hatte ich gestern Nacht im Wohnzimmer liegen lassen, um den Riss abzupausen, ansonsten hätte ich das Flugmuster nachzeichnen können. Dann hörte ich draußen wieder das Brummen. Es klang, als wäre die Sonne ein Aggregat, das sich nicht mehr ausschalten ließ, ein in Watte gepacktes Gerät, das nicht aufhörte zu pulsieren und zu strahlen, auch jetzt nicht, am späten Morgen meines elften Tages in dieser Stadt. Es war eigentlich schon kurz vor Mittag, seit Stunden lag ich hier.

Die Fliege scherte abrupt nach links aus, dann diagonal nach unten, gefolgt von einem Schwenk. Ich atmete aus. Im Laufe des Tages würde ein Schauer durch die Stadt fegen, begleitet von einem kindisch um sich schlagenden Wind, es war immer dasselbe, meistens erst im Laufe des Nachmittags. Bis dahin blieb mir wie immer ausreichend Zeit, um entlang der Häuser zu spazieren, mit ihren Fassaden, die die Glut der letzten Jahre gespeichert hatten. *die stadt: ein silo,* das hatte ich mir gleich am zweiten Tag notiert und das letzte Wort später mehrfach umkreist, das Gegenteil vom Durchstreichen der Einträge auf To-do-Listen, die ich längst nicht mehr schrieb.

Saul hatte gestern Geburtstag gehabt; ich hatte es vergessen, mich bei seinen Eltern angemeldet, um am frühen Morgen vor ihnen Worte wie *Spuren* und *Fortschritt* zu benutzen und so zu tun, als wüsste ich, was ich täte, während sie wahrscheinlich nur die Zahl 15 im Kopf hatten. Auch wegen dieses Fiaskos war meine Meldung an Bell so kurz ausgefallen.

Der Vater war ein hagerer Mann, und bei jedem Treffen lief er aufgeregt durch die Küche, die so klein, sauber und schmucklos war, dass sie mich an das Innere eines neu gekauften, aber nie benutzten Kühlschranks erinnerte. Jedes Mal, wenn ich die Wohnung betrat, fühlte ich, wie sich eine mir bis dahin unbekannte Traurigkeit in mein Denken schlich, das Gefühl, gebückt in einem Eisfach zu stehen, wenn die Tür sich schließt und die softblaue Innenleuchte erlischt.

Als ich das erste Mal bei ihnen vorstellig geworden war, hatte der Vater mir konfuse Fragen an den Kopf geworfen und sich selbst ebenso konfus Antwort gegeben: »Weshalb sind Sie allein hier? Wir sind der Zweiten Hauptstadt nicht wichtig genug. Wissen Sie überhaupt, wie Sauls zweiter Vorname lautet? Nein, nicht wahr? Er ist nicht verschwunden, aber wenn er abgehauen ist, dann nicht wegen uns!« Dabei war er so schnell durch die Küche geschritten, dass ich Angst gehabt hatte, er würde jeden Augenblick gegen den Tisch stoßen, gegen Stühle oder den autoreifengroßen Obstkorb auf dem Fenstersims. Er hatte so geschwächt gewirkt, dass wahrscheinlich weder Korb noch Stuhl umgefallen wären, sondern er, der Vater, dessen Sohn einfach nicht aufzufinden war. Er hatte mir fast leidgetan.

Gestern hatte ich nach einer Gesprächspause auf das gerahmte Foto von Saul gezeigt, das am Fenster stand: ein Junge von damals wahrscheinlich noch vierzehn Jahren, mit Brille und geschorenem dunkelblondem Haar, das Lächeln leicht schief, der Blick bemüht, suchend. Es war ein gescheiterter Versuch, herausfordernd zu schauen, um sich vor der Kamera zu schützen, vor der er sich offensichtlich unwohl fühlte. Ich hatte gefragt, ob er auf dem Foto das Hemd trage, das er auch am Tag seines Verschwindens angehabt hatte. Ich kannte die Antwort, wollte lediglich einige vertraute und wohlklingende Phrasen zu hören bekommen, ein *ja klar*, ein *ganz genau*, ein *sicherlich*.

– Es ist sein Lieblingshemd, er trug es die letzten Monate fast jeden Tag, ein Geschenk seiner Freunde. Ich konnte mich glücklich schätzen, wenn ich es einmal alle zwei Wochen zum Waschen in die Hände bekam.

Die Mutter war bisher immer diejenige gewesen, die auf meine Fragen geantwortet hatte. Sie hatte auch gestern wieder mit verschränkten Beinen und Armen an der Küchentheke gelehnt, die Gliedmaßen wie zum Gebet umschlungen, zur Abwehr. Ihr Gesicht glich einem Teigfladen, der schon nach wenigen Sekunden aus einer

Pfanne auf ihren Schädel geglitten war. Ich wusste von den Fotos aus ihrer Akte, dass sie eine schöne Frau gewesen war, bevor sie begonnen hatte, sich in den Schlaf zu weinen, während sie auf der Matratze ihres Sohnes lag und mit den Füßen gegen die Kante seines Kinderbettes schlug, das sie doch längst hatten austauschen wollen.

Ich bin mir bewusst, dass ich solche Vergleiche erstens nicht anstellen und zweitens nicht niederschreiben sollte; nach allem, was passiert ist. Aber ich brauchte auch damals schon eine Handhabe gegen die klinische Atmosphäre in diesen Räumen, in diesen Köpfen.

– Als ich das Hemd irgendwann mal gewaschen habe, bemerkte ich drei Löcher auf der linken Seite, ungefähr mittig. Ich stellte ihn zur Rede, er achtet nie auf seine Kleidung, es war nur eine Ermahnung. Wir sind nie streng zu ihm, ich bin nur der Meinung, dass er nicht genug aufpasst. Er wurde wütend, er riss mir das Hemd aus der Hand und zog es sofort an.
– Wie groß waren diese Löcher, Frau Hardt?
– Ungefähr so groß wie bei einem Zigarettenloch.

Der Vater schnappte im Gehen nach Luft. Er verschluckte seine Verzweiflung, Mal um Mal, dann wurden seine Backen prall, seine Augen leer. Er benötigte die Luft, um seinen Körper aufzupumpen. Binnen Sekunden würde er zusammensacken, wenn ich ihm ins Ohr flüsterte: »Ihren Junkie-Sohn werde ich nicht finden. Sie werden ihn nie wiedersehen.«
– Haben sie ein Muster ergeben?
– Wieso fragen Sie das? Es sind doch nur Löcher.
– Du hast doch gesagt, dass sie dich irgendwie an die Schnauze eines Schweins erinnert haben.
– Nein, also schon, aber es waren zwei oben, eins mittig darunter, alle im selben Abstand zueinander, ungefähr.
– Aber eine Schweineschnauze hat doch nur zwei Löcher, wieso hast du denn –
– Sei ruhig, sei bitte einfach mal ruhig.

Ich hatte noch einige Sätze hinzugefügt, damit meine Fragen wie Nachbohrungen wirkten, obwohl sie vollkommen aus der Luft gegriffen waren. Es hatte mich einige Mühe gekostet, nicht zu fragen, ob die Löcher denselben Abstand zueinander hatten wie die Stifte eines Steckers. »Den rammen sie Ihrem Sohn jetzt in seinen Körper, verstehen Sie das? Sehen Sie das?«

Ich schüttelte mich, um der Szene zu entkommen, und wälzte mich auf die andere Seite des Bettes. Das Licht blendete. Später würde ich wieder entlang der pechschwarzen Straßen laufen, für die mir tatsächlich nur das Wort *funkelnagelneu* einfiel. Sie kamen mir so glatt und aufgewärmt, gleichzeitig so kalt und abweisend vor, als hätte man in einer der aufgegebenen Zonen ein wenig Schwärze, die zwischen den Sternen klaffte, ausgeschnitten und damit die Wege hier gepflastert. Ich würde wieder auf diesem Untergrund stehen bleiben und meine Hand an die Fassaden legen, um die Abwärme zu spüren, dann würde ich weitergehen, über den Platz mit den rechteckig geschnittenen Hecken, vorbei an den Häusern, auf deren Mauern man die Tags und Parolen stümperhaft entfernt hatte, entlang der drei Bänke mit Graffiti. Nichts müsste ich zählen und nichts müsste ich lesen; längst kannte ich den blassen Bestand auswendig:

I.L.E. = Ideologie Lüge Error
Wake me up when it's quitting time
& Was & Wäre & Wenn & Rêve & Révo &

Bemerkenswert waren weniger die Sprüche als die technische Ausführung. Die Buchstaben waren äußerst filigran gezeichnet, die Farbwahl für die Flächen ausgewogen, wie bei einem Himmel, einem richtigen Sonnenaufgangshimmel. Erst am zweiten Tag war mir aufgefallen, dass in die Balken des Istgleichzeichens mit feinem Edding eine Szene gezeichnet war: Im oberen Viereck stand eine Handvoll Leute um einen Krater herum, in dessen Kuhle mittig eine Art Fungus zu den Seiten hinauswuchs. Die Leute beachteten ihn nicht. Sie standen aufrecht und blickten hoch, dabei würde der Pilz bald den Kraterrand erreichen. Im unteren Viereck neigte sich der Himmel als Halbrund zur Erde hin, aus dem Pilzwurzelwerk waren verästelte Blitze geworden, die auf die Menschen niedergingen. Sie schauten nicht nach oben, sondern nach unten. Bald schon würden die Blitze sie erreichen.

Ich hatte Fotos davon gemacht, mir die Bilder angeschaut und nur eines gewusst: dass ich diese Stadt immer weniger verstand. Ich konnte den Jugendlichen nachspähen und ihre Gespräche belauschen, ohne zu verstehen, ob sie sich gerade für ein Besäufnis oder ein aufrührerisches Treffen im Untergrund verabredeten. Zuletzt texteten sie vermehrt über das neue Release einer Künstlerin namens *Envir* und über bevorstehende Festivals, zu denen sie reisen wollten, wenn sie eine Erlaubnis ausgestellt bekämen. Wenn sie einander schrieben, ob jemand *Cheevl* besorgen könnte, machten sie sich nicht einmal die Mühe, Codewörter zu benutzen.

Ich war ratlos. Ich konnte mit dem Bürgermeister reden, mit der Verkäuferin oder den Brigadiers. Es brachte nichts, sagte ich mir bereits nach ihren ersten Worten, die in Bücher gehörten, nicht in Münder voller Speichel. Aber ich nickte und lächelte; ich zeigte Zähne, bevor ich weiterging und mir vorstellte, wie sie mir zuschauten, wie ich von ihnen wegging, wie sie blinzelten, sich am Hals kratzten und sich ihrerseits zunickten.

Oft stand ich nach diesen Gesprächen dann irgendwo und spürte die Böen des vorherigen Abends wie Schmirgelpapier auf meiner Haut, gleichzeitig nahm ich bereits den Wind des kommenden Morgens wahr, der wie eine hauchdünne Plastiktüte meinen Nacken entlangstreichen würde. Das, was gerade um mich herum passierte, bekam ich hingegen kaum mit. Ich fürchte, dass dieser fehlgeleitete Spürsinn meine Zeit in der Stadt aufs Genaueste resümiert.

Die Frage war ja nicht, wie ich möglichst schnell von hier wegkäme, sondern wie es sich einrichten ließe, dass alle vergaßen, dass ich nicht hierhergehörte, damit ich den Fall lösen konnte, um anschließend schnellstmöglich wegzukommen und alles zu vergessen.

Eine Auszeit, hatte ich Freunden gesagt, die wenig von mir wissen wollten und sich zufriedengaben mit kurzen Antworten. Mit zweien hatte ich Stunden vor dem Aufbruch in einem Café am umgebauten Dockgelände gesessen. »Ich brauche eine Auszeit von der Geschäftigkeit in der Zweiten Hauptstadt, von den großen Ideen, mit denen hier die Zukunft herbeigeführt wird.« Ich hatte den Satz geflüstert, und sie hatten genickt. Sekunden später war ich mir unsicher, ob ich die Worte tatsächlich so unverblümt ausgesprochen hatte. Die beiden fixierten mich mit zusammengekniffenen Augen. Hätten sie auch nur für zwei Minuten ihren Mund gehalten, hätte ich alle Poren auf ihren Nasen zählen können; so hell und klar war dieser ungute Tag.

Das Hafenbecken war zu einer Art Plantage aufgeschüttet worden, auf der das Wachstum der Pflanzen durch irgendwelche biochemischen Abläufe garantiert wurde, die etwas mit der Kompostierung von Algen zu tun hatten, die wiederum, glaube ich, den Fischfang in der Gegend endgültig ruiniert hatten. Ich hatte mich gehütet, die beiden zu fragen. Sie hätten wieder ellenlange Erklärungen gegeben und die Augen von Kindern gehabt, die jede Gelegenheit nutzten, um ihr Dinosaurierwissen auszubreiten.

Am liebsten hätte ich hinzugefügt: »Ich bin sehr müde, wisst ihr? Seit Jahren renne ich umher, löse Fälle für die Akademie und bringe Leute auf Trab, die noch viel müder sind als ich. Ich möchte gerne weniger sehen. Und mich einfach irgendwo hinlegen, mich niederlassen.«

Bisher war keinem von ihnen aufgefallen, dass ich nach den vielen angeblichen Urlauben, nach all den Reisen nie gebräunt oder erholt gewirkt hatte, weder vor vier Monaten im Osten, als wir die Hintermänner illegaler Rodungen verfolgt hatten, noch davor, als ich ganze 53 Tage entlang der Küstenregionen rund um Nêhve unterwegs gewesen war, um eine ziemlich gerissene Saboteurin zu entlarven. Sie schauten nicht genau hin. Oder sie schauten sehr genau hin und entschieden sich dafür, mich in Ruhe zu lassen. In beiden Fällen sollte ich ihnen dankbar sein. Bis jetzt hatte sich noch nie jemand gemeldet und nachgefragt, wie es mir gehe, ob ich die freie Zeit genieße, ob ich Fotos schicken könne, schlimmer noch: ob sie mich besuchen könnten.

Sie hatten dann natürlich doch angefangen, über die Plantage zu reden, und ihr Know-how wie Geschütztürme in Stellung gebracht.

– Da vorne, da war früher mal die Flussbiegung, eine sehr elegante Landschaft. Dort hat mein Vater als Kind gefischt, die Füße im kristallklaren Wasser, die sattgrünen Baumkronen im Rücken.

In meinem Kopf tauschte ich das Wort *Freunde* durch das Wort *Bekannte* aus, wie damals, an den Flughäfen: Die Anzeigen hatten gerattert, schon waren die Möglichkeiten, sich abzusetzen, andere geworden. Wenn ich Saul endlich gefunden hätte, würde ich mich ohne jede Lust mit meinen ehemaligen Freunden und neuen Bekannten verabreden. Ob ich den Jungen tot oder lebendig aufstöberte, das würde für mich bald schon keine Rolle mehr spielen. Ich würde ihnen die Hand reichen und den Eindruck haben, Türknäufe nahezu identischen Designs anzufassen.

Ich wackelte mit den Zehen, schaute der Fliege dabei zu, wie sie auf der Lampenschirm landete, dann stand ich auf. Auf dem Tisch im Wohnzimmer lag die Mappe, daneben der Block, die Papierschere sowie Papier und Stift, die ich vorhin gebraucht hätte. Ich musste mir die Dokumente nicht durchlesen. Ich kannte die meisten Aussagen auswendig, die Dümmlichkeiten in den Schilderungen der Gemeindeverwalter, die Logikfehler, wenn sie meinten, Rückschlüsse ziehen zu können, die, selbst wenn sie auch nur im Ansatz korrekt gewesen wären, ihren Dienstgrad bei weitem überstiegen.

Noch vorgestern hatte die Assistentin des Bürgermeisters allen Ernstes nachgefragt, ob ich bereits im See »geschaut« hätte. Ich hatte sie angestarrt, bis sie hinzugefügt hatte: »Mit Tauchern, meine ich, wir haben noch vier oder fünf Ausrüstungen, weil die im Zoo ihre Aquarien ständig reinigen mussten.« Ich hatte genickt und war zu ihrem Vorgesetzten gegangen. Seither war ich darauf gefasst, dass sie Gemeindeleute bei mir vorbeischickte, um einen längst aussortierten Taucheranzug abzuliefern. Der See war bereits am zweiten Tag ergebnislos von den Brigadiers abgesucht worden. Seit ich die *A.N.N.* gefunden hatte, hatte sich schlichtweg nichts mehr ergeben. Das war drei Tage her.

Immerhin: Der Riss in der Küchenmauer war nicht auffällig größer geworden. Ich hatte ihn gleich am ersten Tag, den ich in der Wohnung verbracht hatte, bemerkt und mit dem Gedanken gespielt, Anfang und Ende mit einem Bleistift zu markieren, um zu schauen, ob er wachsen würde. Aber das war ein dummer Gedanke, wohlfeil in seiner Symbolik, irgendetwas mit Eltern, Zukunft und dem Vergehen der Zeit, gefährlich nah an der Tragödie, die Sauls Eltern gerade durchlitten. Ich hatte nichts unternommen. Nun stand ich wieder vor dem Riss, dachte darüber nach, ob er nicht doch ein klein wenig gewachsen war, und trank Kaffee aus einem dieser doppelwandigen Gläser, deren Form mich jedes Mal wieder überraschte, wenn ich vergeblich darauf wartete, die Hitze an Daumen und Zeigefinger zu spüren. Womöglich war er ja gar nicht länger, sondern nur breiter geworden, eine Art Passage.

Der Plan für die kommenden Stunden war überschaubar: ein Update bei den Brigadiers am Checkpoint einholen, beim Bürgermeister vorbeischauen und weiter an den Scripts für die Nachstellung des Verschwindens arbeiten, die übermorgen stattfinden sollte.

Dich würde ich erst morgen sehen, zum dreizehnten Mal. Ich erwartete mir erneut etwas von unserem Treffen, das nie eintrat, etwas Diffuses, aber Offenbarendes, einen Effekt wie beim Zoomen in ein Video hinein, wenn der Ausschnitt immer unschärfer, zugleich Pixel für Pixel nahbarer wird, während man immer weniger Ahnung hat, was man sich auf dem Screen überhaupt anschaut.

Du hattest für unser morgiges Treffen wieder das *Café Neunneunneun* vorgeschlagen, einen Laden mit dem gerade angesagten Interieur: Polstermöbel mit nordischen Filigranen, tiefe Sessel, die gefühlt die Hälfte meines Körpers verschluckten, dazu Tischchen, die gerade mal Platz für zwei Tassen boten. Man wurde gezwungen, sich wie ein Insekt zu benehmen, sich wie ein Silberfisch oder eine Knotenameise zu fühlen. Ins seitliche Holz der Tische waren Szenen eines Epos eingelassen, das ich nicht kannte. Vielleicht zeigten sie Menschen, vielleicht auch Tiere; auf jeden Fall trugen die Figuren aufwendig genähte Kleider, die ihre Körper üppig umhüllten und weit detaillierter aussahen als der ganze Rest.

Ach, das sei »le nouveau chic«, ein »baroque climatique«, genauso hattest du dich ausgedrückt, als ich mir die Intarsien beim ersten Besuch im *Neunneunneun* näher angeschaut und dir anschließend von dem Istgleichzeichen berichtet hatte. Die Art, wie du mal französische, mal spanische, mal englische Einsprengsel benutztest, hatte ich von Anfang an so gewinnend wie angeberisch gefunden. Ich glaube, du fühltest dich dabei sehr europäisch. Das sei ja überall zu beobachten, diese »joie des symboles«, diese plakativen Bilderwelten, aber das ließe sich nun einmal nicht vermeiden. Die Leute müssten ihre Verzweiflung und Wut ja irgendwie kanalisieren. Ich hatte genickt und dir nicht von meinen Erfahrungen mit diesen sogenannten Leuten erzählt, in Nêhve, in den Vorsiedlungen der Zweiten Hauptstadt und während der in Akademiekreisen legendären 53 Tage, die mir den ersehnten und längst verdienten Respekt eingebracht hatten.

Als Antwort auf deinen Vorschlag, sich morgen erneut im *Neunneunneun* zu sehen, hatte ich dir vorhin zur Bestätigung einen der Quagga-Sticker geschickt, die du nach unserem ersten Treffen in einer Message benutzt hattest. Bis dahin war mir dieses grobianische, charmant tollpatschige Huftier, das mich mal an einen Esel, mal an ein Zebra erinnerte, unbekannt gewesen. Ich fand meine Ratlosigkeit gegenüber deiner Sticker-Nutzung angenehm und spürte, wie ich lächelte. (Ich fürchte mich auch heute noch vor der Verletzlichkeit dieses Gedankens, aber: Zu diesem Zeitpunkt hast du mir tatsächlich gutgetan.) Du schicktest einen Quagga zurück, der sich mit dem Huf am Kopf kratzte und müde blinzelte: Dieselbe Uhrzeit, ja? Dieselbe Uhrzeit, ja.

Was ich viel früher hätte tun sollen: nicht lügen, als du fragtest, ob alles okay sein werde; die Erinnerungen an meinen Vater ernst nehmen; lernen, die Risse zu lesen; mir klar werden, dass es keine gute Idee war, so oft in den Wald zu gehen, überhaupt so lange an diesem Ort am Rande der Gefahr zu bleiben.

Die Fahrt von der Zweiten Hauptstadt bis hierher hatte gut fünfeinhalb Stunden gedauert. Am Tag, als ich den Auftrag erhalten hatte, war ich am späten Nachmittag losgefahren. Saul war exakt vierundzwanzig Stunden und eine Minute verschwunden, als ich aufgebrochen war. Das Briefing hatte ich erhalten, die nötigen Autorisierungen waren mir ausgestellt worden.

Im letzten Licht des Tages erstrahlten linker Hand ein paar Hügel und die Wäldchen, die das Hottontal wieder zu bieten hatte. An einer Stelle glaubte ich, während ich weiter beschleunigte, junge Zelkoven zu erkennen, dann wurde es dunkel. Als ich Mourget passierte, war es bereits stockfinster. Am Anfang bemerkte ich es nicht, es sind ja selbstverständliche Gesten: bremsen, überholen, beschleunigen, die Spur wechseln. Aber irgendwann fiel mir auf, dass ich nach wie vor hinter demselben Fahrzeug herfuhr.

Ich hörte mir ein weiteres Mal die Audio-Files zum Fall an, unter anderem ein historisches Resümee über die Stadt, eingesprochen von der Urbanistin mit der Fistelstimme. Sie sprach von der Gründung in den 1870er Jahren als Forschungssiedlung durch die Wissenschaftler M. E. Cahill und S. Lowry, von der strategischen Bedeutung des Ortes nicht nur in infrastruktureller, sondern auch in symbolischer Hinsicht: »Ein Junge, der dort (Fistelstimme ging hoch) verschwindet, ist ein weitaus größeres Problem als ein Junge, der woanders (Fistelstimme ging noch höher) verschwindet.« Grundsätzlich gelte die Stadt als Bollwerk im Süden. Sie zeichne sich durch eine stabile Führung aus, auch ließe sich kein nennenswertes agitatorisches Potential unter den Einwohnern ausmachen. Die intakte Natur in der direkten Umgebung mache ihre Attraktivität aus. Die Tatsache, dass sich der Tierbestand nach der Dezimierung so rasch erholt habe, zeichne die Gegend ebenso aus, auch wenn sich südlich die unwirtliche Zone ausbreite.

Den Zoo, bemerkte die Historikerin am Rande, könne ich vernachlässigen, auch wenn er geschichtlich betrachtet für die »strukturelle Identität« der Stadt maßgeblich gewesen sei. Bis auf einige Nostalgiker interessiere sich aber niemand mehr dafür. (So wie du später über den Zoo sprachst, hätte sie dich sicherlich zu dieser Gruppe gezählt.)

Bei ihrer Einschätzung benutzte wiederum die Soziologin im 49. und letzten Audio-File viel zu oft das Wort *Stratifikation* und unterschied die Einwohner gemäß den Kategorien *institutsnah* und *institutsfern*. Alle Vorfälle, ob es sich dabei um Vandalismus, Diebstahl oder Widerstand gegen die Staatsgewalt handelte, wären den »institutsfernen Subjekten« zuzuschreiben. Im Übrigen weiche der in der Stadt abgerufene Content nicht groß von der Nutzung in anderen Distrikten ab. Seit Sauls Verschwinden hätten mehr Leute nach »Selbstverteidigung«, »Umsiedlung Chancen« und »Serienmörder erkennen« gesucht; das seien übliche Reaktionen. In den Audio-Files hatte ich insgesamt die gängigen Infos erhalten, die mir wenig gebracht hatten, weil sie die offiziellen Varianten wiederholten, die selbst uns Mitgliedern der Akademie gegenüber nur in Ausnahmefällen erweitert beziehungsweise revidiert wurden: Die Droge *Cheevl* sei wie überall ein Problem, die Konsumrate aber moderat, insgesamt also zu vernachlässigen. Die allgemeine Konsensrate sei zufriedenstellend, wenn auch ausbaufähig. Konfrontative Aktivitäten der bekannten Gruppierungen und Organisationen seien kaum registriert worden. Andere Distrikte seien in dieser Hinsicht viel heikler. Am Ende wurde mir Glück gewünscht: »In Anbetracht der Lage vor Ort steht einer raschen Aufklärung nichts im Weg.«

Die Stadt selbst kannte jeder, sie war gleichbedeutend mit dem *I.L.E.* Hier wurde die Energie produziert, die einen Großteil der Distrikte mit Strom und Wärme speiste; hier hatte die Forschung einen Triumph wider alle Pessimisten errungen, die der Menschheit keine Zukunft mehr zubilligen wollten. Bei solchen Hymnen wurde der Name der Stadt mit einer Selbstverständlichkeit ausgesprochen, die sich nach Sekunden erschöpfte, um einem Schweigen zu weichen, mit dem ein tiefergehendes Wissen vorgetäuscht wurde, das niemand tatsächlich besaß.

Und in diesem Schweigen hockte ich nach wie vor, seit nunmehr elf Tagen: das *I.L.E.* – ein Rätsel; Saul – ein Junge, der sich sehr gut versteckte oder sich einen außerordentlich dummen Ort ausgesucht hatte, um zu sterben; die Städter – größtenteils fragwürdige Gestalten, die ihren allmählichen Niedergang wahlweise als Akt des Widerstands, der Selbstbespaßung oder der Verzweiflung betrachteten. Die Stadt war nämlich entgegen der offiziellen Verlautbarung keine Bastion, kein Beispiel dafür, wie es gelingen konnte, das Miteinander doch irgendwie aufrechtzuerhalten. Sie war das nächste Opfer, das sich der Zukunft in einem Manöver idiotischen Selbstschutzes verwahrte. Das hatte ich gespürt, als ich inmitten der quecksilbrigen Ruhe stand, die sich in dieser Stadt breitgemacht hatte, auch wenn ich das gegenüber ihren Einwohnern verhehlen musste.

Später, vielleicht nach einer Dreiviertelstunde, hatte ich noch immer dieselbe Distanz zum Auto vor mir gehalten. Wir hatten gerade die Ebenen nahe der Moûer-Nehrung durchquert. In derselben Hundertstelsekunde hatten wir den Blinker gesetzt, dann waren wir nach links ausgeschert. Unsere Reifen hatten die Fahrbahnmarkierung berührt, schon hatten wir den LKW aus dem Nachbardistrikt überholt. Ich war dem Auto gefolgt, gebannt von einer Lust, die ich längst umarmt hatte, innig und selbstvergessen: für eine kurze Zeit nicht mehr selbst entscheiden zu müssen. In dieser Zeitspanne hatte sich in mir die (natürlich irrsinnig gefährliche) Idee eines Einverständnisses festgesetzt, das Versprechen einer solidarischen Synchronie, einen Plan zu haben, fraglos und wie von Sinnen in die gleiche Richtung unterwegs zu sein.

Gut möglich, dass es besser gewesen wäre, das Fahrzeug zu überholen und weit hinter sich zu lassen; gut möglich, dass dieser Schwächeanfall auf der Autobahn der erste Grund war, weshalb ich nicht vorankam. Beim Checkpoint war das Auto genau vor mir gewesen. Aber die Rückscheibe war getönt gewesen. Ich hatte nichts erkennen können. Aber das Gesicht des Fahrers hätte ich, um ehrlich zu sein, auch nicht sehen wollen. Es war sicherlich müde und klein oder wach und groß. Er musste in der Stadt sein.

Nach dem vorläufigen Ende des Quagga-Sticker-Chats trat ich auf die Dachterrasse, um eine zu rauchen. Die Landschaft lag unter einem Glanz, ganz so, als gäbe es hier Berge, an denen das Licht abprallte, um sich in Nebelfeldern an den Hängen zu zerstreuen, als letzter Schimmer einer sehr alten Energie. Aber es gab hier keine Berge, nur deren Glanz. Ich rauchte weitere Zigaretten, nur des Rauchs wegen, der dann doch enttäuschend schnell und blass im Blau über und vor mir zerstob. So vergingen Stunden, in denen sich nichts ereignete.

Später verließ ich die Wohnung und machte einen Spaziergang durch den Wald. Ich hatte noch etwas Zeit bis zur Visite bei den Brigadiers. In den Kronen der Pinien bogen sich die Äste durch, wenn die Wildpapageien sich auf ihnen niederließen. Deren Gefieder glühte auf, wenn sie durch die Lichtflecken flirrten; kurz sah ich polarlichtgrüne oder poolblaue Schweife. Im Halbschatten einer knochig verwachsenen Pinie ästen drei Rehe, eines reckte den Hals und schaute in meine Richtung, ohne das Weite zu suchen. Wahrscheinlich wäre es ganz einfach gewesen, sich ihm zu nähern und ihm mit den Fingerkuppen über die Augen zu streichen.

Wieder musste ich im Schatten der Bäume an meinen Vater denken. Es waren Erinnerungen, von denen ich gedacht hatte, sie während der Ausbildung hinter mir gelassen zu haben: wie wir einen Urlaub an der Küste machten; wie er und ich vor einer untergehenden Sonne am Strand spielten und er mir einen Ball im hohen Bogen zuwarf; wie er mir mit schneidender Stimme zurief, dass ich ihn ja nicht fallen lassen dürfe. Ich starrte voller Eifer und voller Panik hoch: Im Himmel standen zwei orangerote Bälle, zwei Augen, die zurückstarrten. Ich blinzelte. Der Ball schlug dumpf auf und blieb in einer Sandkuhle liegen. Ich versuchte, den Gesichtsausdruck meines Vaters zu erhaschen. Doch ich sah ihn nicht, sah nichts als gleißend schwarze Flecken, die sich zwischen uns schoben. Es hätten – das war wenigstens der Plan der Eltern gewesen – die vier, fünf unbeschwerten Tage sein sollen, die sie sich und uns noch zugestanden.

Ab diesem Tag am Strand hatte ich es meinem Bruder nachgetan und schnell gelernt, die Strenge meines Vaters als einzig verfügbares Angebot von Zuneigung zu begreifen.

Seit ich angekommen war, hatte kein lizenziertes Auto die Stadt verlassen, das wurde mir kurz darauf erneut bestätigt. Am Checkpoint traf ich wieder auf dieselben beiden Brigadiers; der eine schüttelte jedes Mal leicht den Kopf, wenn er mich sah, laut Uniform hieß er Fons. Von seinem Kollegen wurde er Alfons gerufen. Auch jetzt nannte er ihn so, während ich versuchte, diesem zweiten Brigadier in die Augen zu blicken. Er schaute weg, als suchte er etwas, einen Schlüssel, eine Schraube, einen Zahn oder einen Zahnstocher auf dem Boden, etwas Kleines, aber ungemein Wichtiges, das nur er finden konnte, wenn er sich bloß genug anstrengte. Seinen Namen hatte ich noch nicht in Erfahrung gebracht, die Uniform verriet nichts. Er trug weder ein Namensschild noch ein ID-Tag.

Wir unterhielten uns ein wenig; es gab nichts Neues, weder bei ihnen noch bei mir. Alfons/Fons und ich nickten und blinzelten, der andere richtete den Blick nach einiger Zeit auf den Himmel über mir, als schwenkte ein Kran eine schlecht gesicherte Ladung hinter mir hin und her. Mir war nicht klar, ob Fürsorge in seinem Blick lag.

– Erinnern Sie sich an den Abend, als ich angekommen bin?

– Natürlich.

– Wie viele Autos haben den Checkpoint passiert in den zwei Stunden vor und nach meiner Ankunft?

– Das müsste ich nachschauen. Ich glaube, es waren nur zwei. An Ihr Auto kann ich mich noch gut erinnern.

– Könnten Sie das bitte jetzt nachschauen?

Alfons/Fons gab dem anderen ein Handzeichen. Dieser kippelte noch ein, zwei Sekunden mit dem Plastikstuhl, stand dann auf, ging in das gläserne Kabuff hinein und trat kurz darauf mit einem Ordner zu uns. Erst als er sich wieder hinsetzte, fiel mir auf, dass das Stuhlbein einen Riss hatte, hinten links, ungefähr auf mittiger Höhe.

– Du hast mal wieder recht, Alfons, es waren genau zwei.

Nur noch einige wenige Male könnte er sich mit seinem Gewicht auf den Stuhl fallen lassen, bevor das Beinchen hinten links endlich abknicken würde. Es würde klingen, als hätte sich eine ungesund hagere Person das Genick gebrochen.

– Haben Sie die jeweiligen Uhrzeiten der Ankünfte notiert?

– Ja, das Auto vor Ihnen kam um 20:47 Uhr an, Sie dann um 20:49 Uhr.
– Und die Namen?
– Haben wir dieses Gespräch nicht bereits geführt?

Dabei war der Kollege von Alfons/Fons doch gar nicht hager.
– Ich will nur auf Nummer sicher gehen, es geht um den Abgleich mit neuen Ergebnissen.
– Das Auto vor Ihnen hatte die Erlaubnis, sich mit einem Code auszuweisen. Genau wie Sie, wenn ich Sie daran erinnern darf.
– Und Sie können sich auch nicht mehr erinnern, wie die Person aussah, die vor mir ankam?
– Nein, die Scheiben waren getönt, die Unterlagen wurden via Funk übermittelt.
– Eine merkwürdige Art der Zugangskontrolle, wenn Sie mir den Kommentar erlauben. Sie helfen mir nicht wirklich weiter.
– Haben Sie ihn endlich gefunden?
– Nein.
– Dann helfen Sie uns, dann helfen Sie der Stadt auch nicht weiter.
– Es kann nicht mehr lange dauern.
– Seit fast zwei Wochen sind Sie wegen ihm hier. Hat denn wenigstens die Person, die vor Ihnen ankam, etwas damit zu schaffen?
– Das weiß ich nicht. Deswegen bin ich ja gerade bei Ihnen. Und es sind elf Tage, seit elf Tagen bin ich hier.
– Können wir sonst noch irgendwie weiterhelfen?
– Haben Sie weiteres *Cheevl* beschlagnahmt?
– Nein.
– Wenn wir Kontrollen auf den Straßen machen würden, fänden wir sicherlich Unmengen davon.
– Ja, bei jeder vierten oder fünften Person, mit Sicherheit.
– Aber wissen Sie, ich kann die Leute, die es nehmen, verstehen, um ehrlich zu sein. Es wäre keine große Sache, wir gingen der Sache nach, klar, aber es gibt doch Schlimmeres.

– *Cheevl* ist eine illegale Substanz.
– Es ist auch illegal, einen Jungen zu kidnappen, zu vergewaltigen und dann umzubringen.
– Weder wissen wir, ob er gekidnappt oder vergewaltigt wurde, noch, ob er umgebracht wurde. Das sind unnötig brutale Spekulationen. Ich werde ihn finden.
– Er könnte ja auch abgehauen oder untergetaucht sein. Er wäre nicht der Erste, wir haben ein ganzes Büro voll mit Vermisstenmeldungen.
– Ja, die eine Hälfte taucht nie wieder auf, nicht wahr, Alfons?
– Genau, und die andere Hälfte wird später über Erkennungssoftwares bei diesen radikalisierten Trotteln aufgespürt. Wissen Sie, ich denke nun einmal in alle Richtungen.
– Richtig, Alfons, in alle Richtungen denken, das sollten hier mal alle tun.

Mehr noch als die Straßen, die sich aufspalteten, um zwischen Brachflächen wieder zusammenzufinden, als hätten sie über den Umweg ein mir nicht einsehbares Problem gelöst, störte mich die Vegetation in der Stadt: palmenähnliche Hecken, die nicht neben Bänken, sondern genau davor standen und einem die Sicht nahmen, Rankengewächse an Fassaden, die auf mich wirkten, als könnte morgen schon eine bizarr geformte Blüte zwischen dem fleischigen Blattwerk knospen, Bäume, die mittig auf den Bürgersteigen standen und deren Äste umherpeitschten, wenn der Wind mal wieder durch die Straßen zog. Wie fuchtelnde Propheten störten sie die Tagesabläufe der Städter, die furchtsam an ihnen vorbeigingen.

Zu Beginn hatte ich noch darauf gehofft, über die Anhöhen käme ein frischer Wind, der nachts die Seen und Flüsse der Umgebung poliert, bevor er morgens kühl durch die Straßen zieht. Aber es machte keinen Unterschied, ob ich das Jackett, die Uniform oder lediglich ein Shirt anzog, ob ich frühmorgens meine Befragungen durchführte oder die Leute nach Feierabend ansprach.

Die Temperaturen waren jeden Tag außerordentlich, die Windböen heiß und unbarmherzig, die Antworten ohne Ausnahme enttäuschend. Noch nie hatte ich mir inniger eine mehrtägige, ja monatelange Windstille herbeigesehnt.

Im Vorraum zum Büro des Bürgermeisters nickte mir die Assistentin zu und ging zu ihrem Chef, aber ich war mir sicher, umstandslos empfangen zu werden. Sie sprach mich glücklicherweise nicht erneut auf die Taucheranzüge an. Ihr Vorgesetzter hatte immer Zeit, ich hatte jedenfalls noch nie warten müssen. Eigentlich war er niedlich: wie er hinter seinem Schreibtisch stand, ein Dossier in Händen hielt, aus dem Fenster schaute und wieder damit beschäftigt war, so zu tun, als hätte er etwas zu tun. Es sah tatsächlich wie Arbeit aus. Als die Tür ins Schloss fiel, drehte er sich zu mir um. Bis zu dem Zeitpunkt hatte er vor sich hin geflüstert, und ich hatte ihm einige Sekunden lang zugeschaut, aus der Entfernung aber nichts verstanden. Nur seine Lippen hatte ich in der Fensterspiegelung gesehen; zwei fleischige Raupen, die sich stritten.

Alsblum, Robert Alsblum – hier wären wir also wieder. Sie sind vor allem anderen ein Überforderter, wenn ich mir die Beschreibung erlauben darf: als Bürgermeister, als Gesprächspartner, sogar als Körper. Wie Sie da stehen, wie Sie atmen und schwitzen und aus ihrem Fenster auf diese lächerlich ängstliche Stadt blicken. Wieso sind Sie so wütend? Während ich so tat, als würde ich ihm zuhören, als er von Ermittlungsergebnissen und der Vermeidung von Unruhen sprach, stierte ich auf sein Gesicht. Sehr geehrter Herr Alsblum: Was ist nur los mit Ihnen? Die Nasenspitze mit den leichten Verfärbungen, mit den kleinen Flecken und der knubbeligen Form sah ein wenig aus wie die Miniaturversion seiner Visage. Wenn ich noch näher an ihn herantreten würde, würde ich es sehen: Er trug sein eigenes Gesicht auf der Nase. Die Knorpel an den Nasenflügeln links und rechts waren die Wangen, der Mund zeigte sich in der mittigen Falte, die sich über die Rundung zog. Eigentlich hörte ich seiner Nase zu, nicht ihm. Eigentlich nieste sich Robert Alsblum durch seinen erbärmlichen Tag. Er fragte mich noch einmal, ob ich etwas trinken wolle. Ich schüttelte den Kopf und stellte ihm eine Frage, die ich schon gestellt hatte, und bekam eine Antwort, die ich bereits kannte. Ich schrieb sie mir dennoch auf. Womöglich lag die Wahrheit ja in den unterschiedlich schiefen Buchstaben der immergleichen Worte, die ich Tag für Tag notierte.

Keine Auskünfte zur A.N.N. möglich, eine alte Geschichte, Cloudspeicher unzuverlässig, leider ein Dokumentationsfehler, fehlerhafte Protokolle, IT-Meltdown, korrupte Dateien.

Eher aus Überdruss denn aus Interesse fragte ich, ob er im Institut gearbeitet habe. Er beziehungsweise seine Nase antwortete:
– Kurz, fast nicht. Sie sind ja aber nicht wegen des *I.L.E.* hier, nicht wahr? Es hilft nicht, ständig darüber zu sprechen.
– Das sagen alle. Und dennoch tun alle das Gegenteil.
– Das Institut ist das Zentrum der Stadt, das ist alles. Wir sind sehr stolz darauf, gewissermaßen das Abklingbecken von allerlei Zeug, das müssten Sie doch inzwischen herausgefunden haben.
– Soll ich das aufschreiben? Sie betonen einzelne Sätze, als sollte ich sie genau so aufschreiben.
– Nein, gar nicht. Haben Sie heute gut geschlafen? Sie wirken nicht ausgeruht. Aber meine Worte gehen Ihnen jetzt durch den Kopf, das reicht ja schon. Sonst noch was?
– In welchem Bereich waren Sie damals aktiv?
– Ich war leitender Ingenieur.
– Für wie lange?
– Vier, fünf Jahre vielleicht.
– Und danach? Hatten Sie keine Lust mehr auf Maschinen?

– Ingenieure leisten mehr, als nur mit Maschinen zu arbeiten, weit mehr. Aber nein, daran lag es nicht. Ich dachte sogar daran, die Stadt zu verlassen, ich musste nicht hierbleiben, wissen Sie, ich hätte machen können, was ich wollte.
– Was war der Grund für den Wechsel?
– Wir arbeiten hier innerhalb eines Kreislaufs, die meisten wechseln ihre Stelle nach einer gewissen Zeit, Institut und Gemeinde und Zoo, als er noch offen war. Sozusagen ein solidarischer Zyklus. Und jetzt bin ich nun einmal hier. Aber ich habe noch immer glänzende Verbindungen zum *I.L.E.* Gerade jetzt arbeite ich an einer Jubiläumsgabe anlässlich von M. E. Cahills 200. Geburtstag, die im *Bulletin* veröffentlicht wird.
– Als was haben Sie davor gearbeitet?
– Ich war für die Pump– und Kanalisationsanlagen im Zoo zuständig, ich war Leiter der Abteilung. Zoo, *I.L.E.*, Gemeinde, Sie sehen, wie wir uns hier die Hand reichen.
– Dann muss Ihnen die Dezimierung stark zugesetzt haben.
– Sicherlich, aber das gilt ja nicht nur für mich, das gilt für so ziemlich alle in allen Distrikten. Was damals passiert ist, hat überall Wunden hinterlassen, sicherlich auch bei Ihnen. Immerhin, es war ein punktuelles Ereignis, es hat sich nicht wiederholt. Viele Bestände sind auf einem guten Weg.
– Im Wald habe ich vorhin drei Rehe gesehen.
– Sehen Sie? Wir sind die Letzten, die sich beschweren können. Die Wald- und Wiesenzonen rund um die Stadt gehören zu den vitalsten des gesamten Südens. Ein wahres Prachtgelände, noch jedenfalls. Sie kennen ja die Zustände woanders.
– Und welche Arbeit hat Ihnen mehr Spaß gemacht? Institut oder Zoo?
– Entschuldigen Sie, ich will Sie nicht bloßstellen. Aber Ihre Frage zeigt, dass Sie nach wie vor vieles nicht verstanden haben. Sie fragen mich doch auch nicht, ob ich im Freibad lieber auf der Wiese liege oder im Pool

schwimme. Ich mag das Freibad. Punkt. Seine Stimmung, seinen Service.
– Der Zoo gehört also zum Institut. Wollen Sie mir das sagen?
– Ihre Formulierung ist engstirnig. Der Zoo hat vom Institut profitiert. Insgesamt profitierte und profitiert die Stadt von seiner Strahlkraft. Die Konferenzen, die Gäste, das Wissen, das hier seit der Gründung angehäuft wurde, das ist unser Reservoir. Nächste Woche wollen wir das Jubiläum begehen und Cahills Errungenschaften feiern. Das hängt natürlich davon ab, ob Sie den Fall endlich in seiner Gänze aufklären.
– Vermissen Sie die Arbeit im Institut?
– Ein wenig, nicht wirklich. Wie erwähnt schreibe ich für das *Bulletin*. Es ist ein Essay über das *I.L.E.*, in der Tradition der Bücher von Cahill. Ich lege Ihnen die Lektüre seines ersten Buches ans Herz, es handelt von der ersten Expedition hierher.

Seine Nasenspitze pulsierte. Auch diesmal blinzelte er in drei Minuten 45-mal, nicht öfter, nicht seltener, wie bei allen Treffen zuvor.
– Hören Sie, es passiert viel zu selten, dass die Akademie jemanden hierherschickt. Wir haben viele Probleme, am dringlichsten ist sicherlich Sauls Verschwinden. Aber Sie sind tagsüber viel draußen und werden bemerkt haben, wie Ihre Haut spröde wird, wie Ihre Augen tränen, wie die Erschöpfung stündlich und täglich wächst.

Da war sie endlich, seine wahre Stimme, scharf und eindringlich, zugleich verletzlich.
– Sehen Sie die Jugendlichen denn nicht, wie die sich anziehen, was für Musik die hören? Die entgleiten uns, auch das ist eine Form der Radikalisierung, diese Abkehr. Ich weiß, dass die Akademie anders darüber denkt. Aber was brauchen Sie denn noch? Sie sind für geordnete Abläufe zuständig – und jetzt sind Sie hier und brillieren mit Fragen, die für Ihren Fall ohne jeden Nutzen sind. Entschuldigen Sie, aber als Bürgermeister spüre ich, wie die Stadt sich verändert. *Cheevl*, die Graffiti, die Zone im

Süden. Sie wissen doch Bescheid. Sie müssen liefern. Wir vertrocknen an der Mittagssonne. Die Stimmung kippt, die Unruh… –
– Ja, die Unruhen, Sie sprachen davon.
– Gut, Sie erkennen also die Dringlichkeit, bitte machen Sie einfach Ihre Arbeit. Sie klären die Hintergründe auf, alles kommt ans Licht. Und dann beruhigen sich die Leute.

Anschließend lief ich wieder durch die Stadt, und wenn ich den Blick hob, war ich überzeugt, dass sich Leute Sekunden zuvor an offenen Fenstern Bälle zugeworfen hatten. Aber ich sah keine Bälle, meistens war auch nur auf einer von beiden Straßenseiten eine Person am Fenster auszumachen. Um ehrlich zu sein, lehnte sich lediglich eine Frau aus einem Wohnhaus heraus. Sie hatte nur eine Zigarette in der Hand, blies den Rauch unachtsam aus und blickte über die Dächer hinweg. Sie erinnerte mich an mich. Es wäre auch gar nicht möglich, sich dort oben Bälle zuzuwerfen, es sei denn, jemand ließe sie an der Fassade gegenüber zurückspringen, eine Übung, die eine ungeheuerliche Geschicklichkeit verlangen würde. Später beobachtete ich, wie Vögel Formationen übten. Aus der Ferne sahen sie aus wie Kraniche, aber je näher sie kamen, desto unsicherer wurde ich. Es hätten auch Störche sein können, schlimmstenfalls sogar Trappen. Sie versuchten, ein Λ hinzubekommen, schon nach wenigen Flügelschlägen rutschte die linke Seite weg, kurz sah es aus wie ein л, dann wie ein ל. Ich schaute schnell weg.

Es würde nun einmal keine weiterführenden Akten im Gemeinde- oder Polizeiarchiv über einen vergleichbaren Vorfall mehr geben, das hatte auch Alsblum vorhin auf Nachfrage gesagt, in der identischen Tonlage wie die Tage zuvor. Ich befürchtete, dass er sogar bei denselben Worten geblinzelt hatte. »Sie haben nur das, was Sie haben«, hatte er gesagt. Alfons/Fons hatte ähnlich reagiert, als ich vorhin nachgefragt hatte.

Aber ich war doch auf eine Archivnotiznummer gestoßen, kurz *A.N.N.* Es musste eine Akte über einen Fall geben, der meinem stark ähnelte. Wenn ich Alsblum darauf ansprach, bewegte er seinen Kopf, als hätte eine Feder in seinem Genick ihre Spannkraft verloren. Nochmals, Herr Alsblum, die Wahrheit ist doch keine Peinlichkeit, viel eher ein Schutzschild, also bitte: Was verheimlichen Sie mir? Vor etwas mehr als neun Jahren ist bereits ein Kind verschwunden. Ich weiß von dem Zwischenfall, und Sie sind kein Dummkopf, der daran scheitert, zwei Punkte zu verbinden: eine gerade Bahn, ein direkter Zusammenhang, das müssen Sie auch sehen. Aber weshalb rede ich ständig, weshalb muss ich mir die ganze Zeit selbst zuhören, während Sie, der Sie doch ganz offensichtlich mehr wissen, beharrlich schweigen und dabei blinzeln wie ein Irrer?

Die Schiebetür des Hotels glitt lautlos auf, ich bewegte mich ein wenig, schon stand ich im Foyer. Mahum winkte mir zu, aber ich ging nicht zu ihm hin. Ich nickte ihm nur zu und hoffte zugleich, dass er auf die Entfernung nicht hatte erkennen können, dass ich ihm zugenickt hatte. Ich ging über Marmor-, dann über Teppichboden ins *Vis-à-vis de rien* und setzte mich auf den Ledersessel hinten links. Die Bar hatte etwas obszön Nostalgisches, mit dem langen polierten Holztresen, den verspiegelten Getränkefächern sowie dem Geruch von hochprozentigem hochpreisigem Alkohol. Ich fühlte mich wohl; ich wähnte mich in Sicherheit, in einer Zeit, die es gar nicht mehr gab. Im Hintergrund lief dieselbe Musik wie an jedem Abend, den ich hier verbracht hatte; es waren langatmige Instrumentalstücke, als sei es bei der Komposition darum gegangen, in kürzester Zeit maximal effektvoll zu gähnen. Beim dritten Stück unterbrachen Knackgeräusche die Streicher unregelmäßig. Es klang, als hätte man das Mikrofon in den Rachen eines Elches oder Bären gehalten, um dessen Schluckauf aufzunehmen. Ich hatte längst aufgegeben, diese Stücke zu verstehen.

»Ich sehe nicht nur zu viel, ich höre auch zu viel. Ihr doch auch, oder? Wie macht ihr das?«, das hätte ich die beiden gerne gefragt, als wir auf die Plantage geblickt hatten, während der Himmel der Zweiten Hauptstadt über uns so blau, so unendlich blau und glatt geschienen hatte.

Dann hörte ich aus den Lautsprechern eine Stimme, das Murmeln einer Beschwörung in einer Sprache mit viel zu vielen Konsonanten. Als das Stück mit einem langen Schluckauflaut endete, zuckte ich zusammen. Der Kellner, der immer die Nachmittags- und Abendschicht übernahm, verstand das als Aufforderung und kam mit seinem Tablett angeschlichen. Ohne Aufforderung brachte er mir das Getränk, das ich bisher jedes Mal bestellt hatte, einen Kalttee und ein wenig Algengelee. In seinem Gesicht lag das kindliche Bedürfnis, für die Routine, die er mir aufdrängte, gelobt zu werden. »Aber wir sind doch gar kein eingespieltes Team«, dachte ich und sagte es nicht. Stattdessen schüttelte ich den Kopf und bestellte einen Pastis: »Zur Feier des Tages.« Ich versuchte zu lachen.

Dann schaute ich aus dem Fenster, um die Gewohnheit der Leute zu befriedigen, die gerne zu Fenstern hineinschauen, aus denen Leute wie ich herausschauen. Allmählich schmolzen die Eiswürfel im Pastis. Auf der Theke stand eine gläserne Vase mit Obst. Ich fühlte mich ermattet, aber ich fühlte mich auch energetisiert, auf schludrige Weise bereit, der Verzweiflung inner- und außerhalb meines Körpers freien Lauf zu lassen. Und das Eis, wie sehr es mich beruhigte. Ich konnte mir seit dem ersten Besuch im *Vis-à-vis de rien* sicher sein, jedes Mal frisches Eis serviert zu bekommen. Sein Verschwinden führte dazu, dass es weiterging, mit dem Wasser, das aus dem Hahn in die Silikonschalen floss, mit dem Kühlen des Wassers bis zum Gefrierpunkt, am Ende mit meiner Erfrischung. Die Konsistenz eines geglückten Ablaufs fiel zusammen mit dem Schwund der Gegenstände, die genau diesen Ablauf garantierten.

Beim Obst war ich mir hingegen noch immer nicht sicher, wie frisch es war. Der Kellner konnte mich diesbezüglich nicht beruhigen. Vor einigen Tagen hatte er kurz mit mir geredet; er hatte mir mein Getränk gebracht, dabei geschmunzelt und gefragt, ob diese Ecke hier wohl mein Büro sei. Ich hatte ihn stumm und mit möglichst schmalen Lippen angeschaut, und er war zurück zur Theke gegangen, bestürzt, wie ich hoffte. Glücklicherweise machte der Kellner diesmal keine Anstalten, sich mit mir zu unterhalten oder sich mit linkischen Flirtsprüchen lächerlich zu machen.

Das nächste Stück hatte angefangen, und ich versuchte wegzuhören und hörte alles nur noch deutlicher: das Scharren von hunderten von Pfoten auf sandigem Boden, einer Prärie vermutlich, das allmählich zu einem einzigen rhythmischen metallischen Schürfen wurde.

Nach einigen Minuten zog der Kellner einen weißen Handstaubsauger hervor. Ich nahm an, dass er die zweite von insgesamt drei Stufen nutzte, um die Fruchtfliegen einzusaugen, die auf dem Obst saßen und über der Vase schwirrten. (Wahrscheinlich nutzten sie die dritte Stufe erst bei Fleischfliegen.) So wie der Kellner mit dem Gerät durch die Luft fuchtelte, erinnerte er mich an die Frauen, die früher Telefongespräche verbunden hatten. Sie saßen vor riesigen Kisten und zogen Kabel heraus und steckten sie wieder ein, ganze Arbeitsleben lang. Ruckartig ließ der Kellner den Staubsauger nach vorne schnellen, zugleich versuchte er möglichst unauffällig zu sein, um seinem Job als Hotelbarkeeper gerecht zu werden. Ich schaute ihm unverhohlen zu. Es war das erste Mal, dass sein Körper und seine Bewegungen mir gefielen.

Wenn ich die Gesichter der Fliegen hätte erkennen können, hätte ich sicherlich die Todesangst in ihren Augen glimmern sehen. Jetzt nahm er sich die Fliegen vor, die auf dem Obst sitzen geblieben und in eine sture Lethargie verfallen waren. Vielleicht hatten sie eingesehen, dass es keinen Sinn ergab, Sekunden vor dem Tod in eine entblößende Panik zu verfallen. Jedenfalls schluckte der Handstaubsauger des *Vis-à-vis de rien* die sieben Fliegen, die auf den Äpfeln saßen, und bei der letzten Fliege sah ich dann doch plötzlich von ganz nah, wie sie sich wehrte, wie ihre kläglich dünnen Beinchen steif wurden und ihre Flügel sich spannten, wie dieser kleine Körper ein allerletztes Mal eine große Kraft entwickelte. Und ganz, ganz kurz sah es tatsächlich so aus, als könnte diese stolze und eigensinnige Fliege sich befreien und einfach so davonfliegen in irgendeine Ferne, die für sie noch viel ferner als für mich aufglühen würde, aber dann verschwand sie doch im Handstaubsaugerschlund.

Nachdem er den Obstkorb inspiziert und seine Aufmerksamkeit wieder den Gästen zugewandt hatte, bestellte ich noch einen Pastis. Ich kannte seinen Namen seit dem ersten Besuch, weigerte mich aber, ihn auszusprechen. Er nickte mir selbstzufrieden zu, dann griff er nach seiner Eiswürfelzange, die er zwei-, dreimal um seinen Zeigefinger schwingen ließ.

Den restlichen Abend verbrachte ich im *Vis-à-vis de rien*, betrank mich, ergab mich in fast schon meditativer Widerstandslosigkeit der Schluckaufmusik und schaute mal aus dem Fenster, mal Richtung Lobby und Rezeption. Der Teppich saugte das Licht des großen Lüsters auf, die Fasern glänzten dünenbeige, dann beerenrot, ab und zu verschattet durch Gestalten, die ich nicht sah. Unregelmäßig hörte ich Kristall klirren. Es war ansonsten nicht viel los, Mahum lungerte neben der Treppe oder hinter seiner Theke. Er versuchte ungeschickt, mich zu ignorieren.

Ich blätterte in meinem Notizheft: 307952, so lautete die Nummer des internen Dossiers, kurz *INDOSS*. Die *A.N.N.*, die ich in der Bibliothek als lose Kopie in einem Buch gefunden hatte, sprach von diesem *INDOSS*, das neun Seiten umfasste und laut *A.N.N.* einen Vorfall dokumentierte, der sich vor neun Jahren ereignet hatte: Vermisstenfall einer jugendlichen Person, Spurenfund am See, externe Recherche, institutionelle Evaluation, das ganze Prozedere. Sonst nannte die *A.N.N.* keine Details.

Es stimmte natürlich, was die Brigadiers am Morgen gesagt hatten. Die Rate der Vermisstenfälle war seit Jahren hoch, besonders Jugendliche tauchten ab und waren selbst im Rahmen von Recherchen durch die Akademie nur selten ausfindig zu machen. Damit entgingen sie den Umsiedlungen und Rekrutierungen. Der Verlust an Arbeitskräften war ein ernstes Problem; weit schwerer wog aber die Spurlosigkeit, mit der sie verschwanden. Sie verleitete einen zum Fehlschluss, dass diese Menschen mitsamt ihren Ängsten und Plänen schlicht abhandengekommen wären, als wären sie nicht mehr von dieser Welt. Einige wenige waren sicherlich durch irrsinnige Unfälle oder kuriose private Fehden zu Tode gekommen. Diese Fälle zählten nicht. Was aber war mit den unzähligen anderen? Gehörte Saul zu ihnen? Gehörte die Person, die damals verschwunden war, zu ihnen?

Nachdem ich Bell wieder und wieder hinhalten musste, hatte ich mir die Gestalten im Istgleichzeichen nochmals angeschaut: wie die einen nach oben, die anderen nach unten blickten – augenscheinlich nichts als Schwachsinnige, die verlernt hatten, in die Richtung zu schauen, aus der die Gefahr kam. Was, wenn sie ihren Blick trainiert hatten? Was, wenn sie etwas sahen, ja, etwas planten, das mir entging? Verabredungen zum Untertauchen, Absprachen zum Rückzug, Aufforderungen zur Wiederkehr unter anderen Vorzeichen. Die Ähnlichkeiten häuften sich jedenfalls so sehr, dass ich nicht von einem bloßen Zufall ausgehen konnte. Beide Vermisstenfälle standen irgendwie in Bezug zueinander.

Heute weiß ich, dass hinter dieser Einschätzung auch meine Angst stand, mich vor Bell zu blamieren; ihm gegenüber hatte ich mir, das war viel zu lange mein Credo gewesen, keine Schwäche erlauben dürfen. Seit der Ausbildung hatte er jede Gelegenheit genutzt, mich zu demütigen. Jeder meiner Ermittlungserfolge der letzten Jahre hatte seinen Wunsch genährt, mich endlich scheitern zu sehen. Besonders seit den 53 Tagen war er mir gegenüber feindselig eingestellt gewesen.

Damals im *Vis-à-vis de rien* dachte ich hingegen, nur eine triftige Spur zu verfolgen. So oder so, ob aus Angst oder aus Intuition: Ich würde, das wurde mir klar, als ich den Pastis leertrank, mehr über den Fall von vor neun Jahren in Erfahrung bringen. Ich las mir noch einmal die Antworten der Leute durch, die ich zum Fund der *A.N.N.* befragt hatte, und merkte, dass sich meine Schrift bei jeder Person verändert hatte. Wieder und wieder las ich dieselben Floskeln, einmal in einer krakeligen, einmal in einer filigranen Variante:

Daran kann ich mich nicht erinnern.
Das ist eine gute Frage.
Das war vor meiner Zeit.
Finden Sie doch erst einmal dieses Kind.
Wer hat ihm das angetan?

Es war das einzige Problem und die einzige Chance: Wenn ich eine Fliege mit Facettenaugen wäre, würde ich beides gleichzeitig erkennen. Ich hätte mit einem Sehsegment meines linken Auges das Wort *Institutskodex* gelesen, mittig auf der linken Seite. Alle benutzten es ständig, wenn sie keine Lust hatten, mir Antwort zu geben. Zugleich würde ich mit meinem rechten Auge dasselbe Wort auf der rechten Seite lesen. Es wäre wie beim Wasserkraftwerk eines Stausees, das von zwei Zufuhrschächten gespeist wird. Bei mir würde sich die Kraft beider Strahlen bündeln; das wäre mein Denken, aus dem die Wahrheit der letzten Wochen in dieser Stadt hervorschösse, als Notwendigkeit, nicht als Meinung, schon gar nicht als Gefühl.

Wir hatten uns am Tag nach meiner Ankunft kennengelernt. Alsblum hatte deinen Namen erwähnt und den Kontakt hergestellt: »Melden Sie sich bei dieser Person«, hatte er gesagt. »Sie wird Ihnen alles liefern, was Sie benötigen.« Du hattest gleich an diesem Nachmittag Zeit. Du standst vor dem Haupteingang des Zoos und winktest mir so freudig zu, als liefe mir eine Schulklasse hinterher, ehemalige Schüler von dir, die du seit Ewigkeiten nicht mehr gesehen hattest.

– Hallo.
– Hallo.

Natürlich war ich auf der Hut, schließlich kannte ich die hiesigen Netzwerke und Seilschaften noch nicht. Es waren die üblichen ersten Schritte, nachdem man für einen Fall angereist war. Dieses Mal traf ich einen der neuen Kontakte halt in der Umgebung eines stillgelegten Tierparks. Der Vorschlag war von dir gekommen.

– Wieso am Zoo?
– Wieso nicht?
– Es ist ein eher ungewöhnlicher Ort für ein erstes –
– Date?
– Treffen, ich wollte Treffen sagen.
– Gut. Ja, wir können gerne woanders hingehen. Für Sie ist ja alles neu. Aber Sie müssen trotzdem an einem Ort anfangen.
– Wie meinen Sie das?
– Die Stadt kennenzulernen, die Wege zu gehen. Also, ich meine, wenn Sie Saul finden wollen, dann –
– Ja, bitte entschuldigen Sie. Weshalb hat Herr Alsblum Sie als Kontakt empfohlen?
– Gute Frage. Ich habe nichts zu tun. Nein, das stimmt nicht, ich habe Zeit, ich kümmere mich um meine Mutter und kenne die Stadt, die Menschen. Ich bin das, was man als umgänglich bezeichnet.
– Hat Herr Alsblum Sie deswegen empfohlen? Er war in dieser Hinsicht sehr energisch.
– Als, entschuldigen Sie, wir nennen ihn alle so, Als ist nicht so einfach zu durchschauen. Was hat er Ihnen denn über den Ort hier erzählt?
– Nicht viel. Er hoffe, ich sei nicht melancholisch veranlagt, sonst würde ich ständig hierherkommen. Der Zoo sei ein einsamer Ort, traurig und gestrig. Seit der Dezimierung sei hier nichts außer dem Gefühl eines Überdrusses zu finden, eines Endes, das uns die Tiere vorgelebt, vorgemacht hätten.
– Als ist merkwürdig, passen Sie auf. Seit einigen Jahren dreht er immer mehr ab. Es ist mir ein Rätsel, wie er

Bürgermeister werden konnte. Sicherlich hat er Ihnen auch vom *I.L.E.* vorgeschwärmt, von den Errungenschaften, den großen Taten der toten Forscher. Cahill, Cahill, Cahill. Entschuldigen Sie, ich sollte Sie Ihre eigenen Erfahrungen mit ihm machen lassen. Was damals mit den Tieren passiert ist, ist ein Desaster gewesen, besonders für meine Mutter, die hier als Biologin gearbeitet hat.

Bereits bei diesem ersten Treffen hatte ich gespürt, wie sich eine ungeahnte Lässigkeit meines Körpers bemächtigte, sobald ich in deiner Nähe war. Wir waren durch den Haupteingang in den Zoo gelangt und hatten uns an einem von Regen und Wind abgewetzten Info-Board orientiert. Das Gelände war eingeteilt in die *Themenwelten Eis, Savanne, Tropen, Wüsten* und *Wälder.* »Eis«, hatte ich gesagt, und du hattest genickt, als hätte ich eine Prüfung bestanden. Wir passierten eine Freiflughalle für Vögel, ein Nachthaus mit den Terrarien; wir waren allein. Es fühlte sich von Anfang an so an, als würden wir einen Hund spazieren führen, der uns einen gemächlicheren Rhythmus auferlegte, hier ein Halt, während er am hohen Gras schnupperte, dort ein paar längere Blicke in die Landschaft, gepaart mit dem Vorhaben, endlich öfters in die Natur zu gehen. Ich atmete anders. Der Hund hätte keinen wirklichen Namen, wir würden ihn Dog, Chien, Perro oder einfach Hund nennen, je nach Laune oder Wochentag.

Die Stimmung komme mir, wenn ich mir den Kommentar erlauben dürfe, einigermaßen makaber vor, sagte ich, während wir nach dem Rundgang durch das *Eis* die *Savanne* betraten und an einer Steppenlandschaft vorbeigingen, in der der Wildwuchs um sich griff. An staubverklebten Glasfronten meinte ich Abdrücke von Pfoten oder Händen zu erkennen. In der Zweiten Hauptstadt seien diese Gelände längst umfunktionalisiert worden. Ob das hier keine Option sei? Ich benutzte noch das Wort *Abklingbecken,* das Als bisher in jedem Gespräch, das ich mit ihm geführt hatte, verwendet hatte. Ich wollte schauen, wie du reagieren würdest. Dein Nicken wirkte wie das Enkelkind seines Nickens, eine völlig ersichtliche intergenerationelle Abfolge.

Wie klebrig ihr alle von Anfang an zusammengehalten habt. Hätte ich dir früher misstrauen sollen? Oder hätte ich dir ab dem ersten Treffen vertrauen sollen?

– Es kann nicht schaden, eine Sache sich selbst zu überlassen. Dann ist der Ort sozusagen eine Art Mahnmal für das, was damals passiert ist.
– War Ihre Mutter an der Aufarbeitung beteiligt?
– Ein wenig, ja. Vieles ist ja nach wie vor ein Rätsel. Hier war vor allem der Zoo betroffen, also quasi alle Gehege, weniger die Frei- und Wildareale wie in anderen Distrikten. Drei Monate nach der Dezimierung wurde hier alles dichtgemacht, es hat sich einfach nicht mehr gelohnt, für niemanden, weder finanziell noch emotional. Die Resttiere waren verstört, die Mitarbeiter überlastet. Es kamen auch immer weniger Besucher. Einen klaren Grund, mehr wolle sie doch nicht, das hat meine Mutter mir einmal erzählt, nur einen glasklaren Grund für die Geschehnisse, für die ganzen Kadaver, die sie verbrennen mussten, für den beißenden Geruch in ihrer Nase.
– Es gibt doch Erklärungsansätze, die durchaus –
– Ja, ich weiß.
– Eine Störung des Magnetfelds durch Sonnenstürme, eine elektromagnetische Anomalie, die antizyklische Verschiebung der Mondphasen aufgrund –
– Das sind Modellierungen, nachträgliche Verzweiflungstaten von Erklärsüchtigen. Entschuldigen Sie, aber die ganze Sache hat meine Familie ziemlich mitgenommen.
– Viele Menschen leiden heute noch unter dem, was sie damals erlebt haben.
– Das Leben, also nicht meines, das hat meine Mutter vor kurzem gesagt, als sich der Tag der Dezimierung jährte, das Leben, also nicht meines, hat seither seine Leichtig-

keit verloren. Wie synchron, wie koordiniert das alles passiert ist, das ist mir, also mir, nicht meiner Mutter, unheimlich.
– Gewissermaßen eine Absprache zum Absterben.
– Ich weiß, wie das klingt, aber –
– Nein, nein, die Theorie ist weitverbreitet, ich bin ihr bei Einsätzen an den unterschiedlichsten Orten begegnet.
– Und?
– Und was?
– Fällt es ihnen immer leichter oder immer schwerer, sie als Unsinn abzutun?

Meine Muskeln waren in der Tat zu entspannt, als ich dir antwortete. Unser namenloser Hund tat mir schon bei dieser ersten Begegnung viel zu gut.
– Also, das ist eher eine private Auslegung, von der Akademie haben wir eigentlich klare Vorgaben, also: Ich meine, dass es Deklinationen der Trauer gibt, das klingt jetzt etwas großspurig, und ich kenne Sie nicht wirklich, aber das verstehen Sie doch, oder? Jeder legt sich eine Grammatik zurecht, ein Regelwerk, um in Anbetracht der allgemeinen Zerstörung richtig zu liegen, um zu wissen, wo die Fehler einem auflauern, also Fehler im Sinne von Schmerz oder Verzweiflung, Desillusion oder Hoffnungslosigkeit oder sogar Hoffnung, je nachdem. Ich bin viel herumgereist, ich kenne die geschundenen Landschaften und die Menschen, die versuchen, sich dort zurechtzufinden. Und was Sie erwähnt haben, die Prämisse einer Koordination, wenn ich das mal so nennen darf, das ist genau so eine Deklination der Trauer. Dadurch wird dem Ganzen ein Sinn gegeben, aber, nur das noch, dann höre ich auch schon wieder auf, aber weniger als Bedeutung, mehr als Stimmung, als Rhythmus für die eigene Wahrnehmung, als Schutzmaßnahme.
– Meiner Mutter erging es jedenfalls –
– Also, dass Sie mich jetzt nicht missverstehen: Nichts daran ist wissenschaftlich belegt, die Dezimierung war ein Ereignis, multifaktoriell bedingt und höchstwahrscheinlich einmalig. Wir werden wohl nie erfahren,

weshalb all diese Tiere verendet sind. Es geht viel eher um eine Bedürftigkeit, die sich seither zeigt, die selbst Freunde, die ich sehr wertschätze, ins Abseits gedrängt hat. Weil sie daran scheitern, sich eine solche Grammatik zuzulegen. Weil sie nicht mehr richtig, nur noch falsch liegen können, ja? Weil sie Fehler machen müssen, sobald sie sich umblicken, sich umhören. Es setzt ihnen zu sehr zu, die allgemeine Lage, und selbst den Vernünftigsten, den Besten bleibt irgendwann nichts anderes übrig, als sich ihren Fehlern hinzugeben. Und dann werden sie wütend oder zynisch, selbstsüchtig, depressiv oder spirituell oder schamanistisch, also sie wenden die Eskalation nach innen. Entschuldigen Sie, ich hatte oft mit Leuten zu tun, die –

– Nein, nein, ich verstehe Sie nur zu gut.

Du schautest mich eine Sekunde zu lange an. Heute befürchte ich, dass dieser Augenblick uns zusammenbrachte, dass er die Distanz aufhob, die dann am Ende umso schmerzlicher wieder zwischen uns fahren sollte. Bis dahin sollte sie durchgängig kaum merklich sein, unsere Zuneigung.

– Nun gut, entschuldigen Sie meinen Monolog, das sind so meine Hirngespinste. Sie sagten, alle fänden Sie umgänglich. Kennen Sie auch Sauls Familie?

– Ja, die Eltern, aber nur ein wenig, es sind eher schweigsame Menschen, eine sehr nette, aber ruhige Familie. Es ist ganz fürchterlich.

– Ja.

– Und Sie, Sie –

– Ich werde ihn finden, ja, das ist mein Auftrag. Die Akademie hat den Fall zur obersten Priorität erklärt.

– Gut. Sie müssen wissen, dass sich die Dinge in dieser Stadt schnell vermengen. So recht kann ich das nicht erklären.

– Jetzt bin ich auf jeden Fall vorgewarnt.

– Naja, vorgewarnt ist das falsche Wort, ich lebe ja gerne hier, die große Geschichte im Hintergrund, das *I.L.E.*, der Zoo. Wir haben doch irgendwie Glück, nicht wahr?

Trotz allem. Ich hoffe, dass ich für Sie nicht in die Kategorie der Selbstsüchtigen oder Zyniker falle. Die Stadt, der ganze Landstrich hält sich doch gut, also wenn Sie es mit anderen Distrikten vergleichen. Ich würde also eher sagen: Jetzt sind Sie eingeweiht.

Was ich eines Nachts, am fünften oder sechsten Tag, in unseren Chat getippt hatte, ohne die Message abzuschicken: Ich bin mir sicher, glaube ich, nachts jemanden umherschleichen zu hören. Durch die gesamte Stadt streunt er, und ich vernehme jede seiner Bewegungen. Er möchte Teelichter anzünden, die überall rumstehen und runterhängen; dafür benutzt er eines dieser langstieligen, biegsamen Feuerzeuge, das aber nur bei jedem siebten oder achten Versuch aufflammt. Sicherlich tut er das alles aus gutem Grund; es geht ihm nicht um Brände. Ich höre ihn ganze Nächte hindurch, das Klicken, dieses kurze mechanische Zucken im Innern seines kaputten Feuerzeugs. Es hört gar nicht mehr auf. Am Ende, also am Morgen, weiß ich nicht, ob es hell wird, weil es ihm gelungen ist, alle Lichter anzuzünden, oder ob er aufgeben muss, weil es hell wird.

Vorgewarnt, eingeweiht, ausgegrenzt – ich fühlte mich jedenfalls nackt, vorgeführt, jetzt, da ich an unser erstes Gespräch zurückdachte, während dem ich so fahrlässig von den Deklinationen der Trauer schwadroniert hatte. Wir hatten uns weniger als eine Stunde gekannt. Ich trank den vierten Pastis leer, stand auf und versuchte, ohne zu torkeln zu Mahum in die Lobby zu gelangen.

Ich würde, wenn er sich den Kommentar erlauben dürfe, die ganze Angelegenheit komplizierter machen, als sie sei, bloß um am Ball zu bleiben – das hatte er gesagt, als ich nach dem Check-in zum zweiten Mal an meinem ersten Abend an der Rezeption gewesen war. Nach der Anmeldung bei Alfons/Fons und dem anderen Brigadier war ich gleich zum Hotel *Chez who?* gefahren. Die Akademie hatte mir auf unbestimmte Zeit ein Zimmer gebucht. Mahums Faible für sprachliche Pointen, für Metaphern und Phrasen hatte ich von Anfang an unnötig, ja verdächtig gefunden. Es gab Menschen, die Asphalt sagten und Beton meinten; Mahum war einer von ihnen.

Seinen Namen müsste ich Englisch aussprechen, das hatte er gleich zur Begrüßung gesagt, obwohl ich seinen Namen zu dem Zeitpunkt noch nicht einmal gekannt hatte. Ma als *May*, hum als *hem*: *Mayhem.* Anschließend hatte ich mich beschwert, ohne den in seiner Offensichtlichkeit unerbittlich dummen Namen auch nur ein einziges Mal zu benutzen: Man hätte mir den falschen Schlüssel beziehungsweise den richtigen Schlüssel zu einem Zimmer mit einer falschen Reservierung gegeben. Eine Person sei im Raum gewesen, sie habe geschlafen, rücklings, mehr hätte ich nicht erkannt, bevor ich das Licht wieder gelöscht und das Zimmer verlassen hätte. Ich würde hoffen, den Gast nicht gestört zu haben, hätte auch keine Ahnung, wie er aussähe. Nur seine Füße hätte ich beim Eintreten gesehen. Besonders den linken Fuß würde ich so bald nicht vergessen. Ihm hätten nämlich zwei Zehen gefehlt, der große und der zweite Zeh, eigentlich habe ihm, um ehrlich zu sein, der halbe Fuß gefehlt.

Mahum hatte zu dem Zeitpunkt noch immer nichts gesagt. Er hatte mich nicht einmal unterbrochen, als ich unnötig detailreich von der Form und Farbe des Klumpfußes berichtet hatte. Oftmals verraten Leute ihre Ungeduld oder Herablassung durch die Art, wie und an welcher Stelle sie Gespräche unterbrechen. Mahum hingegen hatte mich einfach nur angeschaut, bis zur formvollendeten Stumpfheit darauf trainiert, Gästen zuzuhören. Ich hatte kurz geglaubt, ihn einschätzen zu können. Die Tiefe der Augenhöhlen, die Muskeln am Hals, die hohe Stirn, die auffällig ovale Schädelform, alles hatte mich an mein Studium an der Akademie erinnert, an die Grafiken und anatomischen Zeichnungen von den menschlichen Gesichtern, die mit fein beschrifteten Linien versehen waren. Spitz und schmal wie Akupunkturnadeln stachen sie von links und rechts in die papierne Haut. Während ich noch überlegt hatte, wie es wohl aussähe, in der Lobbyluft Mahums Gesicht zu beschriften, hatte er angefangen, Grimassen zu schneiden, die unmöglich einzuordnen waren. Entweder hatte er mir damals die größte Lüge aufgetischt oder die reinste Wahrheit offenbart. Für beide Varianten war ich, das ging mir erst Tage später auf, nicht gerüstet. Er hatte von Schuld und Verzeihung geredet, von Stress und Pausen. Dann hatte er den Spruch mit dem Am-Ball-Bleiben gebracht. Ich war nur vier Nächte im Hotel geblieben, um anschließend auf Vermittlung von Alsblum in die Ferienwohnung zu ziehen.

– Mahum, Mahum, Mahum. Und?
– Wie geht's, wie steht's?
– Ist das nicht offensichtlich? Bist du bereit für die Nachstellung?
– Ja, ich übe meine Sätze jeden Abend.
– Kennst du den Weg, den du gehen musst?
– Ja, das wird ein Klacks für mich.
– Gut, gut, du weißt, wie wichtig die Nachstellung ist, alle müssen es ernst meinen. Die Akademie erhofft sich wertvolle neue Erkenntnisse.
– Ich kenne die Route in- und auswendig.
– Das hast du mir schon erzählt, weiß ich, aber sag mal: Seit wann bist du hier?
– Seit fünf Jahren, mein Umsiedlungsantrag wurde nicht sofort angenommen.
– Warum nicht?
– Ich erhielt keine Begründung, nur die Ablehnung. Erst ein Jahr später durfte ich dann einen Folgeantrag stellen. Sie haben großes Glück, Sie dürfen einfach überall hingehen, nach Belieben.
– Wieso sollte das ein Glück sein?
– Ich bin im Westen groß geworden, nahe des Deltas. Die Akademie hat Sie sicherlich schon einmal dorthin entsandt.

– Aber das verstehe ich nicht: Der gesamte Distrikt hier ist ziemlich genau vor fünf Jahren zur prekären Zone deklariert worden. Wieso will man dann noch hier leben?
– Die Stadt hat ein Renommee, das erleben Sie doch gerade am eigenen Leib. Und es ist vieles besser als im Westen, diesem Moloch, einem Kessel voller –
– Aber der Wind hier –
– Im Hochsommer, wenn sich dort die Bakterien in den Flussläufen ausbreiten, der schleimige, krisselige Film auf dem Wasser, dann noch die Überschwemmungen, dann ist jedes –
– Dieser verdammte Wind.
– Im späten Herbst ist die Luft hier manchmal angenehm, für einige Tage. Es war im Westen unmöglich, sich an das Wasser zu gewöhnen, egal zu welcher Jahreszeit.
– Im Herbst bin ich längst weg. Kannst du frei reden?
– Wie meinen Sie das?
– Du weißt, wie ich das meine. Weißt du, du bist eine der wenigen Personen, die nichts mit diesem Institut zu tun haben, du bist der Hotelboy, der Page, der Rezeptionist.
– Ja.
– Ein Schatten sozusagen, eine Nebensache. Du bist unbefangen, Mahum, du weißt es bloß nicht. Also?
– Ich versuche meine Arbeit zur vollsten Zufriedenheit meines Arbeitgebers zu erledigen.
– Sei mal ehrlich, du kennst diese Leute viel länger als ich: Was glaubst du, was sie da machen?
– Sie kümmern sich um die Energiegewinnung, die Hälfte aller Distrikte wird durch das *I.L.E.* versorgt.
– Mahum, das sind offizielle Worte: *Energiegewinnung, Ressourcenschonung, Institutskodex*. Aber kennst du die inoffiziellen, die, die dir niemand vorkaut?
– Ich gebe mein Bestes. Das sollten Sie auch tun. Springt Ihnen denn nichts ins Auge? Und bitte hören Sie auf, meinen Namen falsch auszusprechen, Sie tun es absichtlich.
– Mahum, deine Ausflüchte sind auch Antworten.
– Soll ich die Pastis aufschreiben wie die letzten Getränke?
– Auf keinen Fall, offiziell trink ich keinen Alkohol.

Mäßigungsvorgabe, Akademiegrundsatz, noch so Worte, die du sicherlich magst.
– Gut, dann schreibe ich die Pastis auf eine separate Liste. Ich finde es übrigens nach wie vor schade, dass Sie nicht mehr bei uns im Hotel weilen.

Von Mahum und dem Kellner des *Vis-à-vis de rien* verabschiedete ich mich mit einem Winken, das alles hätte bedeuten können: Wir sehen uns morgen. Hören Sie bloß auf. Was weiß denn ich! Ich textete dir, dass ich deine »berüchtigte Umgänglichkeit« gebrauchen könnte, und fragte, ob wir uns noch sehen könnten. Du antwortetest nicht.

Ich ging zur Wohnung und war glücklich, unterwegs niemandem zu begegnen. An die Wand über dem Wohnzimmertisch hatte ich eine Karte der Stadt und der umliegenden Areale im Maßstab 1:35.000 gehängt. Die Hemdfundstelle war mit einem gelben Pin markiert, zusätzlich zu anderen Orten, die Sauls letzte Tage präzisierten: wo er zuletzt gesehen worden war, wo seine Eltern wohnten, welche Routen er regelmäßig genommen und wo er mit seinen Freunden die Nachmittage verbracht hatte. Mit roten Reißzwecken waren die Orte markiert, an denen wir uns getroffen hatten: im Zoo, natürlich hier in der Wohnung, im *Café Neunneunneun,* in dem wir uns morgen Abend endlich wiedersehen würden, einige Male im *Vis-à-vis de rien.* Es war eigentlich peinlich, aber mir gefiel damals, dass du mich zum Kitsch verleitetest: Die dunkelroten Pins zeigten an, an welchen Orten wir bereits miteinander geschlafen hatten.

Während ich mir einen fünften oder sechsten oder siebten Pastis einschenkte, betrachtete ich die Karte. Übermorgen würde Mahum den Weg, den Saul am Tag seines Verschwindens genommen hatte, nachgehen. Er war von zuhause losgegangen, durch das Zentrum gelaufen, hatte sich bei den Industriebrachen und Assembly-Hallen, die das bebaute Gebiet im Süden beschlossen, mit zwei Leuten aus seiner Clique getroffen und war dann in den angrenzenden Wald gegangen, um irgendwann am See aufzutauchen und dort sein Hemd zu verlieren beziehungsweise zu hinterlegen.

Ich legte den Kopf schief, ging einige Schritte nach vorne, dann zurück. Wer einen Hund von der Seite betrachtete, sah zuerst die Schnauze, den Schädel, dann den Nacken, die Wölbung des Schultergelenks, die Flanke, schließlich die Wölbung des Kniegelenks. Lugte der Hund wieso auch immer nur so halb hinter einer dieser stachligen Palmenhecken hervor, die in der Stadt an den entlegensten Orten wuchsen, dann wüsste ich trotzdem, wie es endete. Die Form drängte sich auf. Auch auf alle Sätze der Städter, die viel zu langen und die anmaßend kurzen, traf dieser Befund irgendwie zu. Sie schienen alle einer Gestalt oder Idee verbunden zu sein, der sie sich Satz für Satz und Schritt um Schritt stärker verpflichteten. Sauls Bewegungsmuster, das ich anhand der Aussagen zusammengestellt hatte, führte, dachte ich, während ich die Augen zusammenkniff, mit einer völlig natürlichen, aber nicht nachweisbaren Notwendigkeit zum *I.L.E.* Ich kannte bloß noch nicht die Gesetzmäßigkeit, der die Route entsprach. Und ich hatte nicht mal den Ansatz eines Grundes, Bell zu bitten, mir weitreichendere Lizenzen auszustellen, die auch das *I.L.E.* umfasst hätten.

Die Details bezüglich des Hemdes ließen mich nicht los, wegen des Falls von vor neun Jahren, aber auch wegen der Ausführungen von Sauls Mutter am Morgen. Das Hemd ihres Sohnes war am Ufer des Sees gefunden worden; es war ein beliebtes Modell, entsprach mit dem hohen Kragen, der sich zum Mundschutz hochziehen ließ, dem hiesigen Standard. Ich hielt es hoch und kontrollierte das Etikett. Seit fünf Jahren empfahl die Zweite Hauptstadt für diesen Distrikt bestimmte Schutzkleidung. Winde trugen die Partikelströme mit erhöhten Schadstoffen aus dem Süden, vor allem aus der Sierenze-Region vermehrt in diese Gegend. Die höhere Temperatur bei gleichzeitig niedrigerer Luftfeuchtigkeit führte zu den gängigen

Reaktionen: vom harmlosen oberflächlichen Jucken der Haut über Wunden, die schlecht verheilten, hin zu chronischen Augenreizungen und Schleimhautentzündungen. »Wir vertrocknen an der Mittagssonne«, wie Als es ausgedrückt hatte. Saul hatte das Hemd angeblich seit Monaten getragen, aber der Stoff zeigte bis auf einige Schlammspuren, die vom Fundort am See herrührten, keine Abnutzungserscheinungen. Ich zog mein Shirt aus, das Hemd an, ging ins Bad, machte Licht und drehte mich vor dem Spiegel im Kreis; überraschenderweise stand es mir. Nach der dritten Drehung hielt ich inne, ging näher an mein Spiegelbild und schaute mir die Seitennähte an. Das Hemd hatte keine Löcher. Ich ging wieder ins Wohnzimmer, setzte mich hin, ging zurück ins Bad, machte das Licht aus, wieder an und drehte mich erneut im Kreis, diesmal in die andere Richtung.

Heute bin ich amüsiert, wie sehr mich dieses im Hinblick auf das Kommende mehr als nichtige Detail damals euphorisierte.

Die Stimme von Sauls Mutter brach an dieser Stelle auf der Aufnahme; beim Wort *irgendwann* hörte ich, wie sich in ihrem Rachen oder in ihrer Erinnerung ein Riss auftat:

Als ich das Hemd irgendwann mal gewaschen habe, bemerkte ich drei Löcher auf der linken Seite, ungefähr mittig / ich das Hemd irgendwann mal gewaschen habe, bemerkte ich drei Löcher / drei Löcher auf der linken Seite, ungefähr / linken Seite, ungefähr //

Dreizehnter August

Es war nach Mitternacht und dunkel und meine Lage nicht mehr so ausweglos, und ich ging Richtung See, betrunken und beseelt von einer Freude, die ich seit Tagen nicht mehr gespürt hatte: eine Fährte, eine richtige Fährte. Ich würde noch warten, bevor ich ein Memo in die Akademie schickte, und noch deutlich mehr in Erfahrung bringen. Es sollte eine geballte Faust sein, ein präziser Schlag in Bells Gesicht. Das Hemd muss am Fundort deponiert worden sein – und zwar von jemandem, der Spuren verwischen, der vom tatsächlichen Tathergang ablenken wollte.

Ich verstand es nicht: Es war bereits dunkel, trotzdem wurde es immer dunkler. Gleich hinter der Straße mit den Verandahäusern ging ein Pfad ab. Während ich mit den Händen an den Sträuchern entlangstrich, prallgrün die einen, dürrbraun die anderen, kam mir der Mann mit dem kaputten Fuß in den Sinn. Ich wusste von der Liste am Checkpoint, die Alfons/Fons führte, dass kein Auto die Stadt verlassen hatte und die Abschottung nach wie vor auf höchster Stufe in Kraft war. Ich hatte mir die Verlautbarung am Morgen nochmals bestätigen lassen. Es gab nur diesen einen Ein- und Ausgang, der mit einer selbst für Akademie-Maßstäbe beeindruckenden Technik kontrolliert wurde. Mahum behauptete stur, dass er bei der Registrierung »nicht so gut aufgepasst« habe und mir lediglich einen Namen nennen könne: Davis Ley. Er hatte sich nach einem Datenbankabgleich als inexistent herausgestellt. Der Typ musste also noch hier sein, aber ich sah niemanden hinken, weder im Supermarkt noch im Park, weder im Wald noch vor dem Fabrikgelände. An all den Tagen, die ich im *Vis-à-vis de rien* verbracht hatte, hatte niemand, der hinkte, das Hotel betreten. Mahum hatte zudem vorhin den letzten Schlüssel, der seit dem Fauxpas mit dem Zimmer neu vergeben worden war, entgegengenommen. Das altmodische Board hing genau hinter der Rezeption; ich hatte alles von meinem Platz in der Bar aus gesehen. Auch war das Zimmer, in dem ich auf Ley gestoßen war, seit Tagen wieder frei. Ich hatte eine der Reinigungskräfte gebeten, mir die Tür zu öffnen. Also: Er war nicht mehr im Hotel, er lief nicht durch die Stadt, er konnte nicht einfach so verschwinden, er konnte nicht einmal normal gehen. Wo war der Mann mit dem Klumpfuß geblieben?

Drei Zehen, zwei Hemden, ein Junge.

Schon lag der See vor mir, wie eine Plastikschaufel, die Eltern auf Spielplätzen liegen ließen, weil sie daran glauben wollten, dass in ihrer Nachbarschaft nicht gestohlen wurde. Auf der benzinschwarzen Wasserfläche spiegelte sich der Mond. Ich zog die Schuhe aus, tunkte die Zehen ins Wasser und ließ mich rücklings auf das Gras sinken.

Ich dachte an dich, wie du mich am Ende unseres ersten Treffens im Zoo angeschaut hattest: mit einer amüsierten Zärtlichkeit, die mir augenblicklich jede Wehrhaftigkeit genommen hatte; ich dachte an Saul, wie er in seinem löchrigen Hemd durch die Wälder der Umgebung strich, wahnhaft verfangen in der Idee, sich absetzen zu müssen von allem, was die Stadt in einer Angststarre hielt, die ich in der Form noch nirgendwo anders gespürt hatte; ich dachte an meinen Vater, an den Blick, den er mir zugeworfen hatte, nicht an jenem Tag am Strand, sondern durch meine ganze Kindheit hindurch, an seine Augen, die mir nichts gaben, weder Wärme noch Geborgenheit, als wollte er mich vorbereiten auf die kommenden Jahre, von denen er ahnte, dass ich sie nur überstehen würde, wenn ich wüsste, was das Absterben der Sehnsüchte in einem Menschen anrichten kann; zuletzt dachte ich an die Risse, die sich einer nach dem anderen auftaten, als bräche allmählich etwas hervor – eine Gefahr, die zugleich ein Geschenk war, weil sie mir endlich aufzeigen würde, in welchen Zuständen der Blendung ich mich eingerichtet hatte.

Mir wurde schlagartig schlecht. Ich drehte mich zur Seite und übergab mich. Als ich nach einem Taschentuch suchte, fiel mir auf, dass das schmale Buch von M. E. Cahill in der Innentasche des Jacketts steckte. Ich hatte mir den Essay an einem der ersten Tage zugelegt, weil die Städter ihn ständig erwähnten. Aber mehr als das Impressum (Ersterscheinung 1890 in Harmont, 47. Auflage, veröffentlicht in einem um die Jahrhundertwende recht populären Wissenschaftsverlag) hatte ich bisher nicht gelesen. Vor allem Als empfahl mir den Text immer wieder. Beim Treffen am Morgen hatte eine neue, fast schon flehende Nachdrücklichkeit in seiner Stimme gelegen. Mir war nicht klar, ob er mich mit seinem Drängen unterstützen oder behindern wollte.

1.a. Die Scham sitzt mir im Nacken, da ich an diesem elften Dezember die ersten Zeilen dieses Rechenschaftsberichts niederschreibe, nach gut neun Monaten, die wir nun schon an diesem sonderlichsten Orte weilen. Ich bin der Überzeugung, dass die Arbeit, die wir geleistet haben, nicht unwert ist, vor dem Vergessen bewahrt zu werden, in der Hoffnung, mit meinen Worten nicht vor Fremden zu stehen, sondern vor Freunden, die das Gültige im Dienste des Fortschritts erweitert sehen wollen. Jedes einzelne Wort verrät meine beherzte Überzeugung, der Menschheit einen Dienst zu erweisen, der meine Seele erzittern lässt und sie zugleich überragt. Gerne unterziehe ich mich folglich der Verpflichtung, den Gleichgesinnten jene Eindrücke wiederzugeben, welche die ernste Majestät dieses Ortes mir und der Truppe beigebracht hat.
1.b. Seit den Aerial-Aufnahmen, die uns im Spätsommer 1878 erreichten, war das Ziel unserer Neugierde gesteckt. Das kaum zugängliche Plateau, das bis dahin ein braches Randgebiet ohne jede Geltung gewesen war, war mithilfe des Ballons des wertgeschätzten Pioniers Frank Philip erstmals

in den Blick geraten. Das Abbild des Oberflächenreliefs, eingeätzt auf eine chemisch beschichtete Platte, erregte die Institutionellen auf ungeahnte Weise. Und es konnte nicht fehlen, dass die Anblicke allgemeines öffentliches Aufsehen erregten. Monatelang wurde die Anomalie, derer wir auf den drei fotografischen Tafeln ansichtig wurden, in den kundigsten Blättern der Hauptstädte debattiert. Es sei ein Fleck, herbeigeführt durch stümperhafte Mitarbeiter anlässlich der Aufbereitung der Tafeln; es sei ein herkömmlicher Abgrund, den Wolken ungünstig beschattet hätten; es sei eine gewiss unbekannte, letztlich aber gewöhnliche Form von Flächenmoos.

1.c. Der Vorstellungskraft der Ratlosen waren Flügel gewachsen. Einstweilen erhob sie sich allerorten über die Köpfe der Hauptstädter, um sich durch die Luft zu bewegen, leicht wie eine Möglichkeit, unbeholfen wie eine Kinderantwort. So viel sei an dieser Stelle in klarster, zugleich entschieden wohlwollender Weise gesagt: Sie alle sind fehlgegangen in ihren mitunter maßlosen Hypothesen bezüglich der Materie.

1.d. Eine meiner Repliken, in der ich auf eine Einlassung von S. Lowry referierte, führte uns beide schließlich zusammen. Sein tüchtiges Wissen war Seite für Seite gekleidet in exquisiten Witz, auch band seine nahezu übermenschliche intelligente Kraft die Aufmerksamkeit eines jeden Zuhörers und Lesers; so erging es gewiss mir, als unsere Bekanntschaft ihren unvermeidlichen Lauf nahm und seine nie verzagende Begeisterung auch mich ergriff. Wir wussten uns frei von jeglicher überheblicher Kumpanei, als wir uns eines geselligen Abends zugestanden, die identische Beziehung zu jenem Geheimnis zu hegen, das sich auf den drei Aufnahmen erstmals gezeigt hatte. *Die Geister, die uns heimsuchen, müssen Zwillinge sein*, schrieb er mir in jener Woche. Ich ahne, dass er trotz der jüngsten Ereignisse vor Ort Recht behalten wird.

1.e. Es bedurfte ungezählter Fürsprecher, um alle benötigten Genehmigungen und Lizenzbriefe ausgestellt zu bekommen. Rascher und angenehmer verlief hinwieder die Auswahl unserer insgesamt neunzehnköpfigen Mannschaft, besetzt mit den kundigsten Studenten aller Disziplinen. Wir stellten unser Anliegen an den würdigsten Orten vor, sprachen in der Académie vor, um *vor dem Unrecht zu warnen, unwissend zu bleiben*, erörterten in der Society die Frage nach *der anhaltenden historischen Pflicht, den Geltungsbereich der Menschenzivilisation zu erweitern*, wagten uns gar ins Central-Institut vor, um den Anwesenden mitzuteilen, dass *die Waage, mit der sich ihre Unterstützung messen ließe, sich nur an dem Ort finden ließe, zu dem wir aufbrechen würden, sobald sie die nötigen Hilfen geleistet hätten.*

1.f. Der Erfolg ließ sträflich lange auf sich warten. Denn Zweifel und kleinlichste Abwägungen sind den Pragmatikern und Realisten angeboren wie anderen traurigen Gestalten Hasenscharten oder offene Rücken. Unsere Gegnerschaft tat, was jener Schlag Mensch nun einmal tut, dessen Entgegnungen keinen Überzeugungen, sondern Instinkten wie Groll oder intellektueller Eifersucht entspringen: Sie rief zuvorderst wütende Absonderlichkeiten in den Wind, ließ in Anbetracht unserer Entschlossenheit schließlich von uns ab und suchte sich ein schwächeres Ziel. Endlich war es uns gelungen, den Schirmherren die verlangten Garantien zu liefern. Sodann brachen wir auf.

Ich hatte so einen Text erwartet und war zufrieden wegen meiner Einschätzung, zugleich unzufrieden wegen der spärlichen Informationen, die mir Cahills Essay lieferte. In den Audio-Files, die ich mir angehört hatte, hatte es ein historisches Aperçu gegeben, in dem auch die Expedition, die Tragweite der Entdeckung und die Gründung des Instituts eine Rolle spielten. Cahill galt als Vordenker des heutigen Energiesystems, als brillanter Kopf. Dass er und sein wichtigster Kollege S. Lowry als erste Generation an Forschern die Materie entdeckt und als Energie-Ressource bestimmt hatten, dass die zweite Generation sie erfolgreich in Kreisläufe eingespeist hatte und alle folgenden diese Arbeit optimiert hatten – das war klar, das war die Verlautbarung.

Aber wieso musste ein Kraftwerk so abgeriegelt werden? Man hatte sich sogar geweigert, mir das Kataster für den Wald auszuhändigen, in den sich das *I.L.E.* schmiegte wie ein Igel in einen Laubhaufen. Ich hatte bei einem Spaziergang nur ein spitz zulaufendes Dach aus glattem Beton entdecken können. Der Rest der Anlage entzog sich zwischen dichtbewaldeten Hügeln dem Blick.

Die Anweisung seitens der Akademie war überdeutlich gewesen, als ich das Institut bei einem Briefing angesprochen hatte. Solange es keine Beweise für eine Verbindung zwischen dem Verschwinden des Jungen und dem *I.L.E.* gäbe, sollte ich nichts unternehmen. Sollten sich Verbindungen ergeben, müsste ich mich umstandslos melden, um weitere Order einzuholen. *Umstandslos*, jede einzelne Silbe hatte sich wie ein Kolben aus gehärtetem Stahl in mein Denken gestanzt. Meine Befugnisse seien unzureichend, um auch nur die erste Vertraulichkeitsstufe zugewiesen zu bekommen. Ich solle mich an meine Schulzeit erinnern, an die Art und Weise, wie die Lehrer damals vom *I.L.E.* gesprochen hätten; das hatte mir Bell Minuten vor meiner Abreise getextet: »so gravitätisch, so unerbittlich, dass jede nachfrage eine besudelung gewesen wäre«. Nach wenigen Sekunden hatte er noch ein versonnen grinsendes Smiley geschickt, das ich gerne als Symbol solidarischen Stillschweigens gelesen hätte, wäre Bell nicht der Absender gewesen. Nach all den Tagen vor Ort galt nach wie vor: Das *I.L.E.* war tabu, was lächerlich war in einer Stadt, deren Einwohner es umtanzten wie Wilde, bei denen unklar ist, ob sie damit den Zauber brechen oder stärken wollen.

Ob es nicht zu warm sei, hörte ich eine Stimme hinter mir fragen. Ich drehte mich ungelenk um. Oben, auf einem der Hügel, stand eine Person im Schatten, gut zehn Meter von mir entfernt. Der Silhouette nach hätte es eine kleine, korpulente Frau sein können, vielleicht auch ein großer Mann, der sich hingekniet hatte, um wie eine kleine, korpulente Frau zu wirken. Die Person wiederholte ihre Frage. Ich schüttelte den Kopf, dann sagte ich deutlich »Nein« und fragte, was sie denn so spät hier mache. Es

war ihr gutes Recht, nicht darauf zu antworten. Um ehrlich zu sein, hatte ich sogar gesagt: was sie hier *treibe*. Stattdessen fragte sie mich, ob ich immer so spät aus der Wohnung ginge und ob ich meinen Auftrag auch ernst genug nähme.
– Sie wissen, wo ich wohne?
– Erst seit Sie aus dem Hotel ausgecheckt haben. Wir reden oft über die Gäste, es gibt hier ja nicht so viel zu tun. Ich war seit Jahren nicht mehr in der Wohnung. Ist sie schön?
– Es geht.
– Ich mag die Ruhe in Ihrer Straße. Ihr Sound ist sehr vorstädtisch, ich fühle mich wie in einem Film, wenn ich dort spazieren gehe.
– Sind Sie oft in der Straße? Und in meiner Wohnung?
– Wie ein Schauspieler, der beobachtet wird, von Kameras, so fühle ich mich. Und Sie wissen doch, weshalb Ihre Fragen problematisch sind.
– Welche Frage würden Sie denn gerne beantworten?
– Ob es heutzutage nach wie vor in Ordnung ist, zu träumen.
– Und?
– Ich fürchte schon. Gut zu träumen ist im Augenblick eine okaye Herausforderung für die Zeit des Schlafens.
– Kennen Sie Saul?
– Nicht wirklich, nein, ein wenig, schon. Aber Sie sprechen seinen Namen Englisch aus, das ist gut. Jetzt kenne ich ihn besser, von den Fotos her, wegen der vielen Gespräche und Fragen. Wie alt wurde er?

Erst jetzt bemerkte ich, dass das Rauschen, das ich hörte, nicht aus dem Wald kam, sondern aus dem Handy, das die Person in eine gefütterte Innentasche der Jacke gesteckt haben musste. Es waren Instrumentalsounds, lang gezogene, dumpfe Klänge, die mich an etwas Altes erinnerten, das langsam vor sich hinstarb.
– Er ist verschwunden, nicht gestorben.
– Okay. Wie alt ist er im Augenblick? Wissen Sie das?

Dann wuchs eine Stimme aus dem Seufzton, sie klang trotzig und gleichzeitig amüsiert über ihren Trotz, den

sie in Anbetracht der Tristesse zustande brachte. Darein mischten sich helle Töne, glänzende Tropfen, die allmählich alles überlagerten.
– Fünfzehn, seit gestern. Was hören Sie da?
– Den neuen Track von *Envir*. Können Sie seinen Mörder finden? Dann würden sie endlich aufhören, so oft über ihn zu sprechen. Saul ist zu oft in meinem Kopf. Dort gehört er nicht hin. Er gehört hier hin, ins Wasser, auf den Hügel, zwischen die Bäume, die, die so heftig nadeln.
– Er ist verschwunden, er ist nicht tot. Wir unternehmen alles, um ihn zu finden.
– Na gut, ich möchte Ihnen das glauben.
– Hat Saul *Envir* gehört?
– Sehen Sie, alle fragen ständig nach ihm. Es ist nicht so einfach.
– Was ist nicht so einfach?
– Naja. Leute verschwinden, vielleicht werden sie umgebracht, ich meine auch die Stimmung insgesamt, ein wenig wie bei einer Schneekugel, die Sie nur kurz schütteln, die dann aber immer weiter stäubt. Es hört gar nicht mehr auf mit dem Gestöber. Aber ja, Saul hat sicherlich auch *Envir* gehört. Alle hören *Envir*.
– Er wurde nicht umgebracht.

Die Person sagte nichts mehr, ging dann einige Schritte rückwärts und lief weg. Sie hinkte nicht. Ich schaute mich um. Es war nichts mehr zu tun, der Tag am Ende, ich plötzlich ohne jeden Elan. Während ich mir die Schuhe anzog, blickte ich zum gegenüberliegenden Ufer. Wenn auf der anderen Seite eine Person als Schatten aus dem Schutz der Bäume hervorträte, würde ich sie nicht sehen. Gut möglich, dass es Saul wäre. Aber ich wusste, dass es junge Kiefern wären, zwischen denen sie stünde. Sie wuchsen um den Rand des Sees wie Bartflaum um den Mund eines schüchternen Jungen.

In der Wohnung versuchte ich die Silhouette der Person nachzuzeichnen, scheiterte aber bereits an der Schulterpartie. Adjektive zu ihrer Stimmfarbe oder Intonation wollten mir keine einfallen; nach dem dritten

Durchlauf der Aufnahme kam ich zu dem Schluss, dass sich die Person absichtlich an den Hals oder die Nase gefasst hatte, um anders zu klingen. Ich speicherte die Audio-Mitschnitte des Tages in der Cloud ab und hörte mir Songs von *Envir* an, die sich mir nicht erschlossen. Es ging im neuen Track um Meerestiere, die ihr Habitat verlassen und an Land gehen, um schließlich zu ersticken am eigenen Gewicht:

They are en route,
en route to becoming
our dearest future,
to replacing
monsters like us,
monsters like you,
you and me.

Sie hatte vor einigen Jahren, las ich dann auf dem Akademie-Server, für Aufsehen gesorgt, als ein Handyvideo aus einem fahrenden Auto einen Einsatz auf einem Rollfeld festgehalten hatte. Ein Flughafen war gestürmt worden, wochenlang hatte es anschließend Unruhen gegeben. Ihr Track *anymanous* hatte als Hintergrundmusik die Parolen und Durchsagen begleitet. Ich schaute mir das Video an und war mir ziemlich sicher, dass es nachbearbeitet worden war. Der Sound war zu hochwertig, die Koordination mit den Bildern zu austariert. Aber es war gut gemacht: wie die Vermummten zuerst vereinzelt über das Rollfeld rannten, wie bei *Envir* der Chorus einsetzte, wie sie dann im Pulk zueinanderfanden, während im Hintergrund zigarettenglutfarben ein paar Gipfel einer Bergkette aufglühten.

Neben den missratenen Versuchen, die Silhouette zu zeichnen, notierte ich mir einige ihrer Lyrics. Ich schaute mir Sauls letzte Playlist an. Er hatte *Envir* gehört, aber nicht öfter als andere Künstler, deren Tracks ebenfalls stundenlang auf *Repeat* gelaufen waren. Später hörte ich mir das Gespräch am See noch mehrmals an:

Ob es heutzutage nach wie vor in Ordnung ist, zu träumen. Und? Ich / Es heutzutage nach wie vor in Ordnung ist, zu / Heutzutage nach wie / Zutage //

Was ich an diesem Tag und in dieser Nacht erstmals spürte und sah, las und hörte, ohne es zur Kenntnis zu nehmen, hat das Ende meiner Methoden eingeläutet. Das spreche ich heute mit der Gelassenheit eines Gescheiterten aus. Jetzt, da ich diese Aufzeichnungen ein letztes Mal überarbeite, bin ich bestürzt, wie wenig Einfluss ich ab dem ersten Tag vor Ort ausgeübt habe.

Während ich dies aufschreibe, lässt man mich hier unten die meiste Zeit in Ruhe. Sie haben mich als fiebergeplagtes Irrlicht abgetan, das aus irgendeiner Ferne kam und unterwegs verlernt hat, sich ein Ziel zu setzen. Noch wissen sehr wenige, wer ich bin, aus welcher Stadt ich komme und mit welchem Wissen ich ausgestattet bin. Heute weiß ich mehr denn je, was ich machen muss: das beschreiben, was mir während meiner Zeit in der Stadt widerfahren ist.

Du hattest mich irgendwann vor der Zeckenplage im Wald gewarnt, und diese Idee ließ mich nicht mehr los: dass wir zwei Zecken waren, die sich seit Anfang an überlegten, welche Körperstelle des Gegenübers am geeignetsten war, um sich einzunisten. Mal fand ich den Gedanken selbstverliebt, vernarrt in ein Bild, das nichts hergab, mal gefiel mir seine Romantik: dass wir die Möglichkeit hatten, einen kleinen Kreislauf zu bilden und voneinander zu profitieren, ohne dabei geschwächt zu werden. Es wäre ja eine Art Kuss.

Ich saß schon im *Café Neunneunneun*, als du kurz nach halb elf kamst. Ich war so unvorsichtig gewesen, Cahills Essay mit dem Cover nach oben neben mich zu legen. Dein erster Blick galt dem Buch, nicht mir. Ob ich endlich angefangen hätte, es zu lesen? Ich bejahte.
– Als hat mir gestern erneut vorgeworfen, die Stadt nicht zu verstehen, ihre Einwohner, ihre Seele, das Übliche.

Vielleicht hilft mir der Essay ja weiter.
– Um ehrlich zu sein: Ich habe ihn nie ganz zu Ende gelesen. Jeder spricht davon, ständig, in der Schule, später während der Ausbildungszeiten. Ich habe nie verstanden, weshalb alle diesen Essay so toll finden, selbst in Messages zitieren sie ständig daraus und setzen die Zitate kursiv. Unmöglich, wenn du mich fragst. Wie weit bist du?
– Erst bei 2.a. oder so, die Materie wurde erst einmal erwähnt.
– Na dann. Wir reden nochmal, wenn du 5.g. gelesen hast, ja? Die Materie, die Materie, was für ein Stuss. Wieso finden es alle so toll, Essays zu schreiben? Entschuldigung, ich verabscheue diese Männer, die ihre handelsübliche Tätigkeit als Arbeit am Mythos ausgeben. Es geht um Energie, um Strom, Wärme und so, nicht mehr und nicht weniger.
– Und woher kommt diese Materie? Das, was die hier vorgefunden haben, ist schon irgendwie anders.
– Fang bloß nicht an, dich da reinzusteigern. Du fragst mich auch nicht, woher Wasser oder Kohle oder Öl kommt.
– Hast du dich umgehört?
– Natürlich.
– Und?
– Es stimmt. Aber es tut sich nichts. Seit Sauls Verschwinden hat sich eine Gruppe mehrmals unangemeldet getroffen, dazu zählen Sauls Eltern, die Bibliothekarin samt den fünf Leuten, die jeden Tag bei ihr abhängen, vom Hotel sind auch mehrere Bedienstete dabei, dann noch ein paar kleine Fische, Schulabgänger, die nur einen Ort suchen, an dem sie etwas erleben können.
– Woher hast du die Details?
– Der Deal war: keine Nachfragen. Ich kenne diese Stadt, ich lebe schon immer hier. Es gibt genug unzufriedene Leute, die sich auf jede Schmalspurhoffnung stürzen, die sich ihnen bietet.
– Gibt es konkrete Pläne? Sabotage? Eine breitenwirksame Propaganda? Als ist in heller Aufregung.
– Nein, nein, keine Sorge. Unruhe ist ein viel zu großes Wort für diese Spielerei.

– Gegenüber der Akademie darf ich mir in der Hinsicht keinen Fehler erlauben, das musst du doch verstehen.
– Ich habe dir mehrfach gesagt, dass du nicht auf Als achten musst. Sie sitzen in einem Keller und beschweren sich: Das *I.L.E.* ist böse, die Zweite Hauptstadt fies, das Verfahren zur Umsiedlung langsam und ungerecht. Reihum erzählen sie sich ihre Geschichten. Da und da war ich glücklich, mein Job, meine Familie, mein Haus – und so weiter. Mein Hochwasser, meine Dürre, mein Feuer, alle haben ihre Wehwehchen, Eltern jammern, die Kinder jammern auch, die Alten sowieso. Es ist unerträglich. Der eine Typ sammelt Weissagungen von irgendwelchen Druiden, die ihnen helfen sollen, der andere hat gesagt, er würde überlegen, überall in der Stadt *Status quoi?!* zu sprayen, also bitte.
– Halbstarke also?
– Für deine Untersuchung hast du von denen nichts zu befürchten, Schwächlinge im Vergleich zu dem, was man aus den anderen Distrikten hört. Und hier? Die Revolution als Stuhlkreis.
– Wie geht es deiner Mutter?
– Seit ich ihr die Injektionen verabreiche, ist sie besser drauf, wacher. Ihre Augen sind nicht mehr so trüb, die Entzündungswerte gesunken. Gestern habe ich ihr vom Zoo erzählt, von ihren Forschungen damals. Sie hat verträumt geschaut. Danke.
– Das war der Deal, Medikamente gegen Informationen.
– Sind wir nur ein Deal?
– Du hast das Wort vorhin benutzt, ich wiederhole es nur.
– Gehen wir nachher zu –
– Warst du vor neun Jahren hier?
– Was?
– Ob du vor neun –
– Hier? Im *Neunneunneun*? Das gab es damals, glaube ich, noch gar –
– Nein, in der Stadt, im Sommer vor neun Jahren, Juli, August, warst du damals hier?
– Nein.

– Das kannst du so schnell so definitiv sagen?
– Ja, natürlich kann ich das. Ich war im Juni, Juli, August vor neun Jahren nicht hier. So definitiv kann ich dir das sagen. So schnell. Ich hatte meinen zweiten Soli-Dienst in Trimester aufgeteilt und war im Sommer im Nachschublager 3CR. Oder 3CF, keine Ahnung, es war auf jeden Fall eines von den besseren.
– Gibt es davon –
– Dokumente? Du willst Beweise?
– Gibt es davon Fotos? Das wollte ich fragen: Fotos von dir? Ich würde gerne wissen, wie du damals ausgesehen hast.
– Entschuldige, ich schick dir nachher was.
– Ich habe eine *A.N.N.* gefunden.
– Zu was?
– Zu einem Vermisstenfall. Vor neun Jahren. Im Sommer. Hier. Woher kennst du die Abkürzung?
– Wann hast du die gefunden?
– Vor kurzem.
– Es ist nicht unüblich, dass welche abhauen, weißt du? Jedes Jahr versuchen Leute unterzutauchen, im gesamten Distrikt, immer wieder. Die ziehen in die Wälder, in die Stollengänge oder auf die aufgegebenen Felder.
– Wen versuchst du zu verteidigen? Ich habe doch nicht einmal einen Namen genannt.
– Hast du denn einen Namen? Und ich verteidige niemanden, ich versuche dir zu helfen. Es gibt halt sehr unterschiedliche Varianten, wie die Leute ausrasten.
– Ja, du bist umgänglich, du weißt halt Bescheid. Entschuldige, ich fühle mich noch immer nicht eingeweiht, von niemandem. Also weißt du, wer vor neun Jahren vermisst wurde?
– Nein.
Ich nickte und bestellte noch zwei Pastis.

Vorhin habe ich hier unten das Audio-Archiv meines Aufenthalts in der Stadt durchsucht und eine Compilation all deiner Negationen zusammengestellt, die Hintergrundgeräusche getilgt und die Tonspur in Endlosschleife laufen lassen. Dieses eine Nein ist anders, ich höre es deutlich heraus, wie den Schrei dieses einen Kindes, das tatsächlich Angst hat, während alle seine Freunde aus bloßem Spaß im Chor aufschreien. Was wolltest, was musstest du mir verschweigen?

Als die Eiswürfel längst geschmolzen waren, fragtest du, ob ich meinen Eltern hatte nacheifern wollen, als ich mich entschied, zur Akademie zu gehen. (Du benutztest tatsächlich dieses Wort, *nacheifern*.) Ob ich mich freiwillig gemeldet hätte, um hierher entsandt zu werden? »Dans cette impasse«, in dieses Nirgendwo, »besiedelt von den Kreuzunglücklichen, die nicht einmal einen Aufstand planen können und Verzweiflung mit Mut verwechseln, Redseligkeit mit Widerstand.«

Du schmunzeltest. Ich schmunzelte. Mir war nur klar, dass ich es nicht ernst meinte.

Nein, sagte ich, Freiwilligkeit sei ein Konzept, das seine Gültigkeit als ermächtigende Fiktion längst eingebüßt habe. Die gängigen, letztlich gängelnden Kategorien, nach denen Gesellschaften anno damals funktionierten, seien uns während der Ausbildung am Neuen Meer ausgetrieben worden. (Der Ausdruck *anno damals* kam mir vollkommen lächerlich vor; es war eine kleine Rache an deinem *nacheifern*.) Die Akademie würde die Ordnung aufrechterhalten und diese zugleich als vollkommen neue Struktur schaffen. Konservieren und innovieren – als eine einzige robuste Tat. Du nicktest, was ich schade fand. Alle ehrlichen Antworten auf deine Fragen gingen dich schlichtweg nichts an, so sehr ich unser Treffen im *Neunneunneun* trotz deiner Lüge auch genoss.

– Ja, vermutlich geht er einem ins Blut über, der Drill der Akademie. Ohne euch wären wir schlechter dran.

Ich bejahte, obwohl in dieser Phrase eine jener banalen Vorstellungen von Handlungsfähigkeit zum Vorschein kam, die uns ebenso ausgetrieben worden waren. Der dritte Pastis, den wir bestellt hatten, machte mich hart und bitter, und nach vier, fünf kleinen Schlucken fühlte ich mich auf angenehme Weise unbarmherzig. Meine Hand hätte ich unter dem Tisch gerne zur Faust geballt, sie dann wieder entspannt, sie erneut zur Faust geballt; eine kleine Übung für zwischendurch. Aber du streicheltest mir das Knie, es wäre dir aufgefallen.

Kurz darauf erzählte ich zwar nicht die Wahrheit über meinen Vater, aber auf gewisse Weise stimmten die Worte trotzdem: Ihre Wirkung war sauber, effizient und zielgenau. Sie lösten einen bestimmten Effekt bei dir aus, ein Gefühl zwischen Interesse, Angst und Kummer über den Klang von Worten, die dir dermaßen nahegehen konnten.

Mitte der 20er, sagte ich also, sei mein Vater gestorben. Er habe nur wenige Wochen seiner Rente genießen können. In dem Haus, das sie sich kurz vor seinem Tod in einem der höhergelegenen Vororte der Zweiten Hauptstadt gekauft hätten, habe er nur 31-mal geschlafen. Seine Karriere sei beeindruckend gewesen: Zuerst habe er seinen Dienst im Corps freiwillig um mehrere Monate verlängert, später sei er Referatsleiter im Bereich Signalwirkung/Ökologie gewesen: »Ich war am Neuen Meer, als er starb, es waren die üblichen Vergiftungserscheinungen.« Wir seien erst eine Stunde zuvor von einer Intervention zurückgekehrt, erschöpft und ausgelaugt. Tagelang hätten wir die Wälder durchkämmt, die Böden vom Unterholz befreit und die Sicherheitsschneisen nochmals verbreitert. Sekunden bevor ich von seinem Tod erfahren hätte, hätte ein Kollege neben mir den Helm abgesetzt, sich den Staub von der Uniform geklopft und einen seiner berühmten Sätze gesagt: »Und alles wegen der Möglichkeit von Feuern.« Es sei immer schon dessen Spezialität gewesen, zu den unpassendsten Zeitpunkten aus schierer Dummheit die treffendsten Sätze zu sagen, die mir jedes Mal das Herz entzweigerissen hätten, obwohl sie doch, sagte ich noch, nur die Selbstverständlichkeiten wiederholt hätten, in denen wir uns längst eingerichtet hätten. Mein Vater sei, behauptete ich abschließend, ein beeindruckender Mann gewesen, der mir wie kein anderer Mensch Orientierung geschenkt hätte. Meine Arbeit würde ich auch als Hommage an ihn verstehen. Hommage, ich dehnte das *a* viel zu lange, als hätte mir ein Arzt ein Stäbchen zu tief in den Rachen gesteckt. »Ein wenig wie bei dir und deiner Mutter.«

Vom *Café Neunneunneun* gingen wir in meine Wohnung, standen auf der Dachterrasse, rauchten und warteten auf den Sonnenuntergang. Ich dachte an die Zeichnungen im Istgleichzeichen, daran, dass sich hier alle benahmen, als wären sie vor Ungeduld Gelähmte, deren Zeithorizont bloß darin bestand, auf den Einschlag zu warten. Oder war ich blind für die anderen, für die, die sich sammelten, und für die, die sich dazu entschieden hatten, zu verschwinden?

Von hier aus ging der Blick über weite Teile der Stadt, über den Gemeindeplatz, von dem die Avenue abging, die zu den Verandahäusern nah am See führte, über Teilbereiche des Zoos, über die Kunstberge der Pinguine, in deren maroden Spitzen Vögel nisteten, und über das Villenviertel, das an den Wald angrenzte. Du streicheltest die gestutzten Grasgewächse am Geländer, als wären es die Hunde deines Gastgebers, für den du seit Wochen schwärmtest. Ein großflächiges Feuer ließe sich von hier aus gut beobachten. Es würde näher rücken, die Landschaft verzehren und den Himmel verfärben; es würde im letzten Augenblick gelöscht werden. Ich wusste, dass du auf den Zoo schautest und in Gedanken den Weg einzeichnetest, den wir beim ersten Treffen gegangen waren. Ich lief die Route genauso ab. Wir schwiegen. Der Wind ließ die Zigaretten glimmen, und ich hörte deine Stimme, hörte wieder und wieder, wie du bei einem gemeinsamen Spaziergang durch den Wald von den Gehegen erzählt hattest, von deiner Mutter, ihrer Forschungsstelle und den Tieren:

– Als ich zwölf oder dreizehn war, war ich einmal nachts mit ihr im Zoo, nur wir zwei in der *Themenwelt Eis*, das war Jahre vor der Dezimierung. Die Laternen leuchteten orangerot, es war, wie soll ich das ausdrücken: Es war so einträchtig. Die Tiere schliefen, und wir beobachteten sie. Später, beim Einschlafen, stellte ich mir dann vor, wie sie mich im Gegenzug beobachteten, mit diesen wortlos klaren Augen. Du kannst mich ruhig auslachen, aber ich habe nie wieder so selig geschlafen. Und später, später war es dann für kurze Zeit wie im Rausch, alle wollten die Tiere noch einmal sehen. Meine Mutter fand das Gedränge fürchterlich, diese Gier, einem Ende beizuwohnen.

Es wurde dunkler. Wir schliefen miteinander, im Bett, nicht auf der Terrasse. Ich glaube bis heute nicht, dass du an dem Abend bemerktest, dass ich gerade dabei war, jemand anderes zu werden. Seit Stunden hatten wir nicht mehr miteinander gesprochen, und in der Stille, dem Dunkel und der schweißgetränkten Trägheit beschlich mich das Gefühl, dass wir insgesamt ohne Worte besser ausgekommen wären. Diese kleine Sentimentalität mochte der Grund gewesen sein, wieso ich nichts sagte. Trotz des abnehmenden Lichts konnte ich der Fliege ohne Probleme folgen: Sie zog ihre Bahnen in der Mitte des Zimmers, knapp unterhalb des Deckenlichts. Sie scherte aus, wurde schneller und flog eine lange gerade Linie fast bis zur Tür. Das Gefühl, das mich ab dem Augenblick nicht mehr verlassen sollte, war mir neu: ein Knospen im Brustbereich, das mich schwerer atmen ließ, ein Wachsen in den Lungen, so, als sammelte sich in meinem Körper etwas an, das ich weder kannte noch kontrollieren konnte; es war die Ankündigung eines Druckaufbaus, die erste Regung einer Krankheit. Es war die identische Flugbahn wie am Morgen zuvor. Minutenlang streichelte ich mit dem Zeigefinger über deinen Bauch und zeichnete das Muster nach, das die Fliege zog. Ich hatte erst einmal keine Eile, dich loszuwerden, ganz im Gegenteil. Es beruhigte mich, neben mir einen schwitzenden Körper zu spüren, der ohne mein Wissen war.

Von der Wohnung bis zum Zoo waren es nur wenige Minuten zu Fuß. Ich hatte dich nach unten begleitet, stumm warst du auf die Straße getreten und gegangen. Wir würden texten. Den Code für die Eingangspforte hattest du mir am Ende des ersten Rundgangs mitgeteilt: »Kommen Sie her, wann immer Sie wollen. Mir hilft es dabei, klarer zu denken.«

SO3E0G, es wäre ganz einfach, aber ich hielt mal wieder inne. Noch nie stand mir die doppelte Angst so klar vor Augen: Entweder stimmte der Code und du vertrautest mir tatsächlich und wolltest mich aufrichtig unterstützen. Ich würde dich enttäuschen. Oder er war falsch und du locktest mich mit der Intimität geteilter Informationen, die nichts über uns aussagten, es sei denn, wie strategisch wir von Beginn an miteinander sprachen. Ich gab erneut auf gut Glück drei Kombinationen ein und notierte sie mir. Keine davon stimmte. Die Pforte war für neunzig Minuten gesperrt. Wie lange müsste ich vorbeikommen und falsche Codes eingeben, um herauszufinden, ob wir uns die Wahrheit sagen konnten?

2.c. Seit Tagen suchen Schwindelanfälle und Fieberschübe die Truppe heim, doch bin ich entschiedenen Willens, sie über uns ergehen zu lassen, bis die Gefahr ausgestanden ist. Ich bin überzeugt, dass unsere körperlichen Reaktionen immunologischen Ursprungs sind. Wenn die Truppe die Anpassungserscheinungen erst bewältigt hat, werden wir vorangehen und unserer Arbeit in unerhörter Konzentration nachgehen können. Augenblicklich muss ich zu meinem Leidwesen mit stark reduzierter Dienstkapazität vorliebnehmen. Gut die Hälfte der Männer fühlt sich außerstande, die simpelsten Tätigkeiten zu verrichten. Manch einer behauptet lichtempfindlich zu sein und wagt sich bis Mitternacht nicht aus seinem Zelt. Manch einer verharrt stundenweise in ein und derselben Liegeposition und gibt bei Nachfrage an, jegliche muskuläre Spannung würde zu minutenlangen Spasmen führen. Der Materie sind wir nach wie vor nicht ansichtig geworden. Entsprechend der Karte sind wir noch einen Tagesmarsch entfernt.

2.h. Gestern saßen wir bei Einbruch der Dunkelheit beisammen. Selbst die Redseligsten, deren anekdotisches Gespür uns bisher zuverlässig erheitert hatte, blieben stumm. Insgeheim ahnte wohl ein jeder, wie ein Auftrag, mit dem niemand gerechnet hatte, sich seiner bemächtigte. Endlich ergriff Lowry das Wort, um die Männer nicht dem Geschick der Verzweiflung preiszugeben: *Es gilt, ein Wissen zu entwickeln, das keinen Ort in uns selbst hat und uns doch retten wird.* Seine Rede tat kaum die erwünschte Wirkung. *Wir sind privilegiert, wir sind der Sturm, der die Erkenntnis schafft*, sagte er noch, bevor er die Plane zu seinem Zelt hochwarf und dahinter verschwand. Er schläft nie länger als zwei Stunden, nie öfter als zweimal pro Tag.
2.j. Je dumpfer die Dunkelheit um uns pulsiert, desto heller glänzt unsere Aufgabe als wissenschaftliche Pflicht. Spätere Generationen werden den Pfad, den wir eingeschlagen haben, weiter abschreiten, so zielstrebig, dass wir wie messianische Punkte am Horizont erscheinen werden. Wir werden uns gegenseitig zuwinken.
2.m. Endlich, nach vier Tagen ohne jeden Fortschritt, bauen wir das Zwischenlager ab und nehmen den finalen Tagesmarsch in Angriff. Bis auf einige Ausnahmen, die auf schwache körperliche oder mentale Konstitution zurückzuführen sind, ist die Truppe erneut voll arbeitsfähig.

Ich lag im Bett, las mir einzelne Absätze des ersten Kapitels nochmals durch und hatte den Eindruck, eine Strecke, die ich in die eine Richtung abgefahren war, bei der Rückfahrt wiederzuerkennen und doch nicht zu verstehen, woher das Gefühl stammte, sich halbwegs orientieren zu können.

Eine Stunde zuvor hatte ich die Fliege eingefangen, wieder freigelassen, erneut eingefangen und ihre Flugbahn wieder und wieder auf Video aufgezeichnet. Es bestand kein Zweifel. Als ich später wegdämmerte, dachte ich wieder an die Risse, zuerst an den im Stuhlbein des Brigadiers ohne Namen, dann an den in der Küche, schließlich an den in der Stimme von Sauls Mutter. Auch sie waren identisch. In der Sekunde fühlte sich die Erinnerung daran an wie eine Einladung an ein Kind, durch einen Spalt in ein Zimmer zu spähen, das zu tief und zu hoch war, um herauszufinden, woher der Nebel kam, der sich vor seine Augen legte. Ich schlief gut, heißt: Ich träumte in dieser Nacht erstaunlicherweise von nichts und niemandem.

Vierzehnter August

So gerne wäre ich vor einigen Sommern unerkannt bei euch gewesen. Ich hätte die Leute beobachtet, wie sie die Finger entlang eines Heckenzweigs fahren ließen und die Form der abgerupften Blätter begutachteten, erstaunt über die Schönheit, die sie in Händen hielten. Ich hätte im Vergleich zu später Unterschiede in ihren Gesichtern festgestellt, auch in deinem, ganz bestimmt: Weichere Züge um die Augen hättet ihr alle gehabt, Hälse und Hände, die noch nicht vor Anspannung bebten.

Am nächsten Tag ging ich am frühen Morgen spazieren. Entsprechend dem Protokoll würde ab Mittag der Hergang von Sauls Verschwinden nachgestellt werden. Ich musste mich zwingen, nicht ständig an die Fliege zu denken, die ich Stunden zuvor in einem Anfall verzweifelter Lust mit einem Zahnstocher aufgespießt hatte.

Von der Nachstellung erhoffte ich mir vor allem Hinweise bezüglich des Hemdes, bestenfalls auch Indizien, die die beiden Vermisstenfälle miteinander verbinden würden. Die Beteiligten waren ausgelost und zur Teilnahme verpflichtet worden, darunter der Kollege von Alfons/Fons, Mahum, zwei Jugendliche aus Sauls Bekanntenkreis und die Bibliothekarin, deren Namen ich ständig vergaß, obwohl ich bereits mehrfach die Bibliothek besucht, an den Regalen entlanggegangen und auf den berüchtigten Glückstreffer gehofft hatte, der bis auf die *A.N.N.* nicht eingetreten war.

Ich hatte sie nach unserem letzten Treffen im *Café Neunneunneun* nochmals überprüft. Sie versuchte auf fast schon rührende Weise, rebellisch zu sein. Um sich über das *I.L.E.* zu informieren, nutzte sie mehrere Logins von erfundenen Nutzern, hatte aber für alle Accounts dasselbe Passwort eingerichtet. Sie recherchierte zu Unfällen von vor vielen Jahrzehnten, als etwas Materie ausgetreten war, auch zur Funktionsweise des Punktesystems, das regelte, wann wer ein Anrecht auf Umsiedlung hatte. Es gab distriktübergreifend koordinierte Bemühungen, das Verfahren zu torpedieren, es durch falsche Angaben und unsinnige Änderungswünsche in den Kollaps zu treiben, um anschließend eine Reform zu verlangen. Eine vierköpfige Familie aus dem meernahen Distrikt erbat eine Umsiedlung in die Gegend rund um Tées-Badogne, obwohl die Eltern in der Damm- und Deichwartung arbeiteten und dort unten in der Trockenheit nicht zu gebrauchen waren. Kanalingenieure meldeten sich wiederum, um unterbesetzte Posten am Neuen Meer zu übernehmen, brachen sich dann am Tag vor der Entsendung beide Beine oder zerschmetterten sich ihre Hand bei einem angeblichen Unfall. Sie wurden hospitalisiert, während die Projekte, für die sie vorgesehen waren, brachlagen, teils monatelang, wenn der nachfolgende Ingenieur sich ebenfalls verletzte. Andere ließen sich wiederum kurz vor einer Umsiedlung bei Untergrundtreffs von Mücken mit Krankheiten infizieren, anschließend wurden die Tiere in eigentlich bereinigten Zonen freigelassen. Die letzte Sucheingabe der Bibliothekarin stammte von gestern. Sie hatte sich kurz nach Feierabend über »Einstichwunde bei Mücken« und »Historie Materie Überblick« informiert; Login-Name: Hermann J. Müller.

Waren das wirklich nur Schwächlinge im Stuhlkreis? In den anderen Distrikten waren sie anfangs auch unterschätzt worden, das war eine nach wie vor nässende Wunde, die der Akademie zugefügt worden war. Obwohl die größte Grenzsiedlung als befriedet galt, entstanden dort vor gut drei Monaten zighunderte Clips, in denen Leute in Prozessionen über Felder vorrücken, sich im Zustand stillster Spiritualität ausziehen, weiter vorrücken, um dann in Wälder zu preschen. Bevor sie zwischen Kiefern verschwinden, werfen sie ihre Handys hoch in die Luft, und man sieht, wie sich alles dreht, wie der Himmel kurz aufflackert, bevor das Bild bei Grasbüscheln, Dung oder Sandklumpen hängen bleibt. Auf anderen Aufnahmen, die ähnlich beliebt waren, ist zu sehen, wie Vermummte in aufgegebene Herrenhäuser einbrechen, durch die Räume rennen und alle möglichen Gegenstände zusammensuchen, Bildschirme, Küchengeräte und Plüschtiere, Filteranlagen, Bücher und Rechner. Auch sie gehen mit tiefstem Ernst vor, ohne ein Wort zu sagen. Im größten Raum des Hauses wird ein Feuer gelegt und nach und nach alles verbrannt. Sobald der Rauch eine eigenwillige Farbe annimmt, weil Papiergeld oder eine Chemikalie Feuer fängt, halten sie gläserne Bottiche über die Flammen, fangen den Rauch ein und verschließen die Behältnisse. Wochen später tauchten diese Gefäße dann in der Zweiten Hauptstadt auf. Fenster von Ämtern wurden damit eingeworfen, drei 50-Liter-Behältnisse hatten Kollegen vor einigen Wochen von den Stufen des Regierungssitzes entfernen müssen. Über Nacht waren sie dort abgestellt worden. Soweit ich unterrichtet war, war der Vorfall nach wie vor nicht aufgeklärt.

Ich durfte nicht doppelt scheitern. Wenn ich Saul nicht fände, dann noch eine neue Extremistenzelle übersähe, dann wären meine Tage an der Akademie gezählt.

Sauls Vater wollte unbedingt an der Nachstellung teilnehmen. Ich hatte die Eltern mehrfach besucht, ein kurzes Telefonat hatte sich gestern ausschließlich darum gedreht, ihn davon abzubringen, bei der Wiederholung des Verschwindens seines Sohnes zu assistieren. Es war mir nicht gelungen. »Bevormunden Sie mich nicht. Ich weiß, wie Schmerz sich anfühlt. Ich kann meinen Sohn kein zweites Mal verlieren, sondern ihn nur ein einziges Mal wiederfinden. Hören Sie also auf, auf mich einzureden, als wäre ich ein uneinsichtiges Kind!« Dann hatte er wieder nach Atem geschnappt.

Der Spaziergang war ein – wie ich heute weiß – kläglicher Versuch, mich für die Nachstellung zu wappnen und die Fliegen zu vergessen. Ich würde das Memo über die Hemden, das mir nach wie vor zu spärlich erschien, bald einreichen müssen, und ich hatte Bell nur hinhalten können, indem ich ihm viel zu ausführlich die konspirativen Treffen dargelegt hatte.

Wie ein umgekipptes *C* umklammerte der Wald die Stadt. Auf der Karte, die ich mir vorhin nochmal angeschaut hatte, glich seine Form einem Käfer, der rücklings auf dem Boden liegt und nicht mehr hochkommt: ⌴.

Ich hatte noch gut drei Stunden Zeit bis zur Nachstellung, hörte, wie die Rinde der Pinien sich spannte, wie Wasser durch die Stämme zog, vom Wurzelwerk hoch zu den Kronen. Das Blätterdach stand so dicht, dass dieser sonderbare Geruch nicht abziehen konnte, ein Gemisch aus fauligen Strünken, aus Wunden an harzverkrusteten Ästen, aus Kleintierkadavern, die ganz in der Nähe liegen mussten. An einer Wildhecke, die entlang des Pfades wuchs, schimmerte eine einzige bildschirmblaue Blume. Ich blieb stehen, dann ging ich weiter. Mein Kopf schmerzte, mit jedem Schritt nahm der Schwindel zu. Ich setzte mich auf den Boden, in einen Reifenabdruck, der genauso breit war wie mein Körper, eine passgenaue Spur. Es wurde dunkler. Ich war morgens losgegangen, vor einer halben Stunde, dachte ich, während ich schmierige Finger auf meiner Haut spürte. Die Blume hatte vorhin geflimmert, und sie würde bald knospen, ungesehen und aufsehenerregend. Es hatte wenig gebracht, sich hinzusetzen; ich schwitzte, ich legte mich in die Reifenspur. Gleich am Anfang hatte ich es gespürt, in der Sekunde, als sich die Baumkronen über mir zugezogen hatten. Die Pinien hatten mich umstellt. Ich atmete ein, möglichst tief, atmete aus und ein und suchte den Blick meines Vaters, damals beim Ballspiel an einem längst abgetragenen Strand, dann später auf dieser staubig verwehten Brachfläche, von der ich gehofft hatte, sie nie wieder betreten zu müssen.

Die Sprengung war im Gegensatz zu vielen anderen nicht öffentlich gewesen. Ich war zwölf oder dreizehn Jahre alt und nur mit meinem Vater unterwegs. Er arbeitete zu der Zeit im Referat für Bauten und Umklassifikationen, seit Jahren war er damit beauftragt, die Infrastrukturen umzustellen, so bezeichnete er seine Tätigkeit jedenfalls, wenn er beim Mittagessen davon sprach. Mehr wusste ich nicht. Für meine Kinderaugen nahm sich jede Veränderung, an der er beteiligt war, wie eine Notwendigkeit aus, wie brachial, hässlich oder falsch sie auch sein mochte.

Für mich war es nur eins: eine Überraschung, ein Trip mit meinem Vater, den ich so selten sah. Er war vom Referatsleiter eingeladen worden, als einer von nur hundert Gästen an der Sprengung teilzunehmen. Und er nahm mich mit – nicht meine Mutter, nicht meine Tante, nicht meinen Bruder. Er hatte sich für mich entschieden. Frühmorgens wurden wir von einem Shuttle-Bus abgeholt, der uns in die Zweite Hauptstadt brachte. Wir saßen neben Leuten, die sich schick gekleidet hatten und stolz und stumm aus den Fenstern blickten, während wir mehrmals an Posten hielten und draußen Leute in Uniform mit Leuten in Anzügen sprachen. Am Ende nickten sie sich zu, dann ging es weiter. Wir unterhielten uns nicht, nur ab und zu stupste ich meinen Vater an, wenn ich etwas entdeckte, eine Rauchfahne, die aus einem der vorstädtischen Schrottberge hochstieg, einen der Solartürme, die in den neuen Vierteln aufleuchteten. Mein Vater nickte jedes Mal fahrig, schaute aus dem Fenster und lächelte abwesend. Ich war mir unsicher, ob er sich dabei an sein Spiegelbild oder an mich richtete.

Später hielt das Shuttle vor einem abgesperrten Areal, wir stiegen aus und liefen zu Fuß weiter, zuerst durch eine hohe Vorhalle mit einem gläsernen Dach, durch das ich einen glänzend blauen Himmel sah, dann durch einen Innenhof, einen Flur und noch einen Innenhof, um endlich auf eine freie Fläche zu gelangen. Links und rechts standen Fahrzeuge, umringt von Apparaturen und Kisten und Containern. Am Ende des staubigen Feldes war dann das Gebäude zu sehen, groß und hässlich wie eine Orgel, daran erinnerte es mich, und ich grinste, als ich mir vorstellte, welches Geräusch es wohl machen würde, wenn es in sich zusammenfiele.

Mein Vater bugsierte mich durch die Leute. Mir war klar, dass ich nichts sagen durfte, während er grüßte und zu Grüppchen von Männern hinzutrat. Ich schaute mir die Orgel genauer an, sie war aus neun Rohren geformt, die oben jeweils in eine gläserne Kuppel mündeten. Mittig, vielleicht in dreißig Metern Höhe, gab es eine Aussichtsplattform, die die gesamte Gebäudebreite einnahm. Ich kniff die Augen zusammen, konnte aber niemanden auf der Etage erkennen. Mein Bruder hatte mir am Abend zuvor zugeflüstert, besonders schlechte Menschen würden eingesperrt werden, um mitzuexplodieren. Ich hatte es am Morgen meinem Vater erzählt, er hatte gelacht und weggeschaut. Erst jetzt fiel mir auf, dass im Halbkreis um uns herum weiße Zelte mit Spitzdächern aufgebaut waren. Kellnerinnen liefen mit Tabletts umher und boten orangerote Getränke an. Sie lachten und zeigten weiße Zähne, die in der Mittagssonne glänzten, im Gegensatz zu den Männern in Anzügen, die mit zusammengekniffenen Lippen nach den Gläsern griffen und ab und zu nickten. Sie sahen alle aus wie mein Vater, der eine etwas dicker, der andere etwas größer oder auch kleiner. Aber alle wirkten sie wie Brüder, die sich endlich wiedersahen auf dem langersehnten Familienfest.

Irgendwann wurden wir alle ruhig, es passierte einfach so. Wir richteten den Blick auf das Gebäude, und mein Vater hielt meine Hand noch fester. Ich zuckte zusammen, noch bevor überhaupt irgendetwas passierte, und erschreckte mich noch einmal mehr, als der erste Knall zu hören war. Die Orgel wankte, der obere Teil kippte leicht zur Seite, während sich andere Geräusche in die gedämpften Schläge mischten. Beton platzte, Stahl seufzte, Glas sprang. In diesem Augenblick, während alles verschluckt wurde von einer Staubwolke, die vom Boden aus hochschoss, während ihr der Schutt und Müll entgegenfiel, in diesen Sekunden spürte ich etwas in mir, eine Einsicht, eine ganz selbstverständliche Erkenntnis: Dann und dann kann es Sachen geben, einen Bus, ein Glasdach, ein Gebäude, eine Idee, nur um kurz danach nicht mehr da zu sein. Sie lassen sich zerschmettern, mit Händen, Sprengstoff oder Worten. Mein Vater hatte mir nicht geantwortet, als ich ihm erzählt hatte, was mein Bruder mir über die eingesperrten Leute gesagt hatte. Hatte er mich deswegen mitgenommen? Damit diese Lektion sich für immer in meinen schmächtigen Körper hineinfressen würde? Wir können, wusste ich plötzlich, letzte Dinge herstellen.

Der mehlige Dampf wuchs jetzt nicht mehr nur nach oben, sondern walkte sich auch zur Seite hin aus und fegte uns entgegen. Wie auf ein Kommando legten alle Männer die Hand auf ihre Gläser, die Kellnerinnen liefen auf hohen Schuhen in ihre Zelte. Die Luft wurde trockener, es wurde heißer, körniger, es wurde dunkler, dann erst schluckte uns der Staub. An meiner Hand spürte ich die Finger meines Vaters, eine schweißnasse Obhut.

Mal dauert es in meiner Erinnerung Sekunden, mal Stunden, bevor ein Wind über das Feld zog und die Wolke uns allmählich freigab. Die Sonne brach durch, Silhouetten lösten sich aus dem Dunst, aus Schatten wurden wieder Anzugträger. Auf ihren Sakkos lag Schutt, Staub klebte ihnen in den Gesichtern. Auf einmal brach aus allen Mündern in allen Gesichtern, vor denen ich mich immer mehr fürchtete, ein einziges Lachen hervor, als käme das Geräusch aus einem Schlund, als fände dort unten ein Klumpen aus Fleisch und Lust und Schwärze zu seinen ersten Lauten. Es war ein Glucksen, eine Mischung aus Husten, Schreien und Kichern; dann lagen sich die Männer in den Armen, klopften sich auf die Schultern, hielten sich ihre Bäuche und zeigten mit Fingern auf den Haufen. Ich schaute auf meinen Arm, dann auf die Finger meines Vaters, die meine Hand umklammerten, schaute auf die Härchen, die ihm ums Gelenk wuchsen, fuhr mit den Augen seinen Sakko-Ärmel entlang, hoch bis zur Schulter, und da sah ich sein Gesicht, das von derselben Energie zerrissen wurde, die alle Männer hier in den Wahnsinn getrieben hatte.

Aus seinem Mund kam ein Lärm, den ich nie mehr vergessen werde. Jeden Augenblick könnte er zwischen den Pinien ertönen und meinen Körper erzittern lassen. Jemand würde mich rufen: Ich würde ihm folgen. Das war die Lektion gewesen. Ich atmete aus, schloss die Augen und strich mir über die Wange – kein Staub, nur Schweiß, hartnäckig und hinlänglich bekannt.

Nichts von alledem schrieb ich dir, weder von den Fliegen noch von der Erinnerung an die Sprengung, die mich überfallen hatte. Ich war auf nichts davon gefasst gewesen. Nach dem Zusammenbruch am Morgen im Wald war ich völlig verstört in die Wohnung zurückgekehrt, hatte mich ausgezogen und lange im Spiegel betrachtet. Ich war zeckenfrei – keine entzündeten Bissspuren, keine kleinen braunen Tiere. Später stand ich nackt und mit geschlossenen Augen auf der Dachterrasse und rauchte, dann rauchte ich noch eine und öffnete irgendwann zögerlich die Augen. Wäre ich damals, bei dem Anblick dieser verfluchten Landschaft, doch bloß empfänglicher gewesen. Mir wäre so viel erspart geblieben. Alles lag vor mir ausgebreitet: der Wald, der vor Leben strotzte, der Geist der Dezimierung, der umherspukte, der Glanz einer Gesundung, in dem alles letztgültig erstrahlte.

Die drei toten Fliegen, die ich in der Wohnung hatte finden können, hatte ich ebenfalls mit Zahnstochern aufgespießt und doppelwandige Espressogläser über sie gestülpt. Als du meine Sammlung später entdecktest, fragtest du mich: »Ist das im Augenblick dein Hobby: Fliegen zu fangen?« Ich lächelte und schaute weg, so wie mein Vater weggeschaut hatte, als ich ihn bei der Sprengung nach den Leuten gefragt hatte.

Drei Fliegen, zwei Zecken, eine Flugbahn.

Die Nachstellung begann vier, fast fünf Minuten zu spät. Es lag nicht an mir, auch wenn ich seit dem Morgen unkonzentrierter vorging und mich vermehrt ruckartig sekundenkurze Schwindelanfälle überfielen. Die Verspätung hatte Sauls Vater verschuldet, indem er im letzten Augenblick beschlossen hatte, sich umzuziehen. Er wolle, erzählte er seiner Frau und mir, die Kleider tragen, die ihn an dem Tag nicht davor bewahrt hätten, seinen Sohn zu verlieren. Die Wiederholung des Hergangs müsse perfekt sein; bestenfalls überstiege der Schmerz, den er in einigen Stunden empfinden würde, den Kummer, den er damals verspürt habe. Das wäre ein gutes Zeichen, dann wären wir näher an der Intensität, an der Wahrheit. Ich hörte betreten zu, während er seine Theorie ausbreitete, die er zugleich torpedierte, indem er den Beginn der Nachstellung hinauszögerte. Es war seine Art, sich zu motivieren. Dafür trotzte ich mir ein wenig Achtung ab.

Ich lenkte mich mit dem Gedanken ab, dass die Auslosung eine Farce gewesen war. Der Algorithmus, der Zugriff auf die Datenbanken hatte, suchte sich die Teilnehmer nicht auf gut Glück aus. Immer wieder wurden dieselben Sozialtypen als unschuldig außer Acht gelassen, und selbst wenn es in den allermeisten Fällen die richtige Entscheidung war, blieb ein Restrisiko, der sogenannten Intuition zu sehr zu vertrauen. Gerade wegen ihrer Autorität war die Akademie eine Institution der Beschämung: Auch wenn eine Tat nicht aufgeklärt werden konnte, durfte es nicht passieren, dachte ich, während ich den Vater weiter reden hörte, ohne ihn zu verstehen, dass selbst der Täter, den wir nie kennen würden, zu keinem Zeitpunkt unter Verdacht geraten war. Darin bestand meine Aufgabe: die Realität der Täterschaft unter die Leute zu bringen. Mein Telefonat mit Sauls Vater war Teil des Spiels; nach dem Fiasko wegen des vergessenen Geburtstages wollte ich meine Stellung ihm gegenüber verbessern, indem ich Sorge um sein Wohlsein bekundete. Es war amüsant zuzuhören, wie sich jemand für ein Recht einsetzte, das ihm als Pflicht längst auferlegt worden war. Sie dachten nach wie vor, dass sie in ihre winzige Wirklichkeit hineinwirken konnten.

Ich hatte allen Beteiligten gesagt, dass sie mich ignorieren sollten. Sie kannten die Routen und Timings, wussten, wer wann an welchem Ort aufzutauchen hatte. Ich hatte ganze Tage darauf verwendet, die Abläufe zusammenzustellen und zu besprechen. Saul-Mahum hielt sich natürlich nicht daran. Als er aus dem Wohnhaus trat, in dem Sauls Familie lebte, zwinkerte er mir zu. Es war erneut eine Grimasse, die mich zutiefst erschreckte. Dann bog er nach links in die Einkaufsstraße ab. Am Fenster stand Sauls Vater und schaute ihm hinterher, er winkte nicht, er drehte den Kopf nur nach rechts, nach links, dann schnippte er die Zigarette weg. Der Stummel schlingerte im Fall.

Ich blieb von Beginn an auf Distanz, machte Fotos, notierte mir Blickwinkel, die mir bisher nicht aufgefallen waren, und überlegte, ob Zeugen mir Details verschwiegen hatten, die sie gesehen haben mussten. Sie hielten sich alle an meine Anweisungen. Die Schilder in den Auslagen zeigten wieder die Preise von jenem Nachmittag, die eine Frau schlich wieder gebückt aus der Arztpraxis, obwohl sie keine Rückenschmerzen mehr hatte. Ladentüren wurden zugeschlagen, Münder abgewischt mit diesen unpraktischen plastikpapiernen Eisservietten. Die Verpackung eines Müsliriegels wurde zerknittert und weggeworfen, und selbst der Wind schien kooperativ zu sein und wirbelte den Müll anstandslos durch eine der Seitengassen. Die Schleifspur entsprach exakt der, die ich auf den Videos studiert hatte.

Es fühlt sich richtig an, dachte ich, ich bin an Ort und Stelle. Saul-Mahum kaufte sich zuckerlosen Kümmeltee, setzte sich zum Trinken auf die eine Bank vor dem Supermarkt, lehnte sich mit dem Rücken nach hinten und verdeckte mit seinem Körper die Hälfte des Graffitos: *Wake me up* war jetzt zu lesen. Aber als ich ihn dort sitzen sah, umgeben von halbverblichenen Buchstaben entfernter Graffiti, schenkte ich der ganzen Szene noch weniger Glauben als zuvor; sie war viel zu klar. Der Zeuge, der Saul hier gesehen hatte, war laut deiner Liste bei den unangemeldeten Treffen dabei. Ich notierte mir seinen Namen.

Saul-Mahum stand auf, ließ die leere Flasche am linken Rand der Bank stehen, fälschlicherweise auf dem mittleren und nicht auf dem hinteren der drei Bretter. Als ich die Stelle passierte, stellte ich die Flasche um und sah kurz die Menschen in dem Istgleichzeichen, die, die nach oben starrten, und die, die nach unten starrten.

Saul-Mahum ging weiter, verließ das Stadtzentrum und traf sich mit zwei Freundinnen, die bereits vor der verlassenen Assembly-Halle auf dem Boden lagen und in den Himmel starrten. (Sie spielten sich selbst.) Ihre Kleider leuchteten weiß und gelb, ihre Schuhe rot. Sie wirkten, dachte ich auf mittlere Distanz, wie gut gekleidete Kadaver, dann setzten sie sich aber auf und winkten Saul-Mahum zu. Sie lebten; sie waren jung und lebten. Die Atmosphäre gefiel mir: wie das Sonnenlicht vom Asphalt zurückgeworfen wurde, in dem sich Öl abgelagert hatte, wie im Hintergrund der Wald grünlich flirrte und wie diese drei dort saßen und lagen, wie sie sich unterhielten und selbst im Spiel ein Einverständnis gefunden hatten, das ich niemals nachvollziehen könnte, sooft ich diese Szene auch betreten würde.

Ich stand gut zehn Meter entfernt, im Rücken die Ausläufer der Stadt, und schaute auf die Uhr. Sie würden exakt vierundvierzig Minuten auf der Freifläche bleiben, sieben Songs hören und jeweils eine Pille *Cheevl* nehmen. Die eine Freundin hatte behauptet, Saul habe nach zwanzig Minuten noch eine halbe nachgeworfen; ich glaubte es ihr nicht so recht. Ich setzte mich zuerst hin, legte mich nach einigen Minuten auf den Rücken, drehte den Kopf mal nach links zur Straße, mal nach rechts zur Gruppe. Der Boden war aufgeheizt, der körnige Belag drückte gegen meine Kopfhaut, der Wind kam aus Südost, etwas schwächer als gestern. Es war angenehm, es war sehr angenehm. Sie unterhielten sich über die neuen

Releases, eine Feier am See, die die Clique wochenlang geplant, aber nie in die Tat umgesetzt hatte, und über »so Zeug halt«, das sich laut den beiden Freundinnen nicht so genau beschreiben ließ. Über die Asphaltfläche wehte ihr Gespräch zu mir herüber, während die Gestalten hinter Hitzeschlieren vibrierten.
– Habt ihr schon den neuen Track von *Envir* gehört? Wie sie sich im Clip verwandelt, wie sie ihre Form verliert?
– Mach mal an.
– Sie wird ein Fluidum.
– Was?
– Das stand irgendwo, sie löst sich auf.
– Jay, im Ernst, du bist zu viel in den Foren unterwegs.
– Sie macht mir irgendwie Angst.
– Du hörst sie aber ständig. *Repeat, repeat, repeat.*
– Deswegen ja. Ich versteh meine Angst irgendwie besser, wenn ich ihr zuhöre.
– Mir macht sie auch Angst, wie sie da im Gras liegt und von oben bestrahlt wird von diesem blauen Licht, guck, ihre Lippen sind nicht synchron zu den Lyrics.
– Das ist kein Gras.
– Nein, das sind Tentakel.
– Das sind Kabel, Hannah, aber in Form von Gras. Sie wird anschlussfähig.
– Ganz klar sind das Tentakel.
– Auf jeden Fall ist das eine geheime Botschaft. Also das, was sie sagt.
– Sie sagt was, aber das ist nicht das, was sie singt.
– Ja, die Lippen.
– Jetzt fängt sie an, sich zu verwandeln, ihre Haut glänzt immer stärker. Und das blaue Licht, das kommt von innen, sie glüht. Vielleicht gönnt sie sich auch eine Ladung *Cheevl*.
– Ein Fluidum. Oder ein Myzel.
– Ein was?
– Stand das auch irgendwo?
– Ja, in dem Forum, von dem ich euch erzählt habe. Ihr solltet das auch mal lesen. Da werden die Sachen von

Envir so analysiert. Die haben's voll drauf.
– Die Leute posten zu viel Schrott.
– Aber es stimmt, schaut hin, sie wird raumgreifend, also ein Myzel, das ist so eine Art –
– Raumgreifend? Alles klar. Was soll das sein?
– Mach nochmal rein.

Es war derselbe Track, den die Person vorletzte Nacht am See gehört hatte. Nach drei, fünf, vierzehn, siebzehn, dreißig, neununddreißig und dreiundvierzig Minuten fuhren wie vorgesehen die Autos vorbei. Der drittletzte Fahrer hupte viermal wegen der ihm zufolge zu lauten Musik dieser »unbekümmert jungen Menschen, die den Ernst der Lage« nicht verstünden. Überall in dieser Stadt würden die Leute auch immer rücksichtsloser, das hatte er noch hinzugefügt und mich angeblinzelt, als stünde ich auf zehn Meter Distanz zu ihm. Ich hatte ihm darauf nichts entgegnet, ihn nur angewiesen, sich den Rhythmus seines Hupens in Erinnerung zu rufen und im besten Fall eins zu eins zu wiederholen. Ich würde auf ihn zählen. Er hatte soldatisch genickt.
– Ich geh nicht in den See, der macht mir irgendwie auch Angst.
– Auch nicht nackt?
– Wenn ich nicht in den See geh, geh ich auch nicht nackt in den See. Das Wasser ist so glatt, ich hab immer das Gefühl, als würd' ich in einen Himmel springen, der spiegelt sich zu sehr.
– Und dann landest du im Weltall?
– Lach nicht. Dann tauch ich ein und land' irgendwo im Dunkeln.
– In einer unabänderlichen kosmischen Schwärze.
– Was?
– Aber das war doch die Idee, ganz am Anfang war das der Deal: dass wir zusammen reinspringen, nachdem wir alle –
– Sollen wir noch eine nehmen?
– Nee, ist genau richtig so, so kühl unter der Haut, ich krieg gerade die geile Gänsehaut.

– Wenn jeder noch eine halbe nimmt, passiert bestimmt das, was bei *Envir* passiert. Habt ihr echt nicht verstanden, was sie da gesagt hat?
– Ein Fluidum wird sie, oder?
– Ja, oder ein Myzel. Das fand ich irgendwie einleuchtend. Schaut doch mal genau hin, sie wird hell wie Magnesium.
– Ernsthaft, Jay: Wo liest du so was?

Das war das Stichwort, das waren die letzten Sätze, bei denen Saul dabei gewesen war. Und Saul-Mahum hielt sich ans Script: Er erhob sich, richtete sein Hemd, ließ sein Handy zwischen den Rucksäcken liegen, kehrte uns den Rücken und ging in den Wald. Zum Abschied habe er gesagt, das hatte die eine Freundin im Vorgespräch erwähnt, dass er pinkeln und dabei auch mal seinen Kopf leermachen müsse. Er habe ständig den Eindruck zu stolpern, obwohl er sich gar nicht bewegte. Sie riefen ihm hinterher: »Aber verlauf dich nicht wieder!« Dann lachten beide, legten sich wieder rücklings auf den Boden und starrten in den Himmel, während der Track von *Envir* nochmals begann. Als ich an ihnen vorbeiging, fiel mir wieder auf, wie groß der Kontrast zwischen ihrer gepflegt schludrigen Sprache und ihren Kleidern war, den gerissenen Shirts, gipsfarbenen Flecken auf den Hosen und zerfledderten Schnürsenkeln.

Saul-Mahum war bereits am Rand der Asphaltfläche. An diesem Punkt begann die Improvisation, die mir am meisten Sorgen bereitete. Wir wussten so gut wie nichts, nur der Fundort des falschen Hemds gab Aufschluss über die ungefähre Route. Saul-Mahum stampfte durchs Gebüsch, fuhr mit der ausgestreckten Hand an gefällten und halbvermoderten Baumstämmen entlang und ließ spärlich belaubte Zweige von Sträuchern nach hinten schnellen. Pinien, erst jetzt fiel mir auf, dass hier überall nur Pinien wuchsen.

Gut dreißig Meter entfernt spazierte der Kollege von Alfons/Fons umher. Er spielte einen Lehrer, der im zweiten Verhör zugegeben hatte, sich mit einer ehemaligen Schülerin getroffen zu haben. Es gab Videos, der Zeitstempel stimmte, die Geo-Lokalisation bestätigte seine Aussagen. Ich sah ihn zwischen dem Geäst, er schien wieder auf der Suche zu sein. Mit vorgebeugtem Oberkörper schlich er umher und scharrte mit seinen Schuhen in Halbkreisen über den Boden.

Einige Minuten später blieb Saul-Mahum in einer Furche stehen, die sich durch den Wald zog. Als ich zu ihm trat, blinzelte er und hielt sich eine Hand vor die Augen.

– Wissen Sie, dass das die erste Gelegenheit für mich ist, um mich ungestört mit Ihnen zu unterhalten?

– Du verzögerst den Ablauf.

– Ohne die vielen Augen und Ohren im Hotel.

– Was soll das?

– Was wäre, wenn ich Ihnen sagen würde, dass ich weiß, wo Sie Saul finden?

– Was wäre, wenn – ich kenne den Spruch, er hat mich in dieser Stadt der Schläfer und Lügner noch nirgends hingeführt.

– Meine Frage ist ernst gemeint. Sie sagen nichts mehr. Bildet die berühmte Akademie einen auch darin aus, besonders klug zu schweigen?

– Was weißt du?

– Sie haben sich sicherlich alle Videoaufnahmen vom Nachmittag angeschaut, an dem er verschwunden ist. An der Kreuzung der Assembly-Hallen und der Sozialwohnblöcke läuft gegen Viertel nach drei eine Person in einem für die Hitze völlig übertriebenen Hoodie Richtung Süden. Erinnern Sie sich? Auf dem Rücken ist ein Print zu sehen, eine weiße Linie, die entlang der Wirbelsäule verläuft und an deren unterem Ende eine Blume sprießt. Eine Lilie, glaub ich. Das bin ich, das ist mein Hoodie, ich habe ihn im Waschraum des Hotels versteckt. Sie können ihn sich gerne anschauen.

– Und weiter?

– Saul hat mehr *Cheevl* gebraucht als die anderen, viel mehr. Nicht nur eine Pille, wie die vorhin gesagt haben.

Fünf oder sechs, sonst spürte er nichts. Irgendwie hat sein Körper anders darauf reagiert, schwächer, lahmer. Schauen Sie mich nicht so an, Sie haben sich doch längst eingerichtet in Ihrem Halbwissen. Seien Sie froh, dass ich jetzt so zuvorkommend bin. Wir standen genau an dieser Stelle an dem Tag, ich hier, er dort, wo Sie stehen. Er wollte zwanzig Stück, ich gab ihm fünfundzwanzig und verlangte den Preis für fünfzehn.
– Das hast du nicht zu Protokoll gegeben.
– Ist das Ihr Ernst?
– Und dann?
– Er hat sich artig bedankt, mich ein letztes Mal mit diesen unglaublich tiefen und leeren Augen angeschaut und ist dann Richtung See gestolpert.
– Das ist also deine Info: dass du ein Provinzdealer bist und Saul einer von vielen Junkies? Die ganze Stadt nimmt *Cheevl*.
– Ich war schon fast wieder aus dem Wald, als ich ihn sah. Ich dachte kurz, er sei ein potenzieller Kunde, deswegen bin ich hinter ihm her.
– Mahum, die Drogendelikte sind nebensächlich, das interessiert mich nicht.
– Es war ihr humpelnder Freund, es war Davis Ley, der nicht Davis Ley heißt. Ich bin ihm gefolgt, ich habe eh nichts zu tun in diesem beschissenen Hotel, außer das Messing dieser Gepäckkarren zu polieren. Er hat Saul dann am See eingeholt. Sie kamen ins Gespräch, sie stritten sich, dann stürzte er sich auf unseren Jungen.
– Wenn du mir nicht sagst, wo Saul ist, dann –
– Es wird ja noch besser: Am See stieß eine zweite Person hinzu, allem Anschein nach hatte sie dort in der Nähe gewartet. Sie schleppten Saul dann weg. Ich folgte ihnen noch kurz, aber dann waren sie plötzlich verschwunden. Verschluckt.
– Wer war das?
– Wissen Sie, wieso hier noch mehr Leute *Cheevl* nehmen als in anderen Distrikten, sogar mehr als im Westen? Weil man hier vertrocknet. Ich dachte, im Süden wäre

es besser, da es weniger feucht und schmierig ist. Deswegen habe ich mich für die Zone entschieden. Aber es ist nur eine weitere Lüge. Schauen Sie sich doch einmal um.
– Mahum, wer war die zweite Person?
– Sie kennen alle Zonen, Sie wissen, wie übel es hier ist. Sie wollen doch auch nur noch weg. Ich will in den Norden, in die Kühle. Ich friere mir lieber alle Zehen ab, als weiter hier zu schmoren. Sie kriegen das schon hin: ein Umsiedlungsbescheid für einen der nördlichen Distrikte, dann liefere ich Ihnen Ihre heißgeliebten Antworten: wer und wohin, vielleicht sogar weshalb. Im Übrigen liegen wir perfekt in der Zeit, Saul und ich hingen ungefähr so lange hier ab, wie dieser anregende Austausch gedauert hat.

Er drehte sich um und ging weiter. Ich versuchte gar nicht erst, ihn aufzuhalten. Die Nachstellung hatte tatsächlich Vorrang, und in dieser kurzen Szene an der Furche hatte ich nun einmal die Rolle von Saul übernehmen müssen, während Mahum sich selbst gemimt hatte. Es war ein voller Erfolg gewesen, wir lagen in der Zeit. Im Gegenlicht sah ich die Silhouette von Saul-Mahum, sah, wie er ans Ufer trat, wie er sich das Hemd über den Kopf zog, es an der richtigen Stelle fallen ließ und in den See ging. Höchstwahrscheinlich war an diesem außergewöhnlichen Tag sogar der Faltenwurf perfekt.

Womöglich entsprach meine Entsendung der Neuausrichtung der Akademie, dachte ich, während ich Saul-Mahum zuschaute, voller Groll, zugleich voller Bewunderung für sein Manöver. Womöglich war die Suche nach Saul ein Spiel, um meine Kompetenzen unter widrigsten Bedingungen auszuwerten. Alfons/Fons und die Brigadiers gehörten ebenso dazu wie Als, das Hemd und Mahums Finten, nichts als Einzelmissionen, für die es Lösungen gab, souveräne Haltungen, die ich noch ausbilden müsste. Neugeschaffene Posten weit oberhalb von Bell und den anderen Kleingeistern waren zu besetzen. Nach außen waren meine Handgriffe und Satzwendungen hoffentlich seit Anbeginn ohne jeden Zweifel glaubwürdig. Es konnte auch jetzt nicht schaden, so zu tun, als wäre meine Entsendung ein Test, dachte ich, als ich an den See trat. Gut möglich, dass mein Bericht später so ausgelegt werden würde, als hätte ich einen Test zu bestehen gehabt, das dachte ich noch und pumpte mich mit Luft auf. Dann hatte beziehungsweise hätte ich alles richtig gemacht.

Er stand kurz regungslos im Wasser, das ihm glänzend und grünstichig bis zur Hüfte reichte, dann watete er weiter. Auf seinem Rücken schimmerten einzelne Tropfen. Ich zog meine Schuhe aus und trat ans Ufer. Ich machte mehrere Fotos, und mit jeder Aufnahme war weniger von ihm zu sehen, dafür mehr vom See, vom Wald, vom Himmel. Auf dem letzten Bild sah ich nur noch den Kopf, aufgenommen eine Sekunde bevor er unter Wasser verschwand. Hatte sich Saul nicht vielleicht doch auf diese Weise verabschiedet? Es erschien mir plötzlich so triftig, so vollkommen nachvollziehbar, gerade in dieser Umgebung endgültig unterzugehen und zu entkommen. Dann tauchte er wieder auf, und als er es mir lachend zuschrie, fühlte es sich so an, als hätte er die schmächtigen Kiefern, die nur rund ums Ufer wuchsen, zu seinen Komplizen gemacht: »Saul wartet. Liefern Sie!«

Mahum, Mahum, Mahum; ich hatte ihn unterschätzt. Als ich nach dieser zweiten Waldepisode zurück zur Ferienwohnung lief, fiel es mir schwer, ihm seine Erpressung übel zu nehmen. Ich mochte seine Geschicklichkeit, diese haargenaue Berechnung, mit der er versuchte, sich zur Wehr zu setzen. Ich formulierte eine Anfrage bezüglich des Umsiedlungsbescheids, hegte aber keine große Hoffnung, dass Bell sie bewilligen würde. Zu reißerisch, zu vage, zu wenig Garantien. Immerhin bestätigte er den Eingang, ohne sich aufzuregen.

In Anbetracht seiner Gerissenheit war Mahums Akte enttäuschend. Er war in Bulasz geboren und aufgewachsen und war lediglich einmal im Alter von vierzehn Jahren umgesiedelt worden. Bis vor fünf Jahren hatte er auf einer Plantage gearbeitet, die erst kürzlich pleite gegangen war. Seine Schilderungen, wie es ihm im Westen ergangen war, schienen der Wahrheit zu entsprechen. Keine Schulden, keine Familie, keine medizinisch auffälligen Befunde. Es schien mir, als hätte er seinen Zorn, den er ja offensichtlich hegte, nach innen gewendet, klammheimlich und kunstfertig – auch hier, dachte ich noch, war mal wieder eine fehlgeleitete Deklination der Trauer am Werk. Ich erinnerte mich an sein Gesicht am ersten Abend, als ich mich wegen der Doppelbelegung beschwert hatte. War das der Augenblick gewesen, an dem er angefangen hatte, mich zum Spielball zu machen?

Abends, nach ein paar Zigaretten und Pastis, ergänzte ich meine Unterlagen mit einer nie gekannten Heimlichtuerei. Selbst jetzt, beim Niederschreiben dieses Absatzes, erfasst mich eine gewisse Vorsicht, die unnötiger, offenbarender nicht sein könnte. Ich bin allein in dem Zimmer, das eher eine Kammer ist, die eher ein Loch ist. Es war mir gleich bei der Ankunft zugewiesen worden, das ist nun fünf Tage her. Der Typ, mit dem ich es mir teile, ist fast den ganzen Tag unterwegs. Ich frage nicht, was er macht. Er fragt mich ebenso wenig, was ich mache. Ich weiß bloß nicht, ob das ein Ausdruck des Respekts, der Angst oder des Betrugs ist. Hier unten wissen sie sehr wohl, dass ich zur Akademie gehörte und die Seiten gewechselt habe. Ich bin darauf gefasst, dass sie mich jederzeit zur Rede stellen.

An dem Abend, als ich die Nachstellung auswertete, war ich jedenfalls der festen Überzeugung, dass ich Gefahr liefe, durch die Notiz die Untersuchung zu sabotieren. Meine Worte sollten in ausreichender Distanz zum Schmutz der Lügen stehen, die ich bisher aufgedeckt hatte. Also schaltete ich das Licht in der Küche ein, ließ die Tür zum dunklen Wohnzimmer offen und setzte mich dort an den Tisch. Ich schrieb überlange Sätze, wiederholte Unnötiges und kombinierte Weitverzweigtes in Thesen, die am Ende zum Anfang des Gedankens zurückgelangten und diese Wegführung stolz als Gewinn ausgaben. Dann, in die Mitte dieses trotzig hilflosen Berichts, schrieb ich einen klaren Satz, der das Pochen in meiner Brust tatsächlich ein wenig linderte:

»Sauls Hemd hat seitlich drei Löcher auf Rippenhöhe; das am See gefundene Hemd hat keine Löcher; die Shirts der Mädchen aus Sauls Clique haben seitlich drei Löcher auf Rippenhöhe.«

Anschließend wechselte ich wieder zum langatmigen Stil von davor, erging mich in kühnen Verknüpfungen und schloss mit den Ausführungen von Sauls Vater, mit seinen Loops und Schleifen, die mir zugegebenermaßen ganz gut gefielen. Ich las mir den Absatz anschließend mehrfach durch; ich verstand nur die Hälfte, wenn überhaupt. Ich bin auch heute noch der Ansicht, dass es die präziseste Notiz im Dossier zu Saul ist.

Die Signa der letzten Jahrzehnte waren in einer Datenbank erfasst, auf die ich kurz vor Mitternacht zugriff, um das Stecker-Symbol zu überprüfen. Ich hatte sie bisher erst einmal konsultieren müssen.

Als ich vor gut drei Jahren eine Zelle ganz in der Nähe hochgenommen hatte, hatte ich mich in die Kommunikation ihrer Mitglieder eingearbeitet. Sie trugen allesamt dünne Rollkragenpullover aus einem Kunstfaser-Mix, um sich gegen die Sonneneinstrahlung zu schützen. Ihre Kleidung war nicht weiter auffällig gewesen. Die vertikalen Schlitze waren auf den ersten Blick nicht zu sehen, so fein ritzten sie mit Rasiermessern in den Stoff am Hals. Es ging darum, den Schnitt mit einer einzigen schnellen Bewegung vorzunehmen und die Fasern zu durchtrennen, ohne die Haut zu berühren. Wer blutete, verlor. Je mehr Schlitze ein Rollkragenpullover aufwies, desto angesehener war sein Träger. Die Zelle war der radikalisierte Ableger einer der letzten Protestbewegungen gewesen und hatte Anschläge auf neue Sicherheitsbauten geplant. Das Muster des Ritzens sollte im Großen wiederholt werden: schnelle Angriffe, chirurgisch genau ausgeführt, die »zum Zerfleddern des Systems« führen sollten, wie es der Anführer der Zelle im Verhör genannt hatte. Er hatte mich während seiner Monologe unentwegt angegafft, während er von der Schuld der Großkonzerne, der konformistischen Passivität des Staats und dem »nahen Ende eurer Zukunft« gesprochen hatte. Ich ließ es zu, belustigt über das Schimmern in seinen Augen, über das Zucken der Häutchen an ihren Rändern. Er glaubte an seinen Flirt, daran, mich durch seinen Schwall an fraglos Ehrbarem überzeugen zu können, wenn er seine revolutionäre Akquise nur geschickt genug voranbringe.

Er wurde einige Tage später entlassen. Nackt setzte man ihn auf der weiten, weiten Brachfläche eines Sektors aus, der längst aufgegeben worden war, in der Hand eine Plastiktragetasche, verziert mit dem farbverspielten Logo einer uralten Supermarktkette, gefüllt mit nichts als seinem Rasiermesser, ein lächerliches Instrument in der Hand eines lächerlichen Menschen.

Die Suche nach den drei Löchern ergab keine Treffer, nur Verweise auf strukturell oder historisch verwandte Formationen, die mich erst einmal nicht weiterbrachten. Ich war dennoch zufrieden mit meinem Vorgehen; das hier war doch kein Test, mein Abschweifen vorhin am See eine lässliche Schwäche gewesen. Es ging um einen verschwundenen Jungen, den ich wiederfinden würde. Saul säße schon bald wieder in der softblauen Kühlschrankküche seiner Eltern, wäre wie jeder Teenager unglücklich und würde daran scheitern, sich eine gute Zukunft auszumalen. Beglückt sandte ich das Memo zu den zwei Hemden, den drei Löchern und der Möglichkeit einer neuen Bewegung im Umfeld dieser *Envir* in die Zweite Hauptstadt und gab Bells ID absichtlich zweimal an.

Womöglich war der Weg, der mir noch bevorstand, doch kürzer, als ich befürchtet hatte: Mahum zufriedenstellen und die Infos zu Saul erhalten, zugleich die Akademie beeindrucken, indem ich eine neue Widerstandszelle samt ihren Codes beschreiben würde. Danach könnte ich die Stadt samt ihrer Hitze, Fliegen und allumfassenden Erschöpfung endlich hinter mir lassen.

Fünfzehnter August

Mit offensichtlicher Abneigung hatten Sauls Eltern eingewilligt, dass ich zu Besuch kommen könnte, um sie über die Auswertung der Nachstellung zu unterrichten. Sie wirkten aufgeräumter als bei den vorherigen Treffen. Das Gesicht der Mutter sah aus, als wäre es an diesem Morgen etwas länger in der Pfanne angebraten worden. Ihre Haut war fester, die Stirnpartie fast schon straff.

– Hat die Show, die Sie abgezogen haben, hat der Stunt wenigstens etwas gebracht? Leon glaubt ja, es sei die letzte Möglichkeit, ihn zu finden.

– Wir haben neue Erkenntnisse gewonnen, ja. Eine Nachstellung generiert in jedem Fall neue Fährten. Hat Saul geraucht?

– Was? Was soll er geraucht haben?

– Ich frage nur. Woher stammen die Löcher in seinem Hemd? Sie hatten mir gesagt, sie haben ungefähr den gleichen Durchmesser wie Zigaretten.

– Nein, unser Sohn hat aufgepasst, er war nicht so liederlich wie seine Freunde. Ich habe Ihnen bereits gesagt, dass sie lügen, Saul hat weder geraucht noch Pillen genommen. Diese Flittchen haben ihr Leben nicht unter Kontrolle. Und jetzt behaupten sie, Saul hätte mit ihnen dieses *Cheevl* genommen, nur um sich selbst zu schützen.

– Ja, wieso sollte Saul so etwas tun?

– *Cheevl* nehmen viele, es ist nun einmal erwiesen, dass –

– Dass Saul es nicht genommen hat!

– Dass der Konsum in allen Gesellschaftsschichten verbreitet ist, unabhängig von den angewandten Parametern, das ist erwiesen, das ist nun einmal so.

– Nehmen Sie es?

– Wie bitte?

– Sie haben meine Frau sehr wohl verstanden.
– Nicht mehr.
– Unglaublich, das war klar, die schicken Ex-Junkies. So wichtig sind wir denen in der Zweiten –
– Nein, das verstehen Sie falsch. Wir haben es ein Trimester lang während der Ausbildung genommen, zur Effekt-Einsicht.
– Was?
– Ja, das ist doch klar, die haben Pillen geschmissen, um zu sehen, was das mit einem macht.
– In etwa, ja.
– Und?
– Und was?
– Wie fühlt es sich an?
– Nun, zuerst – wollen Sie das wirklich wissen? Ich sehe keinen Grund, Ihnen das zu sagen. *Cheevl* ist verboten.
– Verboten und sehr verbreitet.
– Also?
– Als würde sich in jeder Pore ein sandkornkleiner Eiswürfel befinden, der allmählich schmilzt. Es ist angenehm, es ist sehr kühl, aber man friert nicht. Die Kühle sickert einem ins Herz.
– Ins Herz?
– Ja, aber als ein Fließen, als eine Art Einkehr, eine Rückbesinnung der Temperaturen. Verstehen Sie?
– Nein.
– Nein.
– Es tut auch nichts zur Sache. Jedenfalls ist das Wort *Ex-Junkie* deplatziert, weil wir nie abhängig waren, unser Konsum von *Cheevl* wurde streng kontrolliert.
– Also hilft es gegen das Wetter hier?
– Es hilft, also es würde helfen, gut möglich, kurzfristig, aber es ist keine Lösung, absolut nicht, bitte lassen Sie uns nicht weiter darüber reden.

Ich ging kurz danach aufs Klo. Ich trank Leitungswasser, bis mein Bauch aufgebläht war, dann ließ ich Tropfen in die Kuhle zwischen Ober- und Unterarm perlen und einzeln an der Innenseite hinabgleiten. Sie folgten dem Verlauf meiner Adern, die türkis hervorstachen. Vor dem Handballen scherten die Tropfen seitlich aus und fielen zu Boden.

Ich trat auf den Gang und schaute mir die gerahmten Bilder an. Ein Foto fiel mir ins Auge: wie Saul mit seinen Eltern einen Waldweg entlangging, links war eine Böschung zu sehen, rechts ein Bach, an dessen Ufer etwas wucherte, Gewächse, die aussahen wie Algen, die man getrocknet, toupiert und zu Bouquets zusammengeschnürt in die Erde gesteckt hatte. Davor und dazwischen lagen Kabel und Elektro-Plastikgehäuse, von Schlammkrusten überzogen, geschredderte Platinen und gesplitterte handygroße Bildschirme, angekokelte Holzpfähle, an denen Stacheldrahtfransen hingen. Es war eine Wunderkammer am Wegesrand, ein barockes Müll-Arrangement, perfekt ausgeleuchtet. Ich sah nur die Rücken der drei, sah, wie die Eltern vorneweggingen und wie Saul hinterhertrottete, die Schultern eingefallen, das Kreuz gebeugt.

Ich hätte das Foto nur von der Wand nehmen, den Rahmen entfernen und das Papier umdrehen müssen. Auf dem Rücken hätte ich, davon war ich überzeugt, Sauls Gesicht gesehen. Ansonsten wäre die Seite weiß gewesen. Ihn aber hätte ich von vorne gesehen, seine Augen, die trotz ihres Alters schon lange nichts mehr suchten, sein Kopf, der nach vorne kippte und den unsichtbaren Körper bald schon mit sich reißen würde; ein Junge seiner Zeit, ein Mensch, der seine Jugend mehrmals verloren hatte, mit vierzehn, mit zwölf, mit zehn Jahren. Kein Wunder, dass er *Cheevl* wie Zuckerpastillen schluckte.

Ich war kurz davor, das Foto von der Wand zu nehmen, als ich ihn hörte. Zuerst klang es, als läge am Boden einer Schlucht ein verwundetes Tier, dessen Wimmern sich einen Weg nach oben bahnte. Noch blieb ich stehen und überlegte, das Foto einzustecken. Dann wurde der Vater lauter, sein Weinen kläglicher. Ich ging zurück. Ich würde weitersuchen, stammelte ich, es gäbe wegen der Nachstellung so viele neue Spuren, denen ich nachgehen würde.

– Und Sie haben auch nach wie vor niemanden gesehen, der humpelt, ja?
– Wie bitte?
– Am linken Fuß? Es ist etwas mit den Zehen.
– Das haben Sie uns noch nie gefragt.
– Also kennen Sie jemanden, der –
– Nein, ich kenne niemanden, der humpelt. Du? Und reiß dich zusammen, das hilft niemandem.
– N-, n-, nein.
– Während der gesamten Nachstellung sah ich auch niemanden humpeln. Das ist doch eigentlich ein gutes Zeichen. Einen Davis Ley kennen Sie auch nicht, oder?
– Was?

Kurz darauf hatte ich einen Fehler begangen, vor dem wir gleich am ersten Tag unserer Ausbildung gewarnt worden waren und den ich bis zu dem Zeitpunkt als Blöße erachtet hatte, die sich ausschließlich die Redseligen und Hoffnungsfrohen gaben: Ich hatte ihnen versprochen, Saul zu finden. Erst danach hatte der Vater sich beruhigt.

Ich ärgerte mich so sehr über diese Gedankenlosigkeit, dass ich im Supermarkt fast mit Als' Assistentin zusammenstieß. Bevor ich die Eltern verlassen hatte, hatte Sauls Vater sich mit ausreichend Luft aufgepumpt, um einige seiner wirren Sätze am Stück herauszuschreien, ohne dabei japsen zu müssen: Saul habe keine Pillen genommen, und selbst wenn er welche genommen hätte, könne er ihn verstehen. Dann war ihm erneut die Luft ausgegangen. Sein Körper wirkte immer durchlöcherter. Ihn hatte ich vor Augen gehabt, als ich die Assistentin anrempelte.

Wir nickten uns zu, und sie erkundigte sich nicht nach den Ermittlungen, was ich als größere Demütigung empfand als die übliche Frage, wie es denn so laufe. Stattdessen sprach sie vom Fest, das demnächst stattfinde. Ich nickte, sie lächelte; sie nickte, ich lächelte. Es hatte, versuchte ich mich zu erinnern, irgendetwas mit Cahills Leben zu tun, mit dem Einläuten des Jubiläumszeitraums. Ja, natürlich, hatte ich gesagt und sie dabei angestrahlt und mir viel zu abrupt und begeistert eine Gewürzmischung genommen, die ich gar nicht haben wollte. Nie wieder würde ich jemandem etwas versprechen, sagte ich mir an der Kasse, nicht einmal mir selbst.

Später, nach einem Spaziergang durch den Wald, in dem ich wieder an meinen Vater hatte denken müssen, schrieb ich Bell und fragte ihn, ob sie zu einer Entscheidung bezüglich Mahums Angebot gekommen seien. Ich erhielt keine Antwort. Später scrollte ich durch unseren Chatverlauf und zählte die Quaggas, die wir uns geschickt hatten. Auf meine Message, ob du noch vorbeikommen könntest, bekam ich ebenfalls keine Antwort. Später, als ich aufwachte, war es kurz nach zehn Uhr abends. Als ich mich am Bettrand zur Seite wälzte, sah ich aus nächster Entfernung die vertrockneten Kadaver der Fliegen, die mir plötzlich wie Totemtiere irgendeiner naturreligiösen Sekte erschienen. Ich hatte mir längst angewöhnt, die Räume, in denen ich mich aufhielt, nach Fliegen abzusuchen und sie einzufangen. Hier, einen Atemhauch entfernt, lagen sie nun ohne jeden Erkenntniswert, mit verkrümmten Beinchen und abgeknickten Flügeln. Ich rieb mir den Schlaf aus den Augen und starrte einfach weiter auf die Leiber. Ich wurde weder wacher noch müder.

Viel später trat ich dann auf die Dachterrasse, trank einen Pastis viel zu schnell und einen weiteren ein wenig zu schnell, rauchte und las weiter in Cahills Essay.

4.a. Der geläuterten Denkweise mögen die nachfolgenden Anmerkungen widerstreben. Vielleicht wird mancher der Leser gar mitleidig unsere Verwirrungen beklagen. Dessen ungeachtet erstatte ich mit steter Hand Bericht über die verwickelten Verhältnisse, in die wir ab dem vierundzwanzigsten Expeditionstag gerieten.

4.b. Seit den Morgenstunden war die Luft an diesem Tag eigentümlich diesig. Als die Truppe kurz nach Mittag eine letzte Talsenke hinaufstieg und der Hügelkamm allmählich den Blick auf das Plateau freigab, glaubten wir anfänglich, einem wortwörtlichen Trugbild aufzusitzen. Es müsste einen magischen Anblick gewähren, wenn es gelingen sollte, von nah eine fotografische Reproduktion der Materie anzufertigen. Doch unser Lichtschreiber war einer jener Unglücklichen, die wir vor fünf Tagen zurückließen. So bleiben mir lediglich die deutschen Worte, deren Kargheit mir nie bitterlicher vor Augen stand.
4.c. Wie ein Säugetier ungeheuerlichen Ausmaßes duckte sich die Materie bei dieser ersten Begegnung in eine Kuhle und füllte diese zur Gänze aus. Stoßweise und regelmäßig, so, als atme sie im Traume, hob und senkte sich ein Körper, der von einer Art undurchdringlichem perlmuttfarbenem Fell umwölbt war. Bevor sich indessen im Geiste ein konkreterer Begriff fand für die Erscheinung pulsierender Fasern, hatte diese sich frei gemacht von ihrer ehemaligen Gestalt. Seitwärts quoll die Materie mit einem Schlag über die Ränder der landschaftlichen Einfassung, wirkte auf mein unbedachtes Hirn bald wie ein heller Eisblink, der zerschmolz, bald wie eine Moospflanze, die sich in unnatürlicher Raschlebigkeit flächig ausbreitete, endlich wie eine schlickähnliche Flüssigkeit, die aus dem Erdreich sickerte und die mannigfachsten Reflexe in mattbraun und schwarzgrün hervorbrachte.
4.g. Ich will nicht versäumen, darauf hinzuweisen, dass ich die vorherigen Paragrafen unter anderem zu Beschaffenheit und Eindrücklichkeit der Materie der gesamten Truppe vorgetragen und um Repliken gebeten habe, um so die Objektivität der Schilderungen zu gewährleisten und die Schwäche individueller Spekulation aus dem Weg zu räumen. Niemand legte Einspruch ein oder erbat sich Umstellungen. In der Tat gewährt die Materie unserer Fantasie seit dem ersten Anblick den freiesten Spielraum zu Vergleichen mit Statuen, Tieren und Gerät.
4.j. Während die Truppe in gehöriger Entfernung das Lager aufschlug, vertraute mir Lowry nicht ohne Schrecken an, was ihm in den Sinn gekommen war, als die Materie sich

abermals verformt, eine harzige Glätte angenommen und sich spiralförmig als schmale Säule in die Höhe gewunden hatte: *Als wäre der Himmel ein Drüsenorgan, das ein Sekret absondert, welches uns Menschen prächtigsten Gefahren aussetzen wird.* Augenblicklich fällt es Lowry und mir außerordentlich schwer, über den biologischen Wert der Materie eine einheitliche Deutung zu geben.

4.m. Wir schätzen ihr Volumen in ihrer häufigsten, watteähnlichen Konsistenz auf 300.000 Kubikmeter.

4.s. Der Wind weht mit ausdauernder Kraft, und bald stürmen Wolkendämme von einer Länge und Höhe an, wie sie in keinem andern Himmel je beobachtet wurden. Hier im Hochland gibt es keine Wälder, und die freien Grasflächen ragen ereignislos bis zum Horizont. Indessen beschleicht mich vermehrt das Gefühl, als hätte sich jeder der verbleibenden Männer waldwärts fortbewegt und stünde allein zwischen Stämmen: eine Schattensäule zwischen anderen, in müder Angst erstarrt, auch nur ein Wort zu sagen, das sich verflüchtigte zwischen Bäumen, die es nicht gibt.

4.u. Ich sorge mich um meine Aufmerksamkeit. Je ausgiebiger ich über die Materie schreibe, umso stärker befallen mich Zweifel, ob ich meine Konzentration überhaupt dem richtigen Gegenstand zuwende. Ich dürfte wohl eher das Richtige treffen, wenn ich verlautbare, dass wir die Materie nur dann zu verstehen beginnen, wenn wir ihre bizarre psychogene Wirkung auf den Menschen zum Studienziel deklarieren. Eine mehr als zehnstündige Laboreinrichtung zur Leitfähigkeit der Fibern muss ohne jedes Ergebnis bleiben, solange wir darin fehlgehen, die absonderlichen Verhaltensweisen der Truppe zu analysieren.

4.t. Die Männer blicken immer seltener nach außen, ihre Augen richten sich nach innen, während ihre Pupillen in der Dunkelheit größer und schwärzer werden. Es sind Rückseiten neuer Blicke. Wir leben in einer gewitterschwangeren Atmosphäre dahin.

5.a. Als ob ein ungütiges Geschick uns für alle Mühen und Sorgen der letzten Zeit hätte bestrafen wollen, ereignete sich in der Nacht vom 23. auf den 24. Juni ein Vorfall, der eine maßgebliche Verlagerung der Expeditionsziele bedingte.

Nahe der Morgendämmerung schreckten wir aus den Betten hoch, dem Schlaf entrissen durch ein unwilliges, an eine Gänseherde erinnerndes Geschrei. In kurzer Frist hatte sich die gesamte Truppe vor dem Zelt von E. Loew versammelt, und es kostete den Assistenten von Lowry viel Mühe, die ungestüme Furcht der Männer im Zaum zu halten und dergestalt zu verhindern, dass sie sich Zugang zum Zelt ihres Kollegen verschafften.

5.b. Lowry war als Erster an Loews Schlafstätte getreten und hatte sich über ihn gebeugt. Auch in dieser Hinsicht ist ihm ein exzeptionelles Gespür eigen. Er horcht in die Tage und Nächte in ständiger Erwartung kommender Taten. Loews erregtes Geschrei war zwischenzeitlich verstummt. Aus der Erregung war der Körper in die Ermattung gestürzt. Neben der Schlafstatt lag einer der ledernen Sackbeutel, vermittels derer wir am Tag erstmalig die Materie ausgelöst und verstaut hatten. An der Verschlussklappe klebten noch gummiartige Reste der Materie, die im Kerzenlicht quecksilbrig aufblitzten, ehe sie sich mählich in Schwaden auflösten und vergingen.

5.c. So bald werde ich mich nicht von jenem Erschrecken erholen, das mich packte, als Lowry sich erhob und die Sicht freigab auf Loews panisch entstelltes Gesicht. Sein Mund war gleichfalls umsäumt von ebenjenem quecksilbrigem Glanz. Von den Lippen tropfte die Materie wie Speichel in länglichen Fäden seitwärts zu Boden.

5.e. Kurz darauf begann er, uns unverständliches Zeug zuzuraunen. Er nannte chemische Formeln und mathematische Gleichungen, die wir nicht kannten, die indessen in meinen Ohren intuitiv richtig klangen. Lowry entkleidete ihn, untersuchte eine jede Körperstelle, maß die bekannten Indikatoren und diktierte seinem Scriptor die Beobachtungen.

5.g. Ich hatte Lowry noch nie innehalten sehen. Seit dem ersten Tag unserer Bekanntschaft hatte er nicht gestockt, weder im Gehen noch im Sprechen, schon gar nicht im Denken. Demgemäß bedrängte mich eine maßlose Beklemmung, als er nach einer unheilvollen Stille im Flüsterton seinem Scriptor mitteilte: *Augenfarbe – mattes Lila.*

Ich textete dir sofort: »mattes lila, im ernst?«, erhielt aber noch immer keine Antwort. Vier Minuten später schrieb ich: »andere passagen, vor denen du mich warnen willst?«, eine weitere Minute später: »irgendwie pulsiert cahills text, findest du nicht?«, schließlich vierzehn Minuten nach der ersten Nachricht: »bringt's was, ihn zu ende zu lesen?« Du antwortetest endlich nach drei weiteren Minuten: »propaganda, aber unterhaltsam. keep going!«, begleitet von einem Sticker eines Quaggas, der sich mit seinen Hufen die Augen zuhält.

Nach dem fünften Zigarettenzug sah ich sie. Ich hatte den Essay weggelegt, war an das Geländer getreten und hatte den Blick über das Zoogelände schweifen lassen. Die beiden Gestalten liefen gebückt am Amphitheater vorbei und passierten die *Themenwelt Savanne*. Sie huschten am Becken der Nashörner vorbei, in dem drei mondglimmernde Pfützen standen; am Hyänengehege mit der Steppenkulisse blieben sie kurz stehen. Sie schienen miteinander zu streiten, gestikulierten jedenfalls stark, dann machten sie kehrt, rannten zur *Themenwelt Eis* und scheuchten bei den Pinguinen Vögel auf, die paarweise von den Bergspitzen stoben, um schließlich außer Sicht zu geraten. Einer von beiden humpelte.

Ich rannte aus der Wohnung über die Straße hin zur Eingangspforte des Zoos. *SO3E0G,* dein Code stimmte. Ich lief den Weg ab, den wir bei unserem ersten Treffen eingeschlagen hatten, um schnellstmöglich zum Rundplateau in der Mitte zu gelangen. Über die höhergelegene Fläche hatte ich sie vorhin huschen sehen. Ich gelangte schnell in die *Themenwelt Eis,* zuerst zu dem Gehege der Robben, dann zu dem der Polarfüchse. Ich sah wenig und hörte nichts, entschied mich, zum Plateau zurückzukehren und mich dort zu verstecken. Wenn sie noch auf dem Zoogelände waren, mussten sie die Stelle passieren, um zum Ausgang zu gelangen.

Nach einigen Minuten hörte ich Stimmen, dann Schritte. Sie schlichen bei den Pinguinen am äußeren

Rand des kreisförmig angelegten Betonpools entlang und blieben im Schatten. Sie stritten noch immer. Davis Ley, der Humpler, redete in einem fort auf den anderen ein:
– Farr säuft doch nur Pastis, schmeißt sich mehr oder weniger heimlich *Cheevl* rein, legt sich in Reifenspuren, um zu weinen, und stellt sonst jedem ständig dieselben Fragen. Und überhaupt, was machen wir jetzt mit –

Der andere zischte ihn an. Der unbekannte Typ – das war Mahums erster Trumpf. Sauls Aufenthaltsort – das war Mahums zweiter Trumpf. Beide könnte ich ihm jetzt entreißen. Sie waren stehen geblieben und schienen unschlüssig, wohin sie gehen sollten.
– Ich meine ja nur, es läuft nichts wie geplant, nach einer Woche sei alles erledigt, die Mission, ja, klar, das Ziel, ja, klar.

Der andere schubste ihn weg, fast wäre Ley ins Becken gestürzt. Er hatte irgendeine Art von Leinengewand an, jedenfalls etwas luftig Ausgebeultes, was seine Figur verbarg. Die beiden Amateure sollten Saul im Wald aufgelauert haben? Waren sie aus den Kunstbergen der Pinguine gekommen? Oder von den Eisbären her? Sie stiegen auf der gegenüberliegenden Seite des Geheges über das Geländer und waren binnen Sekunden außer Hör- und Sichtweite.

Was soll ich sagen? Im Rückblick lässt sich meine Untätigkeit nicht rechtfertigen. Aber in der Sekunde hatte ich schlichtweg keine Kraft in meinem Körper, um ihnen zu folgen. Ich sackte zu Boden wie ein Vogel, dem die Flügel abgehackt wurden, mitten im Gleitflug, ein Späßchen übergeordneter Mächte. Mir ist im Übrigen bewusst, wie verdrießlich ich nicht nur an dieser Stelle auf die einen, wie lächerlich ich auf die anderen und wie grundlegend inkompetent ich auf alle wirken muss, nicht zuletzt auf diejenigen, die sich gerade des Falls in der Akademie annehmen. Wieso sind Sie den beiden nicht sofort hinterher? Weshalb haben Sie die ganzen Neurotiker und Paranoiker und Phlegmatiker nicht so lange geschüttelt, bis ihre winzigen Wahrheiten auf den Boden gefallen sind?

Aber es gibt so etwas wie magnetische Verhaltensweisen, davon bin ich überzeugt, das würde ich ihnen antworten. Der große Fehler besteht darin, zu meinen, sie zögen einen irgendwohin. Sie bringen einen nicht voran, im Gegenteil: Sie halten einen auf völlig natürliche Weise zurück, während man die Kraft, die waltet, als das Gesetz anerkennt, das es nun einmal ist, um nicht der erbarmungswürdige Idiot zu sein, der Selbstverständlichkeiten in Zweifel zieht.

Ich lag also dort und dachte diese Dinge, minuten- oder stundenlang, und spürte allerlei Gesetze auf mir lasten: die Schwerkraft, die Ausbildung, die Akademie, den Blick meines Vaters, die Dezimierung, die Aufträge, die kein Ende nahmen, und eine Trübsal, die ich viel zu lange nicht zugelassen hatte. Sie alle drückten mich nieder. Wie gesagt, bei unserem ersten Treffen war ich fahrlässig gewesen. Ich hatte dir ohne Not von den Deklinationen der Trauer erzählt, dieser pathetischen Idee, die ich bereits so lange mit mir herumtrug. Es wäre besser gewesen, dachte ich, während ich die bröckelnden Gipsberggipfel ins Auge fasste, sie für mich zu behalten.

Als ich irgendwann wieder aufstehen konnte, stand ich wieder auf. (So einfach war es.) Der Tag brach an. Ich stieg über die Brüstung, ließ mich die taufeuchte Betonrampe hinuntergleiten und schaffte es im dritten Anlauf, die gegenüberliegende Seite des Bassins zu erklimmen. Ein Vogel schaute mich verschlafen von einem der Vorsprünge aus an, hielt mich aber für keine Gefahr; er wandte sich ab und vergrub den Schnabel im Gefieder. Es dämmerte, ein wenig lila, ein wenig hellgrau; es wurde wärmer, dann war alles orange und dunkelblau.

Der Eingang zu den Kammern für die Pinguine befand sich hinter einem Seitenausläufer des Gebirges, die ersten Meter des langgezogenen Ganges musste ich kriechen. Wahrscheinlich gab es einen Zweitzugang für die Mitarbeiter, aber ich dachte erst daran, als ich schon zu weit vorgerobbt war und es keinen Sinn mehr ergab, umzukehren. Obwohl es so dunkel war, dass ich die gewitterwolkenfarbigen Wände mit dem Handylicht absuchen musste, fühlte ich mich an die hellerleuchtete Küche von Sauls Eltern erinnert. Hohe schmale Fensterschächte waren mit einer teerähnlichen Flüssigkeit beschmiert. Es gab Abstufungen zwischen den Ebenen, die jeweils gut zwei Meter breit und durch Rampen untereinander verbunden waren. Durch die wirre Anordnung ergaben sich Vorsprünge und Höhlen, viele davon bedeckt mit einem Flaum, halb Moos, halb Schimmel. Hier war niemand, und ich schämte mich ein wenig, als ich Sauls Namen ein paarmal flüsterte, einmal sogar laut und deutlich rief und mir der Name als zerhacktes Echo entgegenschlug.

Den Eingang zum Schacht bemerkte ich wegen der Spuren auf der daruntergelegenen Ebene, sie stammten von rußverschmierten Händen, teilweise auch von ölbefleckten Schuhen. Die Felsfläche erwies sich als eine auf Schienen montierte Klappe, die sich mit einem Ruck seitwärts wegschieben ließ. Nach zehn Stufen gelangte ich zu einer unbeleuchteten Tunnelanlage; die ersten Meter führten ohne Neigung und Kurven in die Schwärze.

Es ging immer weiter geradeaus, nirgends stieß ich auf Abzweigungen, Seitennischen oder Gitterstäbe. Die Luft war schneidend kalt und roch nach rostigem Metall, nach morschem Holz und nach Meer. Während mir der Geruch in die Nase stieg, dachte ich mit einer seltenen religiösen Inbrunst: dass ich Saul endlich auf der Spur war.

Ich frage mich heute, also wirklich: gerade jetzt in diesem Augenblick des Schreibens, ob ich damals im Tunnel etwas anders hätte machen sollen. Hätte ich einen anderen Gedanken formen sollen? Hätte mich dann eine andere Erinnerung heimgesucht? Hätten andere Leute andere Schuldeingeständnisse geliefert, wenn ich mir den Druck von der Brust geschrien hätte, nur dieses eine Mal? Mich hätte doch niemand gehört.

Für mich gab es immer schon unterschiedliche Dunkelheiten. Wenn ich als Kind im Bett gelegen und zu schlafen versucht hatte, während draußen Sirenen zu hören waren, dann herrschte eine andere Dunkelheit in mir vor, als wenn ich Jahre später die Nachteinsätze am Neuen Meer leitete und die Augen schloss, um einige Minuten am Stück zu schlafen.

Es war die fünfte Woche vor dem Ende der Quartierzeit am Neuen Meer gewesen, als ich die Unterwasserschwärze kennenlernte. Bergh, Bauch und ich – wir nannten uns stolz Patrouille und waren doch nur das Korps der Niederrangigen, das die untersten Arbeiten verrichtete: die Gallertberge wegschaufeln, die anlässlich der Quallenblüten an Land gespült wurden; die letzten Romantiker verscheuchen, die noch meinten, es sei eine gute Idee, sich am Strand zu sonnen; ständig Proben von allem Möglichen nehmen, von Wanderdünen, deren Farben sich verändert hatten, von Algenwäldern, deren Farben sich ebenfalls verändert hatten, und von Wasser und noch mehr Wasser an allen möglichen Stellen. Es war tiefste Nacht, wir waren zu dritt unterwegs und liefen die immergleiche Route ab: von der Landzunge über die Mole zu den Baustegen, die zu den halbfertigen Dammanlagen führten.

Das Problem war, dass nichts los war. Zwei Tage zuvor hatten wir Bauarbeiter melden müssen, die betrunken zur Schicht gekommen waren; vier Tage zuvor hatte es einen Defekt an einem der Sicherheitszäune gegeben. In dieser einen Nacht lief alles glatt. Wir standen auf dem Steg, der am weitesten ins Meer hinausragte, sahen Schiffe als Lichter und Sterne als Lichter und sonst nichts als Schwärze. Während die Gischt unsere Gesichter benetzte, entschieden wir uns, doch noch eine *Cheevl* zu teilen. Die Lichter begannen zu flackern, die Nacht bekam den Puls eines Kindes, das aus dem Schlaf aufschreckt und nicht weiß, ob es gut oder schlecht geträumt hat.

Bergh sprach mal wieder von dem Projekt, die Zuchtfarm ihrer Cousine nahe Fiddler im Nordosten zu übernehmen. Bauch hörte zu, ohne etwas zu sagen, und stierte aufs Wasser, in Richtung Horizont, als wäre er kurz davor, mit theatralischer Stimme auszurufen, dass er etwas entdeckt habe. Ich folgte seinem Blick und redete mir ein, dasselbe wie er zu erhaschen, während Bergh sich in Details erging, die wir längst kannten: die Nora, immer schon die eigensinnige Cousine, der Dünger, das Saatgut, die Beeren, nochmal die Nora und die große Freiheit im Treibhaus. Ich hatte damals längst gelernt, mich vor Berghs Enthusiasmus zu hüten, ihn zugleich in kleinen Dosierungen zuzulassen, um meine Vorstellungskraft, wie es sich anders leben ließe, nicht vollständig verkümmern zu lassen. So standen wir da, redselig und tieftraurig; so stehen wir für einen schmerzvollen Augenblick für immer da.

Die Entfernung zwischen Steg und Wasseroberfläche betrug einundzwanzig Meter, der Fall dauerte exakt drei Sekunden und dreizehn Millisekunden, die Zeit inklusive vier Kommastellen wurde später im Rahmen der Untersuchung ausgerechnet. Bauch fiel. Und ich sprang nicht ihm hinterher, sondern seiner Entscheidung, der Bresche, die er geschlagen hatte. Er war ein Stein, der gegen Stein prallte, gegen einen Fundamentquader, der in die Brandung ragte. Ich schlug rücklings auf dem Wasser auf und ging unter, unfähig, Beine oder Arme zu bewegen. Mir blieben nichts als die Augenlider, die ich öffnete und schloss und öffnete, bis es keinen Unterschied mehr machte. Erst als ich spürte, wie der linke Arm am Seetang entlangstrich, kam ich zu mir und stieß mich mit kräftigen Zügen durch die Schwärze nach oben. Als Bergh mit einem der Flutstrahler die Fläche ableuchtete, war Bauchs Körper in der verschlammten Brandung nicht mehr zu sehen: »strömungs- und witterungsbedingt unauffindbar«, wie es im Bericht heißen würde.

Später lobte man mich dafür, dass ich versucht hätte, Bauch zu retten, der sich als unzuverlässiger Springer erwiesen hätte; später gewöhnte ich mir an, beflissen zu nicken, wenn man mich dafür lobte, hinterhergesprungen zu sein.

Im Gehen trat ich mit der Schuhspitze des linken Fußes gegen eine Schleuse. Die Wärme meines Atems schlug mir zurück ins Gesicht, und ich blieb regungslos stehen. Ich dachte an Bergh, die ich nach dem Vorfall nicht wiedergesehen hatte. Wir waren getrennt und unterschiedlichen Abschnitten zugewiesen worden. Ich hatte mich binnen kürzester Zeit mit der Vorstellung zufriedengegeben, sie auf der heißgeliebten Zuchtfarm ihrer Cousine arbeiten zu sehen: wie sie zusammen mit ihrer Nora in Hochbeeten stocherte, wie sie durch Gewächshäuser lief und Kartonschalen mit grammgenau abgewogenem Düngemittel befüllte.

Bauch hatte etwas gesagt, bevor er gesprungen war, es waren vier Worte gewesen. Ich weiß, dass Bergh sie gehört hatte, sie gehört und verstanden hatte. Mit jedem Schritt, den sie seither gegangen war, ließ sie diese vier Worte weiter hinter sich zurück.

Die Öffnungs- und Schließmechanismen der Schleuse mussten auf der anderen Seite angebracht sein, hier gab es weder Klinken noch Eingabegeräte. Ich klopfte gegen das Metall und ließ mich an der Wand zu Boden gleiten. Ich hörte Schritte, vielleicht auch Stimmen, die wie Schritte klangen, weil sie aus Körpern kamen, die durch den Tunnel auf der anderen Seite schritten. Es waren vier Füße, zwei Menschen, die sich jetzt nicht mehr bewegten. Dann tat ich nichts weiter als dort zu liegen, zu lauschen und nichts weiter zu hören als ein Meeresrauschen in weiter Ferne.

Bauch und Bergh, auch euch hatte ich doch längst von mir gewiesen, euch Plätze in gebührender Distanz zugewiesen. Wieso habt ihr euch wie mein Vater wieder hervorgetraut, er aus dem Schutt, ihr aus der schwärzesten Brandung?

Ich schloss die Tür zur Wohnung nicht sofort auf. Ich stand an der Schwelle und seufzte und zögerte wie ein Familienmitglied, das sich unsicher geworden ist, was es eigentlich heißt: in diesen Raum mit den allzu bekannten Menschen zu treten und sich vereinnahmen zu lassen von einem Versprechen unnachgiebigen Glücks. Als ich mich endlich überwunden hatte, stolperte ich ins Wohnzimmer und zeichnete die Verbindung auf der Karte ein, eine direkte Linie vom Zoo zum *I.L.E.*, die am See entlanglief und exakt die Stelle kreuzte, an der Saul laut Mahum aufgegriffen worden war.

Du, das reicht jetzt.
Bergh, hör doch auf.
Ich kann nicht mehr.
Na, na, die Nacht.
Das ist kein Plan.
Lasst mich in Ruhe.
Das wär doch was.
Nach Fiddler – und dann?
Die Mission, ja klar.
Das Ziel, ja klar.

Später im Schlaf wurde der Traum, von dem ich gehofft hatte, ihn hinter mir gelassen zu haben, stärker, nein, nicht nur stärker, länger und ausdauernder: gestählter. Tiere schrien, Tiere, die viel zu klein waren, um so laut zu schreien. Ich hatte sie gehört, sie riefen meinen Namen: Als ich den Traum das erste Mal hatte, hatte ich die Augen geöffnet und beschlossen, mich verhört zu haben. Und ich war tatsächlich eingeschlafen und morgens einigermaßen erholt aufgewacht, es war meine fünfte Nacht in der Stadt gewesen. In späteren Nächten hatte ich nach diesem ersten Schrei nicht mehr einschlafen können, beim zweiten und dritten Rufen war ich aufgestanden und in die Küche gegangen; ich hatte mich vor den Tisch gestellt, die Augen geschlossen und gewusst, wo sie saßen, dann hatte ich kehrtgemacht und war eingeschlafen, bis ich morgens die Krähen gehört hatte, das Auto und die Sonne. Diesmal aber ging der Traum weiter; ich hörte die Schreie ein erstes, ein zweites und ein drittes Mal, öffnete und schloss die Augen, stand auf, stellte mich hin, wusste, wie sie dort im engen Dunkel des Risses lauerten, dann legte ich mich ins Bett, aber sie riefen mich ein viertes Mal zu sich. Diesmal drückte ich mein Ohr an die Wand, ich stellte mir gelatinöse Flöhe vor, tränende Augen, verzerrte Münder, wie sie sie im Spalt aufrissen, vielleicht waren es Chitin-Schnauzen, vielleicht auch Mäuler mit kleinsten Zangen oder mattdurchsichtigen Taströhrchen, dünn wie Kopfhaar.

So sah ich mich im Augenblick des Aufwachens: wie ich vorgebeugt in der Küche stand, angespannt und erbärmlich hilflos, ein letztes, unleugbar ehrliches Bild, das erst mein Augenaufschlag verdunkelte.

Sechzehnter August

Ja, ich hatte sehr lange geschlafen, vielleicht zehn, vielleicht sogar zwölf Stunden. Mit dem ersten Lidaufschlag dachte ich an Bauch und seinen Sturz, der mir damals die Sinne geraubt hatte, dann blickte ich hoch, entdeckte aber glücklicherweise kein neues Viech an der Deckenlampe. Was mir klar wurde, während ich in die fliegenlose Luft starrte, und was ich zugleich von mir wies, als würde es mich erst bei meiner Rückkehr in die Zweite Hauptstadt betreffen: Jegliche Kontrolle war mir entglitten. Die Fliegen, mein Vater, jetzt Bergh und Bauch – sie schlichen im Rahmen irgendeiner Absprache, die ich nie aufdecken würde, über meinen Körper. Sie entdeckten ihn als Landschaft, in der sie sich einnisten und festkrallen konnten. Sie nahmen mich in Beschlag. Ich hätte mich geschüttelt, hätte ich noch daran geglaubt, dass es etwas nützen würde.

Sie mussten es in der Nacht gesprayt haben. Als ich gegen elf aus der Wohnung trat, sah ich den Spruch sofort. Er zog sich unter anderem über die gesamte gläserne Eingangstür des Gebäudes: *Wake me up when it's quitting time*. Sie hatten sich Mühe gegeben mit der Farbgebung, die Buchstaben erstrahlten in sonnenuntergangsorange. Es war eine Tatsache, die mich wohl zusätzlich beleidigen sollte: Sie hatten sich die Zeit genommen, hatten sich so sicher gefühlt, nicht erwischt zu werden, dass sie Stunden hier verbracht hatten.

Ich schrieb Alfons/Fons, er sollte sich schnellstmöglich darum kümmern: Fotos schießen, Pigmentproben nehmen, die Entfernung anordnen. Er schickte zuerst einen Daumen-hoch-Smiley, einige Sekunden später dann die Message: »sind sie denn wirklich so müde?«, auf die ich nicht antwortete.

Seit mir die Sprengung wieder vor Augen stand, ging ich noch öfter in den Wald, legte mich in den Reifenabdruck und schaute in den Himmel. Auch an dem Mittag war ich ohne Umwege zu den Pinien gegangen, die mir wie treue Gestalten vorkamen, wie die einzigen Freunde, die ich mir in der Stadt gemacht hatte. Wahrscheinlich zeugt dieses Pathos mehr als alles andere von meiner damaligen Verzweiflung. Das Blau links und rechts wurde von ihren üppigen Baumkronen umfasst. Ich ging umher, ziellos, aber nur in Gedanken. Es herrschte eine angespannte Stille, die an die Sekunde vor der Sprengung oder dem Sturz erinnerte, so als müsste jemand alle Kräfte aufbieten, um nicht zu prusten, weil ihm der Bauch gekitzelt wird, gleichzeitig links und rechts an der Taille.

Ich dachte daran, wie mein Vater und ich an jenem Nachmittag der Sprengung gemeinsam unterwegs gewesen waren, nur wir beide auf großer Fahrt, sein Schweiß und mein Schweiß, Stolz und Angst, Vater und Kind gemeinsam eingeschlossen in Schutt und Schrecken. Ich blickte zurück und sah das zusammengestürzte Orgelgebäude, die Form der Wolke und den Staub auf den Anzügen: Alles fügte sich in meinem Kopf zu einem Bild, zu einer dieser Simulationen zukünftiger Orte, an denen alles stimmen würde, die Länge und Breite der begrünten Freiflächen, der Einfallswinkel des Lichts, die Laubdichte der Bäume – und Leute, nicht zu viele und nicht zu wenige, Leute, die lachen, Leute, die zielgenau in eine Richtung laufen, Leute, die nach Fiddler auswandern. Der perfekte Ort, sauber, hell und gesund.

Aber es ging damals, dachte ich, nicht um einen Neubau, nicht um *Fortschrittsdynamik*, *Schutzareale* oder *Zukunftsaussichten*, auch wenn diese langen Worte an jenem Nachmittag so oft benutzt wurden. Es ging einzig und allein um die Wahrung der Lachfähigkeit dieser Männer. Ihnen und nur ihnen sollten wieder und wieder Gelegenheiten geboten werden, ins schreckliche Lachen ihrer Freunde einzustimmen, damit sonst nichts zu hören wäre. Nein, *Freunde* war auch diesmal das falsche Wort, *Kumpanen* und *Komplizen* waren sie, auch mein Vater. Nichts an ihnen, nichts an diesem Ausflug hatte gestimmt.

Mein Fokus galt zu dem Zeitpunkt nur noch wenigen Dingen: dem Umsiedlungsbescheid, den Bell noch immer nicht bestätigt hatte, dem Aufspüren weiterer Fliegen, auch an diesem Spätmorgen im Wald, den Songs von *Envir*, die ich allmählich auswendig kannte, schließlich wieder Bergh und Bauch und der Nacht am Steg. Es war eine tages- und nachtfüllende Arbeit, der ich eifrig nachging und von der ich niemandem berichten konnte.

Es hätte mich zu dem Zeitpunkt nicht einmal mehr gewundert, einen Quagga im Wald zu sehen. Ich wäre stehen geblieben, hätte gewartet, bis mein rasselnder Atem abgeflacht wäre, dann wäre ich ein, zwei Schritte über die trockene aufgesprengte Erde gegangen, um zur Lichtung zu gelangen. Erst unterwegs hätte ich die Kraft gehabt, mir zuzugestehen, dass Quaggas längst ausgestorben sind. (Ich hatte es nachgeschaut, als du mir zum ersten Mal einen der Sticker geschickt hattest.) Das waren auch jene Augenblicke, in denen ich der Überzeugung war, kleine Nachrichten im morschen Holz finden zu können, die jemand für mich hinterlassen hatte. Hinweise, Aufmunterungen, selbst Beschimpfungen wären mir willkommen gewesen. Aber die Stämme der Pinien sprachen nicht zu mir.

Es kostete mich viel Mühe, konzentriert zu bleiben, als ich die Stelle im Wald aufsuchte, die Mahum mir gezeigt hatte. Genau hier war Saul laut ihm von den zwei Männern aufgegriffen worden. Die Brigadiers hatten den Bereich großräumig abgesucht, abfotografiert, bis auf das Hemd aber nichts gefunden außer Schleifspuren, die so grob waren, dass nicht einmal klar war, ob Tiere oder Menschen sie hinterlassen hatten. Ich schritt die unmittelbare Umgegend ab, scharrte mit den Schuhen über den Boden, trat gegen Wurzelwerk, und während ich daran dachte, dass ich mich wie der Kollege von Alfons/Fons benahm, fand ich tatsächlich etwas, das ihn in helle Aufregung versetzt hätte: das Ende einer Metallkette, die nur notdürftig mit Erde bedeckt war. Es war unmöglich, dass die beiden Brigadiers sie übersehen hatten. Sie führte zu einer Pinie, deren Wurzeln sich wie Krallen an einem leichten Abhang festhielten. Dahinter hatte sich ein Hohlraum gebildet, war eventuell sogar angelegt worden. Ich musste mir nicht viel Mühe geben, die Wurzeln zur Seite zu schieben; sie waren überdehnt, einige bereits gerissen. Nichts überraschte mich mehr: weder, dass ich mit meinem ersten Klopfer auf Metall stieß, noch, dass sich die Luke problemlos öffnen ließ.

Die Dunkelheit umfing mich erneut, und ich ließ es geschehen, wie damals an der Mole. Es roch nach wie vor nach Metall, nach morschem Holz und nach Meer. Ich lief den Tunnel entlang zur Schleuse, die ins *I.L.E.* führte, weniger aus Neugierde, fast schon aus Gewohnheit; mein tagtäglicher Spaziergang, die gewohnte Route.

In der Nacht war Bauch vorneweg gegangen, er war Bergh und mir immer drei, vier Schritte voraus gewesen. Bergh hatte schon den ganzen Abend von der Farm gesprochen. Die Cousine sei so glücklich, sie hätte sich eingerichtet auf ihrem Flecken Erde, sie hätte, das habe sie ihr geschrieben, die Weite hinter sich gelassen, weil sie den Sinn der Begrenzung entdeckt habe. Wahrscheinlich hatte Bauch uns zugehört und war schrittweise zu seiner Entscheidung gelangt. Ich sah ihn im Tunnel vor mir, ich sehe ihn jetzt vor mir. So gerne würde ich die Hand nach ihm ausstrecken, seinen Hals zuerst mit der Kuppe des Mittelfingers berühren, dann gleichzeitig mit den Kuppen des Zeige- und Ringfingers. Ich hätte Bergh unterbrechen müssen, nicht um ihretwillen, sondern um seinetwillen, um unsertwillen.

Während mir diese Nacht nicht aus dem Kopf ging, überprüfte ich den Boden des Tunnels, fand aber weder Reste von Erde oder Blättern noch Schuhabdrücke. Als ich die verschlossene Schleuse erreichte, wusste ich es längst: Wenn ich Bell schreiben würde, um weitreichendere Erlaubnisse bezüglich des *I.L.E.* zu erhalten, würden sie jemand anderen entsenden. Um mich zurückzupfeifen, um mich abzulösen, um mich zu kontrollieren, jedenfalls nicht, um mich zu unterstützen. Ich hatte mein Vertrauen gegenüber Bell verspielt, meine Ermittlungen ins Ungefähre, schlimmer noch: ins Persönliche abdriften lassen.

Ich lief zurück und stieg durch die Luke, die zurück in den Wald führte. Saul war im *I.L.E.* oder im Zoo – wenn das überhaupt einen Unterschied machte. »Sie fragen mich doch auch nicht, ob ich im Freibad lieber auf der Wiese liege oder im Pool schwimme. Ich mag das Freibad. Punkt. Seine Stimmung, seinen Service.«

Natürlich überblicke ich jetzt das Schlamassel, in dem ich damals steckte; natürlich schäme ich mich bei der Niederschrift des Berichts, weil es offensichtlich ist, wie wenig ich auch nach so vielen Tagen verstanden hatte, wie unfähig ich war, zu verstehen, an welchem Ort ich mich eigentlich befand. Ich hatte den Wunsch geäußert, weniger zu sehen und weniger zu hören. Gut möglich, dass er in Erfüllung gegangen war.

Abends saßen wir wieder im *Café Neunneunneun* und aßen mit wenig Appetit und viel Routine die Gerichte, die wir jedes Mal aßen. Als du das Lokal betreten hattest, hatte ich überlegt, ob deine Gestalt mit der diffus flatterigen Silhouette der Person übereinstimmte, die mit Ley unterwegs gewesen war. Du warst zu klein, zu füllig. Ich mochte das *Neunneunneun*, das fiel mir diesmal besonders auf, nicht nur wegen seines deplatzierten Namens, sondern auch wegen seiner Inneneinrichtung. Das Mobiliar und die Deko wirkten zuerst willkürlich, bis man verstand, dass lediglich der eigene Blick rückständig war, unfähig, die Bezüge zwischen den Stilen, Stoffen und Symbolen herzustellen. Ich bemerkte jedenfalls erst an diesem Abend, wie gut die ungerahmten Illustrationen aus alten Naturkundebüchern zu der großflächigen Landschaftstapete passten, auf der eine Meeresbucht zu sehen war. Das Bild war so verpixelt, dass ich mich nicht entscheiden konnte, ob der körnige Schaum, den die Brandung aufwarf, an Gischt oder doch eher an Schnee erinnerte.

Jeden Abend, den wir bisher hier verbracht hatten, war die Band *Van Ofter* aufgetreten; auch diesmal spielte sie ihre übliche Setlist. Während ihres Auftritts, während dieser vierzig bis fünfzig Minuten war es unmöglich, jemanden abzuhören oder zu belauschen. Hielt ich mir während des Sprechens die vollbeladene Gabel halb in den Mund, war sogar Lippenlesen ausgeschlossen. Ich kannte die Lyrics und Melodien auswendig, wusste, wann der Sänger mit seiner unausgebildeten Stimme hochging, um rührselig von »den Tränen im Laub, dem Tau auf unserem Halm, dem gemeinsamen Traum« zu singen.

– Wer kennt den Code, um sich Zugang zum Zoo zu verschaffen?

– Weißt du ihn noch auswendig? Nicht viele, die meisten Gebäude sind baufällig, das Areal eigentlich gesperrt. Als auf jeden Fall, die Brigadiers, vielleicht noch ein paar Leute vom Institut, deren Namen ich dir nicht nennen kann.

– Kannst du sie mir nicht nennen oder willst du sie mir nicht nennen?

– Sprich mal deutlicher, bitte. Macht es einen Unterschied?

– Ja.

– Können. Ich kann sie dir nicht nennen, ich kenne sie selbst nicht. Das sind Sicherheitsmaßnahmen, falls etwas passieren sollte. Ach, und meine Mutter, von ihr habe ich den Code. Wieso fragst du überhaupt?

– Ich muss nur ein, zwei Aussagen kontrollieren. Wann warst du das letzte Mal drin?

– Erinnerst du dich nicht mehr? Nimm die Gabel mal da weg, bitte. Das war gleich am Anfang, als du ankamst, am zweiten oder dritten Tag, zusammen mit dir. Ich erzählte

unablässig von den Pinguinen. Du dachtest sicher, ich sei verrückt.
– Nein, ich fand's nett, ich habe viel gelernt.
– Über die Pinguine?

Beim zweitletzten Song von *Van Ofter* klang es wieder so, als zöge man einem Schwein die Haut ab. Ich hätte dir alles, wirklich alles sagen können. Niemand hätte es im allgemeinen Lärm erfahren.
– Auch.
– Wieso lachst du?
– Weil du tatsächlich sehr viel über die Pinguine geredet hast, über ihre – wie nanntest du das?
– Ihre thermosoziale Routine.
– Genau.
– Sie übten, nachts, sie stellten sich in einer rotierenden Knäuelformation vor ihre Berge und taten, als wäre es so kalt, dass sie sich gegenseitig mit ihren Körpern...
– wärmen müssten. Eine Spirale gegenseitiger Hilfe.
– Obwohl es eigentlich...
– ...nicht nötig war, so warm war es selbst in den kältesten Nächten.
– Ja.
– Ja.

Ich hätte dir im Laufe des Abends gerne drei Fragen gestellt, zwei davon begannen mit *Warum*, die letzte mit *Wann*. Aber die Band spielte bereits ihr letztes Lied, ein Chanson, in dem es um eine Talfahrt ging, mit kaputter Klimaanlage und defekten Bremsen, dafür aber mit Fahrtwind und Regenbögen.

Es hatte sich so viel ergeben – die Tunnelanlage, Sauls exakte Route, die drei Löcher, das Kidnapper-Duo und Mahums Erpressung. Aber ich wagte nicht, dich darüber in Kenntnis zu setzen. Ich dachte an die Eingangspforte des Zoos, an meine siebzehn Codes, die nicht gestimmt hatten, an den einen Code, der gestimmt hatte. Welche Zuflüsterung war ausschlaggebend?

Das Chanson klang aus. In wenigen Augenblicken würde der Sänger durch das Lokal laufen und uns seinen

Hut zwischen die Köpfe halten, eine Kuhle, in die wir nichts hineinzuwerfen wüssten außer ein wenig Kleingeld, das unangebracht altmodisch klimpern würde.

Seit ich hier bin, höre ich mir deine Sätze, die ich nach dem letzten Song von *Van Ofter* erneut aufnehmen konnte, oft an – hier unten, in dieser Kellerlochsicherheit, in die ich blindlings geschickt wurde. Deine Stimme tröstet mich nach wie vor: wie du an dem Abend sekündlich trauriger und mit jedem Satz, den du sagtest, stiller wurdest, obwohl du immer lauter redetest, wie du einzelne Worte aussprachst, als wären es die selten benutzten Zweitnamen jüngst verstorbener Verwandter.
– Sie war leider noch nicht in Rente, als die Dezimierung einsetzte. Noch drei Jahre hätte sie durchhalten müssen. Du kennst ja die Videos, auch die Untersuchungen im Anschluss, die ganzen Erklärungen, wieso und weshalb die Dezimierung begann und wieso und weshalb sie wieder abbrach. Ich möchte nichts mehr davon hören, ich habe in die Augen meiner Mutter geblickt. In dieser einen Woche ist ihr so vieles abhandengekommen, die Begeisterung für die Arbeit, die Sicherheit, in Verbindung zu stehen mit der Welt. Ihre ganze Statur war plötzlich eine andere. Seltsamerweise sind hier zuerst die Eulen gestorben. Als dann die ersten Pinguine folgten, war sie erst einmal eine besorgte Biologin. Aber als der letzte Pinguin starb, war sie ein anderer Mensch, näher am Tod als jemals zuvor. Schau nicht so, ihr geht das heute noch nach. Alle im Zoo hat eine unerklärliche Müdigkeit ergriffen, das sagte sie einmal, als wir abends beisammensaßen. Es hatte schon Wochen davor begonnen. Immer mehr Pinguine waren abends in ihren Höhlen im Innern der Berge geblieben, waren nicht mehr zusammengekommen, um ihrer thermosozialen Routine nachzugehen. Aber warum? Selbst wenn sie ihre Formation noch übten, wirkten sie desorientiert, irgendwie derangiert. Die einen warfen sich auf ihre Wänste und blieben liegen, die anderen watschelten und stolperten

über sie. Dann starben immer mehr, zuletzt bis zu zehn Tiere in einer Nacht. Ihre kleinen Körper kühlten aus, das sagte meine Mutter, und dabei schauten sie ein letztes Mal in den Himmel. Sie konnte nichts für sie tun, im Zoo konnte niemand etwas für die Tiere tun. Sie stellten ihr Gebrüll ein, sie kletterten nicht mehr auf Bäume und suhlten sich nicht mehr im Schlamm. Es war Schluss, auch für meine Mutter. Sie ging drei Wochen später in Frührente. Vielleicht hat Als doch Recht, und es ist eine Stätte für nichts als Sentimentalität.

Wenn die Verbindung es hier unten erlaubt, schaue ich mir gerne die Clips an, die damals die Plattformen fluteten und die sich nur noch über aufwändige Recherchen in den Foren finden lassen. Die Akademie hat sie allesamt zensiert. Auf wackligen Bildern waren sie zu Hunderten zu sehen, empörte, erschrockene und fassungslose Gesichter, im Hintergrund die Tiere, in Zoos, Freigehegen, Wildparks, teils auch in den Randbezirken der Städte und an den Ufern der Erholungsseen. Dass die Landschaften ausgedünnt waren, die Bäume kahl, die Flüsse hellgrün oder trübmatschig, die Hänge verdorrt, das hätte niemanden mehr dazu gebracht, sich derart aufzuregen. Dass nun die Tiere betroffen waren und sich wie auf eine große Absprache hin dem kleinen Leben verweigerten, das man ihnen noch zugebilligt hatte, das erschien vielen indes wie eine Anmaßung, wie ein überzogen theatralischer Auftritt, der sie bloßstellen und beschämen sollte.

In einem oft angeklickten Video steht eine Frau um die fünfzig im Garten ihres Hauses in einer Vorstadtsiedlung. Ihr sauber gemähter Rasen grenzt an ein Waldstück. Zwischen dem Gebüsch liegt ein Reh auf seiner rechten Flanke, die Beine von sich gestreckt. Während ihr das Stirnband immer wieder ins Gesicht rutscht, erzählt die Frau mit schriller Stimme, dass das Tier seit dem Morgen dort liegen würde und sich nicht bewegt hätte, dass ihre Nachbarn zwei Häuser weiter auch Rehe bei sich liegen hätten und dass niemand wüsste, was hier verdammt nochmal los sei. Sie habe in den letzten Tagen von anderen Fällen in den Netzwerken gehört, haspelt sie, während sie zur Frontkamera wechselt und wacklig auf das Reh zoomt, davon, dass überall Tiere sich hinlegen würden, einfach so. Wo die Regierung und die Umweltbehörden seien? Das Reh blinzelt in die Kamera, ungerührt und irgendwie enthoben. Später wirft die Frau Stöcke nach ihm, sprüht es sogar mit dem Gartenschlauch an. Am nächsten Morgen stellte sie dann ein zweites Video online, in dem sie den Kadaver mehrere Minuten lang filmt.

Einige Bestände erholten sich oder waren weniger betroffen, andere sind nach wie vor stark ausgedünnt. Je nach Breitengrad war die Dezimierung mehr oder weniger ausgeprägt oder auf bestimmte Arten beschränkt. Die Zone rund um die Stadt galt als Erholungsgebiet im wortwörtlichen Sinne. Im Vergleich zu anderen Gegenden wimmelte es dort geradezu wieder vor Leben. Für die Zoos bedeutete es jedenfalls das Ende. Sie waren finanziell ruiniert oder merkten, dass die Besucher ausblieben, nachdem es in den ersten Tagen der Vorfälle einen makabren Run gegeben hatte. Eine Distanz, ein Schrecken hatte sich breitgemacht, die Erfahrung eines völligen Unverständnisses, das weder durch spätere Zuchterfolge noch durch punktuelle Besiedlungskampagnen abgebaut werden konnte.

Die Tiere, sagtest du, als wir das *Neunneunneun* verließen, seien sicherlich die ersten, die größten Opfer der Dezimierung gewesen. Aber man solle die Menschen nicht vergessen, die zu bedürftigen, verstörten Gestalten geworden seien. »Ich ertrage es kaum, meiner Mutter in die Augen zu blicken. Sie hat damals entschieden, woanders hinzugehen. Sie hat sich selbst zurückgelassen und ist verschwunden. Und das Einzige, was hilft, was ihr und mir hilft, sind deine erbärmlichen Injektionen.«

Wir gingen zu mir und schliefen miteinander, zur Ablenkung, zur Belohnung oder zur Abbitte; es fühlte sich merkwürdig an. Um ehrlich zu sein: Ich dachte ständig an die Pinguine, wie sie zu Boden fielen und rücklings liegen blieben, wie sie mit ihren glänzenden Äuglein in den Himmel starrten und irgendwelche letzten schnattrigen Geräusche von sich gaben. Anschließend zeigte ich dir die Fliegen, die ich am Morgen gefangen hatte, bevor ich in den Wald gegangen war.

Wem sonst hätte ich mich mitteilen sollen? Wir hatten ausgiebig über die Dezimierung gesprochen, dann konnten, dann mussten wir auch über die Fliegen sprechen. Ein Teil von mir war sogar der Überzeugung, dass mein Fund dich trösten und dir helfen würde, damit klarzukommen, was aus deiner Mutter geworden war.

Es waren drei Stück, ich hatte einen Zahnstocher zwischen Espressogläser und Tischfläche geklemmt, damit sie nicht erstickten. Ob du bereit seist? Du nicktest. Ich hob ein Glas, das Tier kroch einige Sekunden über das Holz, bevor es sich erhob, zur Mitte des Wohnzimmers flog und unter dem Deckenlicht seine Bahnen zog. Die zweite und dritte Fliege ließ ich kurz hintereinander frei, der Ablauf wiederholte sich: Sie krochen kurz über den Tisch, stiegen dann auf und peilten die Zimmermitte an, um dort die immergleiche Route zu fliegen, ein Dreieck, dann eine lange gerade Linie fast bis zur Tür, kurz darauf der Haken. Sie summten, du sagtest nichts, ich saugte sie mit dem Handstaubsauger ein. Es ging ganz einfach, ich hatte längst Übung darin.

– Gut.

– Gut?

– Es ist auffällig, ja. Warte, lass mich ausreden. Ich habe dir gleich am Anfang gesagt, was dich hier erwartet.

– Ich sei jetzt eingeweiht, so hast du dich ausgedrückt. Und ich habe dir mehrmals geantwortet, dass ich eure Rituale nicht verstehe.

– Eingeweiht, exakt, das dauert. Es sind halt Fliegen, die fliegen. Fliegen, Wespen, Hornissen, sogar Libellen, das ist doch alles ganz normal.

– Es sind unterschiedliche Fliegen, die alle dieselbe Route

fliegen, vierzig, fünfzig davon habe ich gefangen, in der Wohnung, im Supermarkt, im Park, überall.
– Kannst du dich an unser erstes Treffen erinnern? Als du mir von dieser Grammatik der Trauer erzählt hast?
– Deklinationen der Trauer, so heißt das, nicht Grammatik, davon habe ich dir erzählt.
– Ja doch, die meine ich. Du hast gesagt, dass es Leute gibt, die nur noch falsch liegen können, wenn sie sich umschauen, die keine Grammatik ausgebildet haben, um sich –
– Das ist was anderes. Das ist genau das Gegenteil. Ich liege richtig, das muss dir doch auch auffallen, als Einziger, das ist mein Problem. Wieso sind dir die Fliegen nicht aufgefallen?
– Hör mal, wegen der Fliegen riskierst du so viel? Hilft dir diese Mini-Recherche, wenn ich das so nennen darf, hilft sie dir dabei, Saul zu finden?
– Saul war ein sehr trauriger Junge, sehr verloren. Hast du Fotos von ihm gesehen? Er ging in den Wald wie andere ins Wasser.
– Du sollst ihn finden, nicht analysieren.
– Ich habe eine heiße Spur. Aber ich sehe ihn vor mir, weißt du? Er starrt mich an, nicht flehentlich, eher wütend. Er hasst mich, er würde mich hassen, wenn ich ihn finden und wir uns begegnen würden. Ich meine das ernst, er will in Ruhe gelassen werden, er will doch auch nur etwas weniger sehen und hören, wenn ich mir Fotos von ihm anschaue, dann –
– Dann was?
– Dann sehe ich jemanden, der nicht gesehen werden möchte, der sich versteckt, indem er aufgehört hat, sich umzublicken. Der sich auch auf den Boden gelegt hat, um auszukühlen. Wie die Pinguine. Irgendetwas greift um sich, das ist eine –
– Du verlierst den Halt, das habe ich noch nie zu irgendwem gesagt, aber du rutschst ab. Hörst du mich?
– Schau dir doch an, was aus deiner Mutter geworden ist, zu was diese Stadt die Menschen macht. Du musst

doch auch in Betracht gezogen haben, dass die einzig vernünftige Handlung darin besteht, das alles hinter sich zu lassen.
– Jetzt sprichst du wie die Halbstarken im Stuhlkreis.
– Ich kann mir nicht mehr vorstellen, was es heißt, jung zu sein, die Zeit vor sich zu haben. Wie soll ich ihn finden, wenn ich nicht einmal verstehe, wie sich diese Kids ihren nächsten Tag, ihr nächstes Jahr vorstellen? Kennst du diese *Envir*, ihre Songs?
– Du hast mir erzählt, dass du einen zweiten Bericht schreibst, einen, den du nicht einreichst.
– »They are en route, / en route to becoming / our dearest future, / to replacing / monsters like us«, so was singt die, so was hat Saul sich angehört. Das ist schlechter Einfluss. Und überhaupt, das ist kein zweiter Bericht, das sind Eindrücke, das Gegenteil von Argumenten. Ich schreibe sie mit der Hand, damit keiner sie einsehen kann.
– Lies mir einen Eintrag vor.
– Nein.
– Wieso nicht?
– Nein.
– Gibt's auch welche zu mir?
– Aber nur einen, einen einzigen, einen kurzen, aber keinen zu dir, vergiss es. *Der Kollege von Alfons/Fons sucht nicht, um etwas zu finden. Es fiel mir bei der Nachstellung auf: Er sucht unaufhörlich nach kleinen Dingen, die er mit seinen Brigadierschuhen zertreten kann, nach Insekten oder hohlem Kies, nach Dingen, die zu nichts anderem taugen als dazu, zerschmettert zu werden. Er will hören, wie etwas splittert. Wäre er riesig, würde er Menschen wie Schneckenhäuser zertreten*. So.
– Und wenn du das hier, die Fliegen, deine Angst wegen Saul, wenn du das alles in dieses Dossier packst, genau in dem Stil?
– Weil das alles eine private Obsession ist? Nein. Nein, es ist weit mehr als eine … hast du mir gerade überhaupt zugehört, als ich das vorgelesen habe? Es ist keine private Schrulle, es gehört zusammen, alles, irgendwie. Das

I.L.E., die Dezimierung, die ganze Atmosphäre hier, gewitterschwanger, so hat Cahill es ausgedrückt, die Landschaften, die Leute und dann diese gottverdammten Fliegen. Die lila Augen von diesem Loew, wieso hatte der lila Augen? Diese Materie, was ist –

– Du nimmst das doch nicht für voll, oder?

– Jahrelang habe ich nicht mehr an meinen Vater denken müssen, an dieses kalte Wrack. Und jetzt kommt er mir viel zu oft in den Sinn, genau wie Bergh, genau wie Bauch.

– Wie wer?

– Was? Egal.

– Hör zu: Cahill hat sich selbst mythologisiert, das ist der einzige Zweck dieses Essays, das *I.L.E.* ist nichts weiter als ein Kraftwerk, eine Energiezentrale, es speist die Stadt, das war's. Die Materie ist eine Ressource wie jeder andere auch. Du mit deinem detektivischen Spleen; deine Paranoia ist keine Methode, verstehst du?

– Ich mag bisher viele Fehler gemacht haben, aber der größte war, es einfach nicht zu sehen, die Reichweite, den Radius, die Tatsache, dass es hier keine Varianten gibt. Es gibt kein Entweder–Oder, nur ein So-ist-es, verstehst du? Als hat mich ausgelacht, als ich ihn fragte, ob er lieber im *I.L.E.* oder im Zoo gearbeitet habe. Völlig zu Recht. Die Zäune im Wald, die Warnschilder, das abgeriegelte Forschungsareal, das ist die Illusion eines Geheges, damit wir meinen, unbeteiligt zu sein, außen vor, frei. Aber eigentlich, eigentlich hat Cahill es bereits klipp und klar gesagt: »Ich sorge mich um meine Aufmerksamkeit. Je ausgiebiger ich über die Materie schreibe, umso stärker befallen mich Zweifel, ob ich meine Konzentration überhaupt dem richtigen Gegenstand zuwende.« Und dann soll ich mich auf einen Jungen konzentrieren, ausgerüstet mit nichts als meinen beiden Menschenaugen?

– Erinnere dich an unser erstes Treffen, bitte. Als wir durch den Zoo liefen und ich dir von meiner Mutter erzählt habe. Es geht hier nicht um –

– Du bist zwei Minuten vor mir angekommen, nicht wahr? Du warst im Auto vor mir.

– Ich antworte dir nicht mehr auf diese Frage. Mach nur weiter so, und du wirst weder Saul finden noch zur Akademie zurückkehren. Alles, wirklich alles, was du mir von denen erzählt hast, muss dir doch genau das nahelegen: dass du in die Irre gehst. Fliegen, die merkwürdig fliegen, na klar.

– Wenn ich den Leuten hier folgen würde, ganze Tage lang, wenn ich sie wie die Fliegen studieren würde: Auch sie gehen dieselben Wege, benutzen dieselben Worte, hegen wieder und wieder dieselben Erinnerungen. Sie haben verlernt, auszubrechen oder irgendwie anders zu leben. Oder es wird ihnen verunmöglicht.

Wir schauten uns lange an. Vor drei Tagen hattest du nicht bemerkt, dass ich jemand anders geworden war. Jetzt fiel dir konsequenterweise nicht auf, dass du für mich endgültig jemand anderes geworden warst.

Siebzehnter August

Du bliebst über Nacht, was ich weder romantisch noch dreist fand. Es war nun einmal dein Auftrag, ganz egal, ob du es aus Gründen der Zuneigung oder der Überwachung tatst. Dein Atem an meiner Kehle war unangenehm warm. Als ich gegen sechs neben dir aufwachte, warst du nur mehr ein Körper, die Kartonverpackung eines unangemessen großen Geschenks, die der Gastgeber ins Schlafzimmer wirft, bevor er sich wieder den Gästen im Flur zuwendet. Ich sah dich im Dämmerlicht auf dem Bauch liegen. Zwischen deinen Lippen klebte ein wenig Speichel, der Bläschen warf. Während die Atemnot wuchs, wurde mir klar, wie ich dich in gut einer Stunde sehen würde: Du würdest wie jeden Morgen am Fenster stehen und hinaus auf diese stupide, selbstverlorene Stadt schauen, während der Sonnenstrahl die Härchen auf deinem Bauch aufglänzen ließe und ich nach einem Wort suchen würde, um die Farbe deiner Haut an diesem Morgen zu beschreiben.

Aber etwas wäre anders. Die Szene käme mir unbotmäßig geborgt vor, ein Filmzitat aus einem Klassiker, der über Nacht verboten worden war und auf den plötzlich niemand mehr Bezug nahm, und während du dich vom Fenster lösen, quer durch das Zimmer gehen und mit der Hand über die im Frühlicht strahlende Wand streichen würdest, verstünde ich, dass gerade etwas entzweigegangen war, etwas, das wir noch ein wenig vor uns hertragen würden, aus einer Ratlosigkeit, die sich wie eine letzte gemeinsame Routine anfühlen sollte. (Es lief genauso ab.)

Spätestens als ich die Flugbahn wiedererkannt und auf deinem Bauch gezeichnet hatte, hatte ich mich damit abgefunden, immer weniger zu verstehen, mir zugleich das Versprechen abgerungen, möglichst viel zu unternehmen, um so zu tun, als verstünde ich immer mehr. Ein verzweifelter Teil von mir wartete ab dem Zeitpunkt darauf, dass aus einer Ahnung ein Wissen werden würde, während ein anderer Teil den Alltag aufrechterhielt. Am Ende von Sätzen ging ich mit meiner Stimme nach wie vor nach oben. Als der Nachmittagsschauer aufzog, stellte ich mich unter eine Markise, wartete auf den obligatorischen Guss, kniff die Augen zusammen und begutachtete die Form der Hügel im Hintergrund. Ab und an bemerkte ich den Glanz und die fehlenden Berge, von denen er abprallte. Ich verstand so langsam das Spiel, ich kannte den Raum. Ich nickte, wenn die Städter antworteten; ich ging weiter, als die Tagesladung an Regen gefallen war und die Hitze wieder aufzog, so als wäre nie etwas gewesen. Dasselbe galt ab dem Zeitpunkt für: Berichte in die Zweite Hauptstadt schicken, Fliegen einfangen und einsaugen, dir zuhören und dir allerlei Dinge erzählen, die Karte im Wohnzimmer aktualisieren, auf der Dachterrasse rauchen und von dort aus auf die Stadt schauen, in Cahills Essay lesen. In meinem Innern sammelte sich währenddessen das unhintergehbare Wissen an, das mir alle vorenthielten und das gerade dadurch an Kontur gewann. Ich war eine Kammer, ein Becken, das sich füllte, bis der Druck sich entladen würde.

5.s. Nachdem er seine Bettlägerigkeit überwunden hatte, fand Loew es angezeigt, noch am selben Tag entsprechend des Expeditionsstatuts einen Disput einzuberufen. Als Erstem Wissenschaftler stand mir die eröffnende Intervention zu, die ich nutzte, um Loews fadenscheiniger individueller Empörung entgegenzutreten. *Soll denn,* fragte ich in die Runde, die *Wahrheit, derer wir ansichtig geworden sind, einer Dienstfertigkeit des Mittelmaßes geopfert werden, jener mediokren Geistesart, die den Menschen fesselt?*

5.t. Loew erhob sich in theatralischer Manier, die seine Wirkung auf die verstörte Truppe nicht verfehlte. Seine unmenschlichen Augen taten ein Übriges. *Ich verstehe sehr wohl, dass Sie, geschätzter Kollege Cahill, die Wahrheit ins Feld führen, um mich einen Lügner und Leugner zu schimpfen. Aber wer mich ansieht und anhört, dem wird sich gewiss der gerechtfertigte Schluss aufdrängen, dass die Materie ein Werkzeug des Teufels ist und eine Gefahr für die unbändige Neugierde darstellt. Entgegen den hier gegebenen Einlassungen dürfte sie schwerlich als Allheilmittel aufzufassen sein. Lowrys und Cahills logische Entzündungen führen, werte anwesende Herren, in den Wahn und in die Überschreitung, auf die es nur eine Antwort gibt, die ich vehement einfordere: Es ist unbedingt angebracht, die Expedition abzubrechen, die Daten zu tilgen und dieses Plateau erneut dem Vergessen anheimzugeben.*

5.u. Hierauf gab Lowry zu verstehen, eine Replik auf Loews Polemik geben zu wollen. *Es ist erwiesen,* sagte er mit der ihm typischen Inbrunst, *dass jene, die von hellen Dingen träumen, weniger vom Licht geblendet sind, das einen am Morgen erwartet. Wir, die wir im Vorhof des Kommenden versammelt sind, müssen stellvertretend träumen, gerne und bereitwillig auch mühselige und geisterweiße Träume, um später mithilfe der Materie eine neue Welt zum Wohle aller erbauen zu können, als Pioniere, die den Mut der Unerbittlichen aufbrachten, ungeahnte Zukünfte über uns zu bringen.*

5.z. Loew gab sich erst einmal nicht geschlagen, weder bei diesem Disput noch bei unzähligen weiteren, die wir in den nachfolgenden Wochen abhielten. Aber die Gefallsucht des Zweiflers und Mahners, die seinem Körper eine linkische Spannkraft verliehen hatte, verlor sich angesichts unserer resoluten Konstitution. Bald schon gehörte er der Truppe nicht mehr an. Im Nachhinein gilt Loew der fragwürdigste Dank ebenso wie der fragloseste Argwohn: Ohne seine negative Neugierde hätten wir noch Monate, womöglich sogar Jahre benötigt, um herauszufinden, wie die Materie sich zusammensetzte, wie sich ihre Bestandteile separieren und unter welchen Bedingungen sie sich zu den grandiosesten Zwecken verwerten ließ. So begann sie jedenfalls, die Gewinnung.

Ich war am Morgen kurz nach dir aufgebrochen. Eigentlich war ich bereits früher bei der Familie von Hannah, einer von Sauls Freundinnen, angemeldet. Aber ich hatte dich nicht allein in der Wohnung lassen wollen, deswegen im Wohnzimmer gehockt und mich mit einer neuen Wachsamkeit, die mich nicht mehr verließ, in Cahills Essay vertieft. Du schautest mir dabei aus der Küche zu. Der Riss reichte dir ungefähr bis zum Bauchnabel.
– Wie gesagt, nichts als pathetische Wissenschaftsworte. Ich habe dich vorgewarnt, du darfst das nicht so ernst nehmen. Hast du dich erholt von gestern?

Ich machte irgendeine Kopfbewegung; es sah hoffentlich wie ein Nicken aus.
– Wieso wollte Als unbedingt, dass ich das lese? Wenn es nur der selbstverliebte Stuss eines toten Forschers ist?
– Da entdeckt aber jemand eine neue, kritische Seite an sich. Wenn die Akademie dich hören könnte.
– Vielleicht hört sie mich ja gerade.

Ich machte dieselbe Kopfbewegung wie eben; es war doch eher ein Wegsacken als ein Nicken.
– Würden die ihre eigenen Leute abhören?
– Nicht, dass ich wüsste. Egal, vergiss es. Ich habe schlecht geschlafen, mal wieder. Ich träume so komisch.

Ich versuchte, eine leichte Schwäche in meine Stimme zu legen.
– Gestern war ich etwas durcheinander. Der Druck steigt, ich muss mich ständig gegenüber Bell rechtfertigen, weißt du?

Hannah war dreizehn Monate älter als Saul und schien aus diesem Abstand ihr gesamtes Verhalten abzuleiten: Mit allen redete sie, als wäre sie ein Jahr älter als ihr Gegenüber, ganz unabhängig davon, wer es war. Ein Junge, zwei Zehen, drei Löcher, am liebsten hätte ich es ihr genau so aufgezählt. Sie war unerträglich, das dachte ich erneut und dehnte die Silben des Adjektivs, während wir auf der Veranda saßen, sie Belangloses über Saul sagte und ihr Blick auf Vögeln ruhte, die hinter mir

stritten, Krähen oder Möwen, nahm ich an. Ich fragte sie nach ihrer Abschiedsformel bei der Nachstellung, als sie Saul-Mahum gesagt hatte, er solle sich nicht wieder im Wald verlaufen.
– Sie haben mich so lange mit den Scripts genervt, ich habe es so gesagt, wie es dort stand, genau die Worte habe ich benutzt.
– Es geht um den Tonfall, nicht um den Wortlaut. Du hast es anders ausgesprochen als bei unserem ersten Gespräch. Du machst dir Sorgen um ihn, nicht wahr?
– Ich habe Ihnen alles gesagt!
– Und was willst du mir nochmal sagen?
– Saul war zum Schluss komisch geworden, nicht die übliche Pubertätsscheiße, ich meine: richtig komisch. Ab und zu zuckte sein Körper, und dann lachte er, aber sein Lachen klang, als käme es aus einem Körper, der zehn Meter hinter einem steht, hinter einer Hecke oder so. Oder als wäre er in einem anderen Raum, aber er stand neben mir. Verstehen Sie? Er war ganz nah und weit weg. Er sagte oft, er sei müde, dann legte er sich auf den Boden und schlief ein, egal wo, bei der Assembly, am Seeufer, mit den Beinen halb im Wasser, da vorne, vor der Treppe zur Veranda. Es war lustig, aber nicht lange. Vielleicht liegt es am *Cheevl*, er hat mehr genommen als wir, vielleicht bin ich –
– Okay. Versprich mir, bei der nächsten Frage nicht zu lügen.
– Was? Ich bin voll kooperativ, ich –
– Nein, darum geht's nicht, versprich mir, mit deinem Körper hier zu sein, mit allem zu antworten, was du hast. Es darf keine Zweifel geben, dass du hier bist, in deiner Antwort.
– Wie meinen Sie das, was muss ich –
– Wieso habt ihr alle drei Löcher in euren Shirts?
– Wir sind die Steckermenschen.
– Ihr seid was?
– Steckermenschen, wir sind: die Steckermenschen.

Ich fragte mehrmals nach, mal ungläubig, mal spöttisch, und erhielt immer dieselbe Antwort. Es ginge darum, »bereit« zu sein für die Verknüpfung, für die Erweiterung. Sie zitierte Lyrics von *Envir*, die ich dem vorletzten Album zuordnen konnte. Dabei klang sie noch immer wie eine Erwachsene, genauer: wie ein Teenager, der Sprechtraining für Kinder genommen hatte, bei dem einem beigebracht wird, wie ein Erwachsener aufzutreten.

– Wie viele seid ihr?

– Das weiß ich nicht, jeder darf mitmachen, wir verzichten auf Kontrolle, im Gegensatz zu euch.

– Und was wollt ihr?

– Wir sind keine Sekte, wenn Sie das meinen. Wir texten, wir loten nur den Fun am Rand aus, kennen Sie den Spruch, der ist von –

– Aber ihr habt doch klare –

– Wir sind auch keine Terrorzelle oder Untergrundbewegung oder so. Ich weiß, was Sie denken, ich kenne die Nachrichten aus den anderen Distrikten. Aber es stimmt nicht. *Envir* inspiriert uns, sie zeigt uns einen Weg, wie man sein kann, wie man sich entfixen kann, ein Fluidum oder wie Jay das nennt, ein Myzel oder so. Und überhaupt, ich weiß, dass Sie auch *Cheevl* genommen haben. Sauls Vater hat es meinem Vater erzählt.

– Es war Teil der Ausbildung, es ging darum, die Effekte zu studieren. Ich muss mich nicht rechtfertigen, nicht vor einem Kind.

– Ich bin kein Kind.

– Du bist ein Steckermensch, ja klar. Was soll das hier?

– Sie wissen, wie es sich anfühlt. *Cheevl* ist nur die erste Phase, es muss doch mehr möglich sein. Und Sie würden das doch auch gerne haben, ständig diese Kühle im Körper zu spüren. Man müsste sich nur anschließen, sich verbinden können mit dem Kreislauf, darüber singt *Envir*, mit den Bäumen, den Servern, den Satelliten oder Sternen, egal.

– Wie habt ihr das mit den Löchern gemacht?

– Wie wohl? Mit Zigaretten.

– Auch in die Haut?
– Am Anfang, aber es verheilt zu schnell und tut sehr weh.
– Und Saul? War er von Anfang an dabei?
– Nein, wir haben ihm vor einem halben Jahr die Clips gezeigt, er fand es am Anfang albern und wollte seine Klamotten nicht kaputtmachen.
– Habt ihr ihn gezwungen?
– Gar nicht. Er hat nach einer Session *Cheevl* nach einer Zigarette gefragt und es selbst gemacht, er sagte: »Das ist dann wohl der nächste Schritt«, und danach hat er gleich noch eine halbe Pille genommen und die Playlist auf *Repeat* gestellt.
– Habt ihr jemanden in der Clique, der humpelt?
– Was?
– Ja, jemanden, der hinkt, dessen linker Fuß kaputt ist.
– Nein. Ist das auch eine neue Bewegung? Die Lahmen oder so?
– Ihr seid keine Bewegung, ihr seid Kinder, die nicht verstehen, um was es hier geht. Ihr seid sicherlich auch für die Graffiti überall verantwortlich?
– Ich bitte Sie, wir sind keine Kids, die schmieren. Sie wollen es doch auch wieder nehmen, *Cheevl*, ich weiß es. Ständig bleiben Sie stehen, legen Ihre Hand an die Fassaden und schauen hoch, wenn die Böen kommen, so wie Sie hier rumschlurchen durch die Hitze. Wir sind die Steckermenschen.

Ich ließ mich im *Vis-à-vis de rien* in den Ohrensessel fallen, sah während des Fallens, wie der Kellner mich beobachtete, dachte an seinen Kommentar über das Hotelbistro als »mein Büro« und versuchte, noch bevor ich das Polster berührte, die Körperspannung zu verlagern, um lässiger zu wirken. Ich war vollkommen erschöpft, so ausgelaugt, dass ich nicht einmal mehr schwitzte. Erst jetzt fiel mir ein, dass er damals nicht *Büro*, sondern *Bureau* gesagt hatte; in seinen Augen hatte ich den manierierten *eau*-Spott glänzen sehen. Mahum hatte mich vorhin im Foyer angegrinst. Als ich an ihm vorbeigegangen war, hatte ich den Kopf geschüttelt und geflüstert: »Bin dran, bald mehr.«

Der Kellner lächelte mir zu, als ich ungelenk im Sessel landete und mich fragte, wann ich angefangen hatte, mich am Mittelmaß der Städter auszurichten. Ich öffnete das Fenster in meiner holzvertäfelten Nische, ließ den Windzug über mein Gesicht streichen und lauschte dem Getriebe der Sonne. Es war erst früher Mittag, ich bestellte Pastis und Nüsschen und verlangte einen ganzen Stapel papierner Servietten, die ich nach und nach vollschrieb, auf dem Tisch ausbreitete und hin- und herschob.

Einfache Sachverhalte; einfache Sätze.
Saul gehört zu den Steckermenschen.
Saul ist durch einen Tunnel weggebracht worden.
Der Tunnel verbindet Zoo und I.L.E.
Saul ist ein Junkie.
Am See lag ein Hemd.
Am See lag nicht Sauls Hemd.
Alle sind Junkies.
Davis Ley humpelt, hat Saul verschleppt und heißt anders.
Mahum ist kein Junkie, wahrscheinlich als einziger Mensch in dieser Stadt.
Die Dezimierung hat die Tiere hinweggerafft.
Die Gewinnung hat alle Probleme gelöst.
Die Fliegen kehren zurück, sie haben ein Gedächtnis.
Das ist ihre Route und ihre Treue.
Die Steckermenschen sehnen sich nach der Verknüpfung.
Auch sie arbeiten an Kreisläufen.
Das Hemd am See führt von Saul weg.
Ich muss ins I.L.E.
Bell darf nichts davon wissen.
Ich muss alles wissen.
Der Tunnel führt nach links und nach rechts.
Das macht keinen Unterschied.
Ich bin bereits an Ort und Stelle.

Hannah war vor vier Tagen nachts am See gewesen, immerhin das wusste ich nach dem Gespräch. Sie hatte nur geschmunzelt, als ich sie darauf angesprochen hatte, ohne sich zu erklären: Wieso hatte sie damals gelogen und behauptet, Saul nicht zu kennen? Weshalb war sie mir überhaupt gefolgt? Ob sie gerade auf *Cheevl* sei? Nichts als Grinsen, nichts als eine Selbstsicherheit, die mir unlauter vorkam. Es war die Arroganz einer Fallenden, die ihr Fallen im Gegensatz zu Bauch und mir zur Kunst erhoben hatte. Um ihr eine kleine nässende Wunde zuzufügen, hatte ich ihr zum Schluss gesagt:
– Es gibt keine Filmkamera, die auf dich zoomt, wenn du meine beschissene Straße entlanggehst, okay? Niemand interessiert sich für dein mies kuratiertes Leben.

Der Vater war um die Ecke gekommen und hatte die Vögel verscheucht, es waren Möwen gewesen. Als ihre Eltern die Haustür geschlossen hatten, beschlich mich die Ahnung, dass ihre Tochter mir alles gesagt hatte und dass diese Spur mich nicht zu Saul führen würde.

Wie hattest du dich im *Neunneuneun* ausgedrückt, als ich mir die Intarsien angeschaut hatte? Ein »ennui climatique« samt der obligatorischen »joie des symboles« sei doch weit verbreitet. Ob ich erwartet hätte, dass es in dieser Stadt anders zuginge? Die Steckermenschen waren eine nicht mal besonders auffällige Folge dessen. Die Frage war, ob sie sich radikalisieren oder weiterhin nur Playlists zusammenstellen würden.

Es gab für mich zwei Möglichkeiten, wie ich mich gegenüber Bell lächerlich machen konnte: Entweder überschätzte ich Hannah und ihre Teenie-Gang und deklarierte sie zu einer Zelle, die beaufsichtigt werden müsste. Oder ich unterschätzte sie und setzte damit meine Karriere aufs Spiel, weil ich eine offensichtliche Gefahr nicht erkannte.

Ich bestellte noch mehr Servietten und noch mehr Pastis und lud mir vom Akademie-Server die Evaluation zu *Envir* herunter, die seit wenigen Stunden verfügbar war. Ich hatte sie bei der Medienwissenschaftlerin in Auftrag gegeben und darum gebeten, die Kulturwissenschaftlerin hinzuzuziehen.

Musik-, Video- und Performancekünstlerin, feierte mit dem Setpiece *The Certainty of your End* vor drei Jahren erste Erfolge, eine Mischung aus biographischer Dokumentation und generischen Aufnahmen von Landschaften, Sicherheitsspots, prekären Zonen insbesondere aus dem Westen, enthielt eine beachtenswerte Song-Trilogie zu den Farben Gelb, Beige und Braun, Inhalte nicht nur dieser Produktionen sind schwer zu benennen: eine Ästhetik des Double-Entendre, slippery und anti-kategorial, produziert und distribuiert ihre Clips in Eigenregie über die Plattformen, die die Zensur vor die gängigen Probleme stellen, seit etwa einem Jahr sehr stark rezipiert bei den Unterzwanzigjährigen, vor allem ihr drittes Album *our.thos* wird distriktübergreifend gehört, weniger wegen der Themen, die dem Jugend-Standard entsprechen, sondern wegen des Angebots, historisch eingeübtes Konsumverhalten mit dem Bedürfnis nach kritischer Intervention zu versöhnen, letztlich ein hyperästhetisches Tutorial für die –

Ich unterbrach die Aufnahme. Ich hatte die beiden noch nie gemocht, hatte vor allem die Medienwissenschaftlerin genau vor Augen. Ihr Stil und ihre Ausdrücke entsprachen eins zu eins ihrem Auftreten und ihren Gesten. Das Wort *Diskursstandard* war das Anfeuchten ihrer Lippen, bevor sie zum Sprechen ansetzte, das *Double-Entendre* war ihre Art, jedes Mal eine Sekunde zu lange zu lachen, wenn jemand einen bemühten Witz machte. Und das *hyperästhetische Tutorial*, das war der Blick der Kulturwissenschaftlerin, mit dem sie einen herausforderte, auf ihre Ausführungen mit einem ähnlich komplizierten und gleichermaßen gelenkigen Gedanken zu antworten.

Ich bestellte mehr Eis und fragte den Kellner, als er mir bereits wieder den Rücken zukehrte:

– Wie oft saugen Sie die Fliegen ein?

Obwohl er sich mir zugewandt hatte, hatte ich während der Minuten, die wir uns unterhielten, den Eindruck, dass er sich gar nicht zu mir umgedreht hatte. Ich sprach mit seinem Hinterkopf.

– Ist Ihnen das aufgefallen? Das tut mir leid. Nicht so oft, aber schon regelmäßig, wenn Sie fragen und ich ehrlich bin.

– Sie müssen nicht ehrlich sein.

– Doch, doch. Das ist ja selbstverständlich, wenn ein Gast so oft bei uns weilt. Geht es Ihnen denn gut? Sie sehen müder aus, nervöser und irgendwie unschärfer als am Anfang, als hätte ich meine Brille vergessen.

– Naja, ich –

– Dabei benötige ich gar keine Brille, müssen Sie wissen. Wenn Sie mögen, kümmere ich mich ab jetzt erst um die Fliegen, wenn Sie unser Etablissement wieder verlassen haben.

– Nein, das ist nicht nötig. Ich fand es, also das mag etwas merkwürdig klingen, ich finde es beruhigend.

– Es hat was, nicht wahr? Aber sie kommen immer wieder, es ist jedes Mal dasselbe Spiel.

– Ich werde den Fall bald abgeschlossen haben.

– Nein, nein, ich meine die Fliegen. Sie wollte ich damit nicht –

– Arbeiten Sie schon lange hier?

– Erst seit etwas weniger als fünf Monaten. Davor war ich am Neuen Meer, wir wohnten nahe –

– Ich auch, ich war während der Ausbildung dort.

– Darf ich Ihnen das verraten? Ich weiß es nicht: Meine Tochter ist gerade am Neuen Meer und absolviert die Quartierzeit dort. Sie darf mir natürlich nichts Genaues schreiben, ab und zu schickt sie Fotos von den Stränden, von grünlichem Schaum oder von sehr länglichen und dünnen Fischen, die an Land geschwemmt werden. Aber das sind ja Bilder, die überall zu sehen sind. Die schlimmen Sachen behält sie für sich, sie war schon immer eine Beschützerin, eine Kriegerin. Wir mussten

umziehen, als unsere Zone umdeklariert wurde. So ist das.
– Die Quartierzeit ist nicht so schlimm, wie viele sagen. Die Dämme und Flutmauern sind ja längst in Betrieb. Man braucht nur zuverlässige Kollegen, richtige Freunde, auf die man sich verlassen kann.
– Davon weiß ich nichts. Ich habe Eli seit vierzehn Monaten nicht mehr gesehen, ich vermisse sie. Nun, jeder hat sein Jäckchen zu tragen.
– Sie meinen: Päckchen zu tragen.
– Ja, das habe ich doch gesagt. Was soll man auch machen? Wollen Sie noch einen Pastis? Ich bringe Ihnen jetzt mal Ihr frisches Eis.

Wir schliefen auf der Dachterrasse miteinander, es war das letzte Mal. Ich war sturzbetrunken und fand den Himmel in seiner Blaugrau-Tönung interessanter als deinen Körper. Ich bin mir einigermaßen sicher, dass es dir ähnlich erging, womöglich in Bezug auf die Farbe oder Maserung der Fliesen. Kurz danach stand ich allein und nackt im Freien. Ein Vogel flog von links nach rechts durch mein Blickfeld, zog von unten nach oben eine perfekte Diagonale durchs Bild, als wollte er sich aus Höflichkeit an den Rahmen halten, der mich einengte. Es war keine Taube, mehr wusste ich nicht.

Die Nachrichten aus der Akademie wurden dringlicher, Bell textete und textete und verlangte Protokolle, Ergebnisse sowie neue Prämissen: »bericht steht mal wieder aus. fokus auf untergrundumtriebe legen? *cheevl*-konsum beachten, ein drogenbezogenes delikt? zweihemden-theorie verfolgen? was interessiert dich an dieser *envir*? ressourcen-verschwendung!« Der Umsiedlungsbescheid für Mahum war mit der Begründung abgelehnt worden, die Akademie lasse sich nicht von »so einem Gesindel« erpressen. Ich hätte die Pflicht, eine Lösung zu finden, und solle mich hüten, mit solch aufrührerischem Pack in Verbindung zu treten. Ich formulierte eine Nachricht, dass ich zusätzliche Berechtigungen für das *I.L.E.* bräuchte, schickte die Anfrage aber nicht ab. Selbst wenn die Akademie sie bewilligen würde, würde sie zeitgleich eine weitere Person der Akademie entsenden, um mich zu kontrollieren. Stattdessen textete ich Mahum, dass wir uns bald sehen müssten. Er antwortete ohne Smiley, ohne Sticker: »beim fest am see«.

Was sollte ich Bell auf seine Sticheleien antworten? Was sollte ich aufschreiben? Ich zweifelte daran, ob meine Sätze ihre augenscheinlich wirre Logik nach und nach zugunsten einer harten Wahrheit ablegen würden, Sätze, die jene niederringen würden, die meinen Bericht bis dahin als Geschwätz erachtet hätten, das keine Erkenntnisse, nur Ausflüchte bereithielte. Selbst mit den handschriftlichen Notizen hatte ich immer mehr Probleme.

Ich hatte in meiner Karriere doch noch nie einen Fehler gemacht. Ich hätte mir, bevor ich in diese Stadt kam, auch nicht zugetraut, jemals einen Fehler zu begehen. Auch das war ein Erbe meines Vaters. Während der ersten Tage war ich jeden Morgen mit der Gewissheit aufgewacht, die Untersuchung bis zum Abend abgeschlossen zu haben, und war jede Nacht mit der Gewissheit schlafen gegangen, die Untersuchung am darauffolgenden Tag abzuschließen. Es gab schlichtweg keine Alternative: Ich schuf die Realität, die ich dann den anderen auferlegte. So war es immer abgelaufen, so hatte ich auch die 53 Tage in der Nähe von Nêhve überstanden.

Achtzehnter August

Sie war vollkommen lächerlich, diese kleine Dorfschankfete, die ein Jubiläumsfestival sein sollte und wie eine zwangsheitere Begräbnisfeier wirkte. Der See hatte, das merkte ich erst jetzt, als ich mich angeekelt von den Städtern abwandte, die Form einer langgezogenen Sechs. Er erinnerte mich an den Arm einer Person, die an einem Glas vorbei nach einer Flasche greift, ohne sie zu fassen zu kriegen, weil sie gar keine Hand besitzt, so abrupt hörte der Kanal auf. Womöglich floss das Wasser unterirdisch weiter.

Ich wäre gerne ein Vogel. In Schleifen flöge ich hoch über allem und sähe es klar und deutlich: in welchen Formationen sie zusammenstanden, welche Inseln der Verschworenen sie miteinander bildeten. Sauls Clique stand seitlich der Bühne, auf der gleich *Van Ofter* auftreten würde. Hannah hatte vorhin minutenlang meinen Blick gesucht. Als sich unsere Augen kurz getroffen hatten, hatte sie ihr Shirt seitlich hochgezupft und mir die drei Löcher gezeigt. Anschließend hatte sie *Wir sind die Steckermenschen* mit den Lippen geformt. Sie hatte betrunken gewirkt, und ich hatte weggeschaut. Die Bibliothekarin saß mit Teilen des Schulpersonals und einigen Leuten aus der Assembly-Halle zusammen, Als stand mit Gemeindepersonal und der Assistentin rechts am Ufer. Sauls Eltern waren nicht anwesend; insgesamt waren wir hundert, vielleicht hundertzwanzig Leute. Mahum stand neben der Bühne und unterhielt sich mit einem Tontechniker. Zur Begrüßung hatte ich aus der Ferne die Hand gehoben und zwei Finger hochgehalten. Er hatte genickt.

Ich flöge als Vogel hoch über ihnen allen, stürzte zur rechten Zeit hernieder und bekäme mit, von wem das

Graffito an der Ferienwohnung stammte, wer zu den Steckermenschen gehörte und wer die Lyrics von *Envir* als Aufruf verstand, sich zur Wehr zu setzen. Ich würde mich in ihren Köpfen einnisten und sie ihre Gedanken denken hören, noch bevor sie zu Worten geworden wären, die ich anschließend von ihren Lippen ablesen würde, nur zur Sicherheit, zum definitiven Abgleich. Mit Mahum würde ich beginnen.

Als hatte mir am frühen Morgen getextet und mich erneut auf das Fest hingewiesen und um meine Anwesenheit gebeten: »ich weiß, dass es deplatziert erscheint. aber wir brauchen dieses fest. eine atempause. ein halber tag im dienst unserer tradition.« Ich hatte zugesagt, anschließend war ich entlang des eingezäunten Areals durch den Wald gestrichen, um mir Notizen zu machen und das Gelände zu sichten.

Dringlich war nur noch eine Frage: ob es klüger wäre, unterirdisch durch die Schleuse oder oberirdisch durch den Zaun auf das Gelände des Instituts zu gelangen, um das *I.L.E.* auszuspähen. Als ich kurz darauf durch den Tunnel unterhalb der Pinguinberge ging, um die Schleuse zu inspizieren, wurde ich erneut von Erinnerungen an Bauch heimgesucht, an diesen Moment nach seinem und vor meinem Sprung. Unsere Stürze hatten sich unterschieden, einer von uns hatte sich im Fallen befreit. Und Bergh? Sie zupfte seither an Beerensträuchern, analysierte den Grünstich des Blattwerks und versuchte ihre Wunde zu heilen, indem sie irgendwelche Pflanzen gesund hielt.

Ich vermisse beide. Ich vermisse Bergh. Ich vermisse dich, Bauch.

Ach was, die Farm.
Macht mir mal Platz.
Dung für die Welt.
Ganz kurz ganz schön.
Mach das bloß nicht.
Wir beide, so, so.
Bin dran, bald mehr.

Wir hatten bisher nicht viel miteinander geredet, zur Musik vom Band gewippt, die Köpfe hin und her gedreht, Leuten zugenickt und die *White Feathers* getrunken, die du geholt hattest.

Irgendwann begann *Van Ofter* zu spielen, und ab der ersten Note war mir klar, dass sie dieselben Songs in derselben Reihenfolge wie im *Neunneunneun* spielen würden. »Immerhin klingen sie anders, wegen der Akustik«, sagte ich dir etwas später und schaute über den See auf die andere Seite. Die angenehmste Lösung wäre nach wie vor, dass Saul einfach auftauchte, dort drüben, verwirrt, verlottert, von mir aus auch zutiefst verängstigt. Er müsste sich nur aus den Schatten der Kiefern lösen und uns zuwinken.

Jetzt stimmte die Band *Ahndungen* an, ihr »chef d'œuvre«, wie der Sänger es erneut nannte. Er redete wirr, wohl als eine Art Einführung und Begrüßung, von einem Hineinmeditieren, von verspulten Zuständen und Schutzzaubern. Die Städter jubelten, als sich wenig später eine kristalline Soundspur immer stärker auflud, um sich in Wellen an Störgeräuschen aufzulösen; erst zu diesem Zeitpunkt begannen die Lyrics, ein sehr lautes Murmeln, das nicht zu verstehen war. Ich hörte amüsiert zu, wusste zugleich, dass ich den Eindruck des Amüsements bloß vorschob, um mir nicht einzugestehen, dass es ein sehr guter Track war, der meine Atemnot ein wenig linderte; selbst der Schlagertrupp hatte hier etwas Avantgardistisches an sich.

– Was ist dein nächster Schritt?

– Es gibt eine neue Spur, aber ich bin mir unsicher. Ich muss irgendwie unbemerkt ins *I.L.E.* gelangen.

– Solange du die Fliegen in Ruhe lässt.

Die Musik schallte vom gegenüberliegenden Ufer zurück, einige der Tanzenden bewegten sich zum Echo, andere waren zu schnell, murmelten Zeilen mit, die der Sänger noch gar nicht angestimmt hatte.

– Fang nicht schon wieder an, bitte. Ein Hilfegesuch bei der Akademie wird dazu führen, dass ich ausgetauscht

werde. Bell wartet nur auf eine solche Gelegenheit.
– Ins *I.L.E.* kann ich dich nicht einfach so einschleusen, das weißt du. Und ich will nicht, dass du gehst.
– Dann darf ich den Jungen nicht finden.
– Hast du dich beruhigt? Ich habe mir Sorgen um dich gemacht, gestern, deine Fantasie von einer großen Verschwörung in der Stadt.

Das Schöne war ja, dass ich dir auch mal die Wahrheit sagen konnte. Es war das erste Mal, dass ich *White Feathers* trank. Sie machten mich melancholisch und verletzlich, im Gegensatz zum Pastis. Ich müsste beim Sprechen lediglich auf meine Gesichtsmuskulatur aufpassen, auf die Intonation bei heiklen Worten. Für dich wäre alles gleich, eine bemäntelte Lüge, eine bemäntelte Wahrheit. Du würdest nur die Hülle sehen und dich in der Sicherheit wiegen, mich so oder so zu durchschauen.
– Ich will nicht zurück in die Zweite Hauptstadt. Ich habe wieder mehr Erinnerungen. Ich dachte eigentlich, alles so weit hinter mir gelassen zu haben, mit der Arbeit und den klaren Anweisungen, weißt du? Die Ausbildungszeit, die Monate am Neuen Meer, es war hart. Wir haben Sachen gesehen, die –
– Es gibt gute und schlechte Tage, für jeden, überall.
– Das meine ich doch nicht. Es ist anders, ich will nicht nur nicht in der Zweiten Hauptstadt sein. Es gibt keinen Ort, an dem ich gerne wäre. Ich könnte mich überall hinschicken lassen, aber es ist egal. Kennst du diese Entwürfe von Architektenbüros, diese plakatierten Simulationen bei Baustellen, wie es am Ende aussehen soll, so sauber und lebenswert? Beste Orte werden uns vorgeführt, aber selbst dort möchte ich nicht sein.
– Findest du Saul deswegen nicht?

Du erinnertest mich an eine unstet flackernde Kerze, nichts war vorherzusehen. Nur der Tag ging zuverlässig seinem Ende zu: Das Licht wurde schwächer, der See dunkler, während die Konturen des Waldes schärfer hervortraten. Der Schmelz des Tages verglühte.

– Ich gebe mein Bestes, ja? Eine gute Freundin leitet eine Beerenfarm im Westen, vielleicht wäre das eine Möglichkeit. Ich könnte sie besuchen, vielleicht sogar dort arbeiten.
– Eine Farm? Die Idee haben so viele. Landleben, Einkehr, Entsagung, und dann? Am Ende haben alle Rückenprobleme von der Feldarbeit, zu viele Bücher von Philosophen, die sie nicht kapieren, und eine Enttäuschung in ihren Leibern, die sie nur als Wut zu fassen kriegen. Tut mir leid, mein Bruder ist in eines dieser Dörfer gezogen. Er schrieb vier, fünf Briefe mit der Hand, stell dir das vor, und dann habe ich nie wieder was von ihm und seinem Hüttendasein gehört.

Am liebsten hätte ich dich ausgepustet.
– Es macht keinen Unterschied, das will ich sagen. Ich fühle mich überall gleich, egal wo ich bin, die Koordinaten der Stadt, das Zonen-Label, die Gefährdungslage, es ist völlig gleich. Wieso verstehst du das nicht? Obwohl vor Ort immer andere Probleme, andere Fälle warten. Es ist heiß oder viel zu kühl, es regnet sehr viel oder seit Jahren nicht mehr, es ist völlig gleich. Wenn ich nicht schwitzen oder nachts vor klammer Nässe frieren würde, wüsste ich manchmal gar nicht, dass ich da und da und nicht dort und dort bin. Ich will weg, aber ich weiß nicht, wohin, weil ich von überall weg will.

Eine hübsch zu betrachtende Rauchschliere wäre zu sehen, kurz darauf dann nichts mehr, nur ein Docht, eine Linie, die selbst ein Kind nicht weiterzeichnen wollte, so vorhersehbar wäre das Bild geworden. Es wäre ein Riss, der mir ausnahmsweise mal keine Angst bereiten würde.
– Zwanzig Tage nach dem Beginn einer Ermittlung trifft die Akademie so oder so eine Entscheidung: ob ich abgezogen werde, ob jemand zur Verstärkung geschickt wird. Es bleiben mir fünf Tage.

Ich wollte schauen, wie weit mich meine Ehrlichkeit tragen würde, und holte uns zwei weitere *White Feathers*. An der Bar hielt ich nach Mahum Ausschau. *Van Ofter*

waren ziemlich genau in der Mitte ihrer Setlist angelangt; gerade spielten sie den Track, bei dem ich dir bis vor kurzem die zweite *Warum*-Frage hätte stellen wollen.
– Wie weit sind wir?

Er hatte sich von hinten angeschlichen.
– Ein neues Getränk, eine neue Spur, das wäre doch was, nein?
– Ich bin dran.
– Bald mehr, ja, ja. Ich will nicht mehr warten. Und Sie können ebenso wenig länger warten.

Ich hielte noch Rücksprache mit der Akademie, ich wäre kurz davor, den Bescheid bestätigt zu bekommen. Aber er müsse einsehen, dass der Deal einseitig sei und er im Voraus mehr anbieten müsse. Ich redete zwei, drei Minuten auf ihn ein und trank dabei den *White Feathers* zur Hälfte aus; ein Satz, ein Schluck.
– Wissen Sie eigentlich, was für eine miese Figur Sie abgeben? Von denen, die noch hoffen, hatten viele hohe Erwartungen an die Akademie. Und dann kommen Sie mit ihren Befragungen und der Idee, hier ein kleines Gericht zu veranstalten.

Drei weitere Sätze, drei weitere Schlucke.
– Ley und sein Kollege, sie haben einen Auftraggeber. Das Ganze ist ein abgekartetes Spiel. Es geht um mehr, es ist eine Mission.

Mahum zog die rechte Augenbraue hoch, als hätte sich ein Angelhaken in seine Stirn gebohrt. Dann zuckte sein ganzes Gesicht. Es dauerte einige Sekunden, bis ich merkte, dass er mich auslachte. Dann stürzte er plötzlich zurück in seine mimische Starre, die ich immer schwerer ertrug.
– Ich nehme Ihnen noch einen Stein aus dem Weg, einen letzten. Das berüchtigte Hemd, das verdächtige, das magische Hemd: Wie viele Löcher hat es denn nun an der Seite? Eins, zwei oder drei? Oder doch kein einziges? Besorg mir den Bescheid, Farr. Bis allerspätestens übermorgen. Saul wartet auf Sie.

Hilma, die Bibliothekarin hieß Hilma. Also: Hilma schaute mich an und erwartete eine Antwort auf eine Frage, die ich nicht verstanden hatte. Ich war noch zu sehr mit ihrem Namen beschäftigt. Es war etwas später, aber nicht viel später. Ich war, fürchtete ich, einfach nur sehr betrunken. Ihre Lippen waren feucht von Sekt und Spucke.

– Ja, schon.

Damit wagte ich mich aus der Deckung und nippte anschließend grüblerisch an deinem *White Feathers*, den ich dir noch immer nicht gebracht hatte. Hilma war zufrieden und sprach weiter.

– Wie ein Eiswürfel, jawohl. Der See ist doch so nah, entschuldigen Sie, aber wissen Sie, er hatte sein Leben vor sich, das ist keine Gelegenheit mehr, nicht wahr, eher eine Hürde, ein Holperstein.

Sie sagte tatsächlich Holperstein, und spätestens zu dem Zeitpunkt hätte ich mich am liebsten nach vorne gebeugt und ihr ins Ohr geflüstert: Für was steht denn das J in Hermann J. Müller, liebe Hilma?

– Nicht jeder hat das Glück, bei der Akademie unterzukommen, das ist leider so. Voilà, deswegen geht man halt ins Wasser, dann löst sich das Problem von selbst auf.

– Erlauben Sie mir die Direktheit: Das ist doch Blödsinn, der See wurde abgesucht, wir haben nichts gefunden.

– Ich sag's ja nur, es ist meine Meinung. Ich meine, dass es so war. Ich bin erst seit zwei Jahren hier, ich wurde hierher geschickt, es war nicht meine Wahl. Aber ich weiß nicht –

Ich blickte sie stumm an, wie ein Fenster, bei dem man sich fragt, ob es ausreichend schmutzig ist, um es endlich zu putzen.

– Nein, nichts, ich fühle mich eingeengt, obwohl, nein, das ist das falsche Wort, pardon, ich habe auch ein wenig zu viel getrunken, also manchmal habe ich den Eindruck, zu viel zu sehen, aber das ist doch Blödsinn, um Sie zu zitieren, nein? Ich habe nur zwei Augen, wie jeder von uns, entschuldigen Sie, Sie haben Besseres zu tun, als einer angesäuselten Bibliothekarin zuzuhören.

– Was sehen Sie denn?

Sie holte tief Luft. Hilma, was für ein misslicher Name: So hießen vor zwanzig Jahren Laubbläser-Modelle, aber doch keine Menschen.

– Dies und das, auf jeden Fall zu viel, ich gehe gerne im Wald spazieren, vor und nach der Arbeit, die Luft in der Bibliothek ist doch so trocken wegen der Klimaanlage, und dann sehe ich ganze Wälder, nicht nur die paar Bäume, zwischen denen ich stehe, sondern Farne und Palmen und orangerotes Gestrüpp, alles Mögliche, das hier gar nicht wächst, und wenn ich die Augen schließe, dann bin ich wieder ein junges Ding, ein Kind in einem Vorort von –

– Orangerot, ja?

– Ja, die Rankenblüten sind immer orangerot, lustig, nicht wahr?

– Hilma, wie alt sind Sie in diesen Erinnerungen?

– Ach, zwölf oder dreizehn Jahre bin ich immer in den Tagträumen, aber jetzt ist auch mal gut, ich halte Sie –

– Und was sehen Sie, an was erinnern Sie –

– Sie sind nett, aber das interessiert Sie doch nicht wirklich.

– Hilma, bitte, orangerot ist das Gestrüpp, ja? Jedes Mal ist es orangerot, nicht wahr? Und Sie sind jedes Mal zwölf oder dreizehn Jahre, ohne Ausnahme sind Sie –

– Nein, nein, ich habe mich aufgedrängt, ich möchte mich entschuldigen, ich hätte nicht –

Hilma ging. Nie war ich mir der Statik meines eigenen Denkens so bewusst wie in der Sekunde, als sie davonwatschelte.

In Anbetracht ihres schrägen Gangs war es nur folgerichtig, dass ich den Humpelnden sah, als ich mich irritiert von ihr abwandte. Erstens: Davis Ley war ein Mann von etwa 45 Jahren. Zweitens: Er ging am Ufer entlang. Drittens: Er war nervös. Als er meinen Blick bemerkte, drehte er sich um und lief am Schilf entlang Richtung Stadt. Ich stellte deinen *White Feathers* ab und spürte beim ersten

Schritt, wie betrunken ich war, ein Gedanke, der mir zwei weitere Schritte lang Sorgen bereitete, mich ab dem vierten Schritt aber beruhigte: An diesem Abend standen, sprachen und rannten alle windschief durch die Gegend. Es war allem Anschein nach die einzig passende Haltung.

Man konnte noch nicht sagen, dass es Nacht war, obwohl es schon dunkelte. Er lief in Richtung des Wohngebiets. Der letzte Track von *Van Ofters* Setlist klang in der Ferne aus. Es ging talwärts, bergab, dann war Schluss, dann war es endlich so weit: Es war Nacht. Obwohl er humpelte, war er erstaunlich schnell. Ich schloss nicht zu ihm auf, während er die Straße mit den Verandahäusern passierte, bei Als aufs Grundstück abbog und hinter dem Haus außer Sicht geriet.

Ich erahnte die Umrisse der vorderen Bäume, die den Garten vom Wald abgrenzten. Es war unmöglich, dort hinten eine Bewegung auszumachen. Ley hatte sich wohl von den tagsüber tannengrünen Pinien verschlucken lassen, von der Forstschwärze, die meinen Blick zurückwarf. Vor meinen Füßen glühte der Pool von Als lagunenblau auf, und ein Gefühl matten Trosts flutete auf einen Schlag meinen Körper, während ich den Chlorgeruch einatmete und mir die Hitze frühester träger Poolnachmittage zu Kopf stieg. Mein Atem ging schnell und flach, trotzdem wurde ich ruhiger. Böe für Böe rieben sich, das vernahm ich überhaupt zum ersten Mal, seit ich in der Stadt war, die Nadeln der umliegenden Bäume kleinstteilig aneinander. Ich dachte an schwarze Libellen, die über gleißende Flächen schweben, an schwarzen Dunst, bewegte mich nicht, dachte an Stare, an hyperkoordinierte Schwärme in Himmeln und Baumkronen. Ich schloss die Augen und ging davon aus, dass Davis Ley mich seinerseits mit weit aufgerissenen Augen beobachtete. Auch wenn sich das selbstmitleidig anhört: Ich fühlte mich in diesem Licht betrachtet schwach und gut.

Das, was ich dir einige Minuten zuvor beim See anvertraut hatte, hatte gestimmt: die Ahnung, auf Dauer keinen Ort zu haben, nicht mal als Sehnsucht. Und es wird auch in Zukunft seine unüberwindliche Richtigkeit haben; dessen bin ich mir sicher.

Aber es gibt sie doch noch, ab und zu und hier und da: Poolglanzstücke, Baumgrenzepisoden, Piniennadelschwaden, die einen bergen und aufheben.

Wenig später, kurz darauf oder irgendwann riss ich mich endlich los und ging zum Wintergarten von Als' Haus. Die Tür war naturgemäß offen.

Ich hatte mir Robert Alsblum in allen möglichen Lagen und Zuständen vorgestellt, als einen Schwitzenden und Blinzelnden, als einen Überforderten, Arroganten und Ängstlichen. Darüber hatte ich vergessen, ihn mir als einen Liebenden vorzustellen. Auf der Kommode im Wintergarten standen gerahmte Fotos; auf gut der Hälfte der Bilder war ein Mädchen mit roten Haaren zu sehen. Mal hockt es mit ungefähr drei Jahren in einem Planschbecken, während Als daneben steht und Wasser aus einer Plastikschaufel über seinen Kopf gießt. (Ich erkannte ihn sofort an seiner Nase.) Mal versucht es mit neun oder zehn Jahren einen Baum zu umarmen, dessen Stamm viel zu breit für seine Arme ist.

Auf drei Fotos war das Mädchen älter, mitten in der Pubertät. Dann fiel mir erst die Farbe des Himmels ins Auge, ein richtiger Feuerherdhimmel, voller Ruß und Rauchschlieren, die sich in einem glanzlosen Orange verlieren. Die Farbe strahlt auf das Mädchen ab, auf den schmalen Körper dieser Vierzehn-, vielleicht Fünfzehnjährigen, die lethargisch in die Kamera blickt, während sich dieser Frühsommer von vor neun Jahren in die Landschaft fräst, mit seinen hohen Bränden und Glutböen. Ich werde dieses Glühen nie vergessen, es war der Sommer, in dem mein Vater tatsächlich gestorben ist. In den Augen des Mädchens steht dieselbe Leere wie in Sauls Blick, dieser Abglanz der Erschöpfung und Verwunderung über eine Welt, die sie immer weniger verstanden, während diese sich Tag für Tag stärker in ihr junges Leben eingrub.

Es gab keine Fotos, auf denen das Mädchen älter war: das letzte Mal abgelichtet vor neun Jahren, dann verschwunden, im Bild, im Leben. Diesmal wartete ich nicht darauf, dass ein Elternteil in irgendeinem Nebenzimmer anfing, wie ein verwundetes Tier aufzuheulen. Ich löste das Foto aus dem Rahmen und steckte es ein.

Neunzehnter August

Von fern her zog Musik durch den Wald. Es klang, als wären *Van Ofter* zum nächsten Festival gezogen, gut drei Kilometer entfernt, um dort ihre Songs erneut zu spielen, eingefasst von der Schwärze und den Pünktchen zwischen der Schwärze, die auch ich von hier aus sah. Als ich am Ufer anlangte, war niemand mehr dort. Die Bühne war abgedeckt, der Getränkestand verschlossen. Ich wunderte mich nicht, dazu reichte meine Kraft nicht mehr aus. Ich setzte mich eine Weile an den Rand des Sees. Rechts neben mir war an einem Anleger ein Holzboot vertäut. Am dritten Tag waren wir damit zur Mitte des Sees gerudert. Im klaren Wasser hatten wir Forellen und einen Barsch gesehen.

Ich rauchte und sah, wie die Glut sich im Wasser spiegelte. Von der gegenüberliegenden Seite wirkte es hoffentlich so, als wäre ich nicht allein. Mit ein wenig Glück säße Bauch neben mir. Die Asche zischte jedes Mal, wenn sie in die Wellen fiel, die über den Kiesgrund schwappten.

Bei jedem Ruderschlag flüsterte ich später Sätze in die Luft, die sich allmählich abkühlte, während sich ein Schweißfilm auf meiner Haut bildete, Wort für Wort.

Orangerote Bälle,
orangerote Getränke,
orangerote Lichter,
orangerotes Gestrüpp.

Durch die körperliche Anstrengung nüchterte ich nach und nach aus. *Zwölf oder dreizehn Jahre. Hilma, du, ich: Alle sind immer zwölf oder dreizehn Jahre alt.* Irgendwo dort hinten im Dunkel lugte das *I.L.E.* mit seiner Igelnase aus dem Buschwerk hervor, schnupperte und heckte neue Pläne aus, wie die Materie weiter gestreut werden konnte. *So begann sie jedenfalls, die Gewinnung. Eine bemerkenswerte Erholung nach der Dezimierung.* Ich erreichte die Mitte des Sees mit einem kräftigen Schlag, dann glitt das Boot ohne mein Zutun über die Oberfläche. Ich ließ mich rücklings auf die Planken sinken. Durch welche Räume stromerte ich hier?

Die Stadt war mir auf den Leib gerückt, und die Fliegen waren nur die ersten höhnischen Boten dieser Eroberung gewesen. So wurde mir die letzte Hoheit genommen, mit der mich die Akademie ausgestattet und die mich bisher ausgemacht hatte: Ich schuf keine Tatsachen mehr. Ich konnte Menschen nicht mehr zu Lügnern machen, nicht mehr zu Opfern oder Tätern. Vor einigen Tagen hatte ich es mir noch, verbohrt und eitel, selbst zugeschrieben: »Es gab schlichtweg keine Alternative: Ich schuf die Realität, die ich dann den anderen auferlegte.« Unentrinnbar zu sein, Einfluss auszuüben, das war immer meine Expertise gewesen. Darin lag die Wirkkraft der gesamten Akademie.

Hier aber schuf das *I.L.E.* die alleinige Erfahrung, neben der nichts gelten durfte, eine aggressiv agile, zugleich unbeugbar stählerne Realität, die alles und jeden ergriff und die keine Abweichung duldete. Alles war in Ordnung, scheinbar im Lot, auch wenn nichts stimmte. Ich war auf der richtigen Fährte gewesen, als ich dir die Fliegen gezeigt und mich um Kopf und Kragen geredet hatte.

Hilmas Sehnsüchte, deine mutterfixierte Nostalgie, mein Trauma am Wehr – Erinnerungen, von außen an uns herangetragen und in uns hineingelegt; orangerote Schmuggelware, die wir in uns bargen, als wäre sie unser innigster Schatz.

Wenn mich der Aufenthalt in der Stadt etwas gelehrt hatte, dann war es die Maßlosigkeit, die Falschheit, die höchstwahrscheinlich alles und alle betraf: die unsäglich vielen Pinien, den See und die Tiere, die Städter und ihre Gedanken, meine Träume und unsere Ängste.

Ich hörte meinen Atem und das Glucksen des Wassers, das gegen das Boot stieß. Dann ebbte beides ab, dann wurde es still und nochmals schwärzer. Am liebsten wäre ich über Bord gegangen. Aber dann wäre ich in Berührung gekommen mit diesem Wasser, das kein Wasser war. Dann wären diese Fische an mir vorbeigehuscht, die keine Fische waren. Dann hätten mich Erinnerungen heimgesucht, die keine Erinnerungen waren. Ich war umgeben von designten Reminiszenzen, Erfahrungen und Emotionen.

Hatte mir mein Vater damals am Strand den Ball zugeworfen? War ich mit ihm bei der Sprengung gewesen? Viel wichtiger: War Bauch gesprungen? War ich ihm tatsächlich hinterhergesprungen?

Aber es gab sie, das sagte ich mir, als ich zurückruderte und dabei eine Kraft in den Armen spürte, die ich mir nach all den Tagen nicht mehr zugetraut hatte: Augenblicke der Schwäche in diesen Räumen, während denen so etwas wie Antworten aufglimmten: als die Fliegen ihr Muster preisgaben, als ich von den Tieren im Riss in der Küche träumte, als die Städter sich versprachen und die Himmelskörper brummten. Dem *I.L.E.* war es noch nicht gelungen, die Materie vollends unter Kontrolle zu bringen. Diese bizarren, mächtigen Atmosphären waren noch nicht absolut. Ab und zu zog mit mächtigen Flügelschlägen ein Schatten, Windzug und Flüstern durch den Raum und ließ ihn erbeben.

An die Makel musste ich mich halten, an die Störungen, die ich als Werkzeug und Verfahren, nicht als Unfall oder Fehlprogrammierung zu begreifen hatte. Nur so würde ich mehr über die Materie herausfinden. Es war, dachte ich, meine einzige Chance, um aus diesem kranken Zusammenhang zu entkommen.

In dieser Nacht ging mir so vieles auf: Saul war verschwunden, ja, aber mir sollte weisgemacht werden, dass er auf eine bestimmte Art und Weise verschwunden war. Das war die Mission, von der die beiden Amateure in der *Themenwelt Eis* geredet hatten. Niemand hatte am Ufer des Sees ein Hemd verloren, dieser Ley und sein Handlanger hatten es dort deponiert. Der Fall rund um diesen unendlich traurigen Jungen diente lediglich der Wiederholung. Es ging um die Tochter von Als, die vor neun Jahren verschwunden und nicht wieder aufgetaucht war. Ihre Bluse war am See gefunden worden, ihr Foto hatte ich mit reichlich Verspätung entdeckt. Indem ich ihn suchte, sollte ich sie finden. Und ich war seit meiner ersten Stunde in dieser Stadt zu matt gewesen, um diese Fährte zu lesen – deswegen die *A.N.N.* in der Bibliothek, deswegen Leys Fluchtweg, der mich zu Als nach Hause geführt hatte. Sie hatten sogar das Licht auf der Kommode angeknipst – ein Altar für einen Blinden. Sie mussten mich für unfassbar inkompetent halten, wenn Sie mir so unter die Arme greifen mussten.

Dass Als, dieser Körper aus müdem Fleisch und zornigen Gedanken, dass Robert Alsblum dahinter steckte, war mir aufgegangen, als ich mir die Aufnahmen unserer Gespräche nochmals angehört hatte. Ich hatte Stolz mit Qual verwechselt, Autorität mit Trauer: »Ich dachte sogar daran, die Stadt zu verlassen, ich musste nicht hierbleiben, wissen Sie, ich hätte machen können, was ich wollte. ... Entschuldigen Sie, aber als Bürgermeister spüre ich, wie die Stadt sich verändert. Sie müssen liefern. Wir vertrocknen an der Mittagssonne. ... Sie erkennen die Dringlichkeit, bitte machen Sie einfach Ihre Arbeit. Sie klären alle Hintergründe auf.« *Alle* Hintergründe. Er hatte mich angelogen, um mich zur Wahrheit zu führen.

Auch wurde mir klar, dass du nicht im Auto vor mir gewesen warst. (Das ist keine Entschuldigung meinerseits.) Die Synchronie, die ich damals verspürt hatte, dieses Gefühl geteilter Zeit und Richtung, das hätte ich von Beginn an abschütteln müssen. Damit hatte ich lediglich die Nacht an der Mole wettmachen wollen, als Bauch und ich aus dem Takt geraten waren. Es war nichts als eine weitere Sentimentalität gewesen. Nein, es musste die Assistentin von Als gewesen sein. Sie war Minuten vor mir angekommen. Im Supermarkt war sie mir nicht ausgewichen. Das ist wichtig: *Sie* war *mir* nicht ausgewichen. Angeblich war sie in der Stadt zur Welt gekommen und hatte sie nur für ihre Studien und ihren Soli-Dienst verlassen. Sie kam mir entgegen, ich kam ihr entgegen. Dann stießen wir zusammen, obwohl ich mich rechts gehalten hatte. Sie war in einem Land mit Linksverkehr großgeworden. Das hatte sie, das hatte ihr Körper nicht verheimlichen können. Niemand hatte sie in der Stadt aufwachsen sehen, niemand kannte sie, auch wenn jeder wusste, wer sie war, auch wenn niemand mir Antwort gab. Sie bissen sich auf die Zungen. Ich sah es an ihrer Backenmuskulatur, und mit der Spucke schluckten sie die Wahrheit herunter.

Sie hielt Als klein. Wahrscheinlich hatte sie etwas gegen ihn in der Hand und das *INDOSS* bezüglich seiner Tochter verschwinden lassen. Ihr Fall war zu heikel, um erneut hervorgekramt zu werden. Als hatte händeringend nach einer Möglichkeit gesucht, die Aufmerksamkeit der Akademie doch irgendwie ein weiteres Mal auf seine Tochter zu lenken. War die Assistentin nur in der Stadt, um Als zu kontrollieren und um zu verhindern, dass das, was vor neun Jahren passierte, ans Licht gezerrt wurde? Oder war sie mit dem Auftrag ausgestattet worden, mich zu kontrollieren? Was wurde hier vertuscht? Und in welcher Weise war das *I.L.E.* involviert?

Vielleicht war das Bemerkenswerteste an alledem, dass ich gegen vier Uhr nachts umstandslos in einen tiefen Schlaf fiel. Ich träumte erneut vom Riss, hörte die Schreie, sah, wie sich die Tiere sammelten, und ich versuchte vergeblich, mich durch den Spalt zu zwängen. Ich war noch nicht bereit, flüsterte ich mir zu, dann wachte ich auf. Ich fühlte mich, als hätte ich ganze Leben durchträumt, und ich war überrascht, über Alltäglichkeiten zu verfügen, über eine Wärme, die mein Körper ausstrahlte, über die Fähigkeit, Augenlider zu öffnen und zu schließen, über die Möglichkeit, die einen Worte als Wahrheiten vor mich hin zu flüstern, andere hingegen als Lügen von mir zu weisen. Ich fühlte mich bereit, obwohl ich mich noch nie so hilflos gefühlt hatte.

Während ich neben dem Bett auf dem Boden lag und hochstarrte, zu der Stelle, an der alles vor einigen Tagen begonnen hatte, rief mich Alfons/Fons an. Ich war nicht wirklich überrascht, als ich unverhohlene Sorge in seiner Stimme vernahm. Über Nacht seien »diese Bottiche, diese Rauchbehälter« überall aufgetaucht, am Checkpoint, vor dem Rathaus, am Grenzzaun im Wald, »wie in diesen bescheuerten Online-Clips«, ein kleiner stehe vor meinem Wohnhaus. Etliche Jugendliche seien nicht in der Schule aufgetaucht. Man habe ihre Handys zwar orten können, aber alle Geräte befänden sich an derselben Stelle, auf einer Luftmatratze genau in der Mitte des Sees. Von zahlreichen Erwachsenen fehle auch jede Spur. Und aus Lagerhallen, Souterrain-Fabriken und leerstehenden Gebäuden würde unregelmäßig und sehr laut Musik ertönen, zwei, drei Minuten lang, dann würde der Lärm abbrechen und das Lied irgendwo anders in der Stadt weitergespielt werden. Abschließend zitierte er wutschnaubend und fehlerhaft Lyrics von *Envir.*

Wahrscheinlich ist es sinnvoll, von nun an mit genaueren Zeitangaben zu arbeiten.

2

…
<08:32> wo bist du?
<08:32> war die liste der personen die bei den treffen dabei waren vollständig?
<08:32> ich mein diese stuhlkreise
<08:32> schick deinen standort
<08:33> und alle videos die du machen kannst

(Das waren die ersten Messages, die ich dir nach dem Anruf von Alfons/Fons schickte und auf die du nicht mehr antwortetest. Aber ich glaube nach wie vor nicht, dass das, was ich dir an dem Tag textete, bloß der Monolog eines urplötzlich Vereinsamten war.)

…
Als ich kurz darauf vor die Tür trat, sah ich den Bottich. Es war mir nicht klar, wie sie es hinbekamen, dass der Qualm ohne Unterlass wirbelte. Aus einer rußigen Wolke, die unregelmäßig pulsierte und an den Rändern ausstäubte, wanden sich bläuliche Schwaden. Sie schimmerten metallisch im Licht des Morgens, von dem ich ahnte, dass es mein letzter in dieser Stadt sein würde. Sie schmiegten sich an das Glas, dann verschwebten sie. Vielleicht war die Luft im Innern des ballonförmigen Behältnisses elektrifiziert. Oder sie hatten Magnete in den Untersetzer montiert und den Qualm mit Abrieb von Eisen oder Nickel versetzt. Als ich den Bottich anhob, sah ich den Zettel.

wir sind jetzt dran. du weißt zu wenig, aber genug, um dich befreien zu wollen. niemand zählt auf dich, das ist dir längst klar. aber du hast eine einzige gelegenheit. txt an die ID der bibliothek

…
<08:44> antworte bitte
<08:44> von den versammlungen, ich brauch alle namen
<08:44> bist du schon aus der stadt raus

…
Die meisten Einwohner seien, das hatte Alfons/Fons noch am Telefon berichtet, eher irritiert als besorgt über die Geschehnisse. Sie gingen davon aus, dass es sich um letzte Feierwütige des Festes handelte. Oder um Jugendliche, die mal wieder über die Stränge schlugen. Die Glasbehältnisse seien bis auf meins weggeschafft worden. Es sei aber nur eine Frage der Zeit, bis die Lage sich verschärfen würde. Ich solle schnellstmöglich zum Checkpoint kommen, um die weiteren Schritte zu besprechen. Die Akademie sei noch nicht informiert, er habe sich nicht in interne Abläufe einmischen wollen. Schließlich seien wir die Experten für diesen extremistischen Müll. Seine Stimme hatte spöttisch, ja herausfordernd geklungen.

…
Es dauerte nur wenige Sekunden, bis ich eine Antwort auf die Frage bekam, wo ich hinkommen sollte. *ich bin bereit,* hatte ich an die ID der Bibliothek geschrieben und war mir dabei nur ansatzweise wie ein Lügner vorgekommen.
<09:01> 999, um zehn
<09:01> keine meldung machen
<09:01> wir fangen gerade erst an
<09:02> wir sind uns sicher dass du dabei sein willst

…
Ich ging jenen Weg entlang, der mich seit mehr als zwei Wochen zuverlässig zum Irrtum und zur Illusion geführt hatte. Mit den Fingerkuppen strich ich entlang der Fassaden, und kurz tröstete mich der Gedanke eines Wärmeaustauschs zwischen zwei Körpern, die sich tatsächlich

kennen. Mir wurde kalt, und es wurde heißer. Ich würde dich nicht wiedersehen, das wusste meine Haut bereits. Es war nur eine Frage der Zeit, bis der erbärmliche Rest es herausfände. Die Städter gingen ihren Geschäften nach, hetzten zu Jobs, wichen den Prophetenbäumen aus und zeigten mir mit Blicken, die sie mir zuwarfen, und mit Blicken, mit denen sie mich vermieden, wie sehr sie mich verachteten. Auf der Höhe des Rathauses hörte ich *After the Cocooning* vom zweiten Studioalbum von *Envir*. Binnen Sekunden verschallte der Track, als wäre er von fernen Winden in die Stadt getragen worden.

...

Einen Katalog meiner Fehler werde ich sicherlich nicht zusammenstellen, insbesondere weil ich nicht mehr der Akademie verpflichtet bin, nicht mehr ihre messerscharfe Idee davon durchsetze, was stimmt und was nicht. Ich bin frei – es wäre anmaßend, diesen Satz im Hinblick auf das Geschehene niederzuschreiben. Aber ich entdecke hier, im wortwörtlichen Untergrund, ein Pathos wieder, eine Bejahung, die ich tief begraben hatte, spätestens seit der Nacht auf der Mole, in der Berghs penetranter Enthusiasmus alles zunichtegemacht hatte.

Also statte ich den Satz mit einer weiteren Silbe aus: Ich bin freier. Das sagt nichts über die Länge und Mühe der restlichen Strecke aus. Aber es belegt immerhin eine – wenn auch noch so kurze – Distanz, die ich in den letzten Wochen zurückgelegt habe.

Jedenfalls gebe ich diesen einen Fehler unumwunden zu: dass ich die eigens angeforderte Evaluation von *Envir* nicht zu Ende gehört hatte. Auf dem Weg zu den Brigadiers holte ich das nach, und die Ungeduld angesichts der Manierismen der Medien- sowie der Kulturwissenschaftlerin nahm nur deswegen nicht überhand, weil die Scham, eine private Antipathie so weit getrieben zu haben, mich so zerknirschte.

…
Musik-, Video- und Performancekünstlerin, feierte mit dem Setpiece *The Certainty of your End* vor drei Jahren erste Erfolge, eine Mischung aus biographischer Dokumentation und generischen Aufnahmen von Landschaften, Sicherheitsspots, prekären Zonen insbesondere aus dem Westen, enthielt eine beachtenswerte Song-Trilogie zu den Farben Gelb, Beige und Braun, Inhalte nicht nur dieser Produktionen sind schwer zu benennen: eine Ästhetik des Double-Entendre, slippery und anti-kategorial, produziert und distribuiert ihre Clips in Eigenregie über die Plattformen, die die Zensur vor die gängigen Probleme stellen, seit etwa einem Jahr sehr stark rezipiert bei den Unterzwanzigjährigen, vor allem ihr drittes Album *our.thos* wird distriktübergreifend gehört, weniger wegen der Themen, die dem Jugend-Standard entsprechen, sondern wegen des Angebots, historisch eingeübtes Konsumverhalten mit dem Bedürfnis nach kritischer Intervention zu versöhnen, letztlich ein hyperästhetisches Tutorial für die angeblich kommende Revolution, wird von der S-Behörde als wachsende Gefährdung eingestuft, weil sich bei ihrer Community das Kompromisslose des Fans vermengt mit der Dogmatik des politischen Rands. Sie bemänteln ihre Radikalisierung als Extravaganz der Jugend und als Verfeinerung des Geschmacks. Besondere Aufmerksamkeit ist angebracht in Distrikten, in denen wir kaum Aktivitäten der bekannten Gruppierungen messen. Wir müssen davon ausgehen, dass die Umtriebe auch dort stattfinden, von den nachrichtlichen Methoden aber bisher nicht erfasst werden, das ist die neueste Prämisse. Unverzüglich Meldung machen, falls Sie bei ihrer Recherche auf obige Verhaltens- und Rezeptionsmuster stoßen. Das ist definitiv ein blinder Fleck des Scannings.

…
Der Glanz des sonnenbeschienenen Plastikstuhls blendete mich, als ich um Viertel nach neun aus dem Schatten des

Waldrands trat und den Checkpoint in den Blick nahm. Es gab zwei Möglichkeiten: Entweder hatte ich mich so sehr an das Brummen der Himmelskörper gewöhnt, dass ich es nicht mehr wahrnahm. Oder es war an diesem Morgen endlich verklungen. So oder so war etwas eingetreten.

Alfons/Fons setzte sich hin, als ich näher kam, kippelte, als ich vor ihn trat, und grinste, als ich ihn ansprach.

– Wo ist Ihr Kollege?

– Auf Kontrollgang. Es geht los, nicht wahr?

– Sie scheinen gute Laune zu haben. Vorhin am Telefon klangen Sie noch etwas anders.

– Sie verwechseln gute Laune mit Alarmbereitschaft. Sie hätten meinen Kollegen mal sehen sollen, der strotzt vor Kraft.

– Was ist Ihr Plan?

– Das hängt von Ihrem Plan ab.

– Sie waren mir seit dem ersten Tag keine große Hilfe. Wollen Sie heute nicht endlich mal eine Ausnahme machen?

– Ich will diese Bastarde niederknüppeln, die die Ordnung stören, mit ihren bescheuerten Slogans und ihrer Geheimniskrämerei und diesen quälend lärmigen Songs. Es reicht. Saul interessiert mich nicht mehr. Deswegen interessieren Sie mich auch nicht mehr.

– Ich habe die Akademie informiert, sie hat vor weniger als fünf Minuten eine Mannschaft entsendet. Hören Sie zu, Alfons. Die Akademie wird sich um die Aufständischen kümmern, nicht die Bigradiers, sie wird die Unruhen –

– Ja, die Unruhen, endlich sprechen auch Sie davon. Bis Ihre Mannschaft ankommt, haben wir das geregelt. Wir ziehen gerade die Kräfte zusammen und lösen das auf unsere Art. Ihr habt uns viel zu lange ignoriert.

– Sie wissen, dass Sie mir nach wie vor unterstehen.

– Das weiß ich, aber so richtig fühlen tu ich es nicht.

– Sie schicken mir in der nächsten halben Stunde Folgendes: Anzahl und Ausrüstung ihrer Staffel, ausgewählte Ziele und angedachte Intervention. Erst in Absprache mit mir, das heißt in Absprache mit der Akademie darf der Zugriff erfolgen. Haben Sie das verstanden? Bestätigen Sie mir, dass Sie das verstanden haben.

...
<09:41> gehörst du zu ihnen?
<09:45> zu den steckermenschen? zum aufstand?
<09:49> ???

...
Die Fensterfront des *Neunneunneun* war mit Pappkartons, Klebestreifen und Werbebroschüren verhängt, die Tür verriegelt. Es fehlte nur noch die Notiz: *wegen Renovierung geschlossen.* Eine Hitzeböe streifte mein Gesicht, als ich an das Fenster klopfte. Ich sah mein Spiegelbild im paketbraunen Glas, und ich hätte gerne beobachtet, wie meine Erschöpfung mit vorrückendem Sonnenstand andere Schatten geworfen hätte. Aber ich hörte bereits ihre Stimmen.

Noch bevor sich meine Augen an die Dunkelheit im Speisesaal gewöhnten, wusste ich, dass du nicht unter ihnen warst. Zuerst nahm ich die verpixelte Welle wahr, die eine der Wände einnahm. Mehrere Gestalten saßen davor. Ich möchte die Namen der meisten, die dort waren, nicht nennen, jede Silbe wäre eine Beschämung für mich. Sagen wir: Es waren viele. Sagen wir: Unter den vielen waren viele, die mich kannten.

Mir war nicht klar, ob sie mich absichtlich an dem Tisch Platz nehmen ließen, an dem wir beim ersten Treffen im *Neunneunneun* gesessen hatten. Der Kollege von Alfons/Fons hatte mich hingeführt. Auch wenn ich seinen Namen merkwürdigerweise nach wie vor nicht kenne, möchte ich ihn erwähnen, habe ich ihn doch von Anfang an falsch eingeschätzt. Als ich mich hinsetzte, blickte er mir zum ersten und letzten Mal in die Augen. Er strahlte.

– Ich habe immer aufgepasst, dass Ihnen nichts passiert. Heute ist es so weit.

Endlich hatte er das Gesuchte gefunden. Ich war das winzige Ding, das Zahnrädchen, nach dem er die ganze Zeit Ausschau gehalten hatte.

– Gehören Sie alle zu den ... sind Sie alle Mitglieder der Steckermenschen?

Ein Lachen aus vielen Kehlen, dann Hilmas Stimme, die klang, als käme sie nicht aus einem Menschenkörper, sondern aus einem Bergmassiv. Sie klang so anders als gestern. Ich spürte Angst in mir. Wahrscheinlich spürte ich viel eher Ehrfurcht.

– Es war für niemanden von uns einfach. Die einen brauchten drei Minuten, die anderen drei Monate, um es zu verstehen und zu verarbeiten. Sie haben laut unserem Zeitplan 43 Minuten, dann müssen wir weitermachen. Stellen Sie Fragen, schauen Sie ungläubig, gehen Sie umher, lassen Sie die Leute ausreden und geben Sie sich vor allem Mühe. Das wird schon. Wir bereiten so lange alles Weitere vor. Jetzt haben Sie noch 42 Minuten.

...

– Sie haben immer alles geglaubt.

– Ja.

– Alles, was man Ihnen gesagt hat während der Ausbildung.

– Ja.

...

– Wieso sollten wir Ihnen trauen, Farr? Sie versuchen doch auch nur, Ihre Haut zu retten. Seit Sie hier sind, haben Sie gegen uns gearbeitet. Sie sind der Feind.

– Bitte, hören Sie auf, also hören Sie zu, bei mir waren es die Fliegen, es war immer dieselbe Flugbahn.

– Lass ihn mal ausreden. Ich weiß gar nicht, ob wir jemanden haben, dem es bei den Viechern aufgefallen ist.

– Die Fliegen also.

– Ja, gibt es so etwas wie eine –

– Liste? Naja, so würde ich es nicht nennen. Aber es gibt schon Favoriten, besonders beliebt sind die Blätter der einen Linde auf der Lichtung, gleich am Ostufer vom See. Sie fallen identisch zu Boden, egal wie die Wetterlage ist, ob Windflaute oder Orkanböen, immer derselbe sachte Schwung, dieselbe Bahn. Allein hier im *Neunneunneun* sind drei oder vier Leute, denen es dadurch aufgefallen ist. Es gibt auch einen Effekt-Schwarm von Schmetterlingen, bei denen sich die Muster auf den Flügeln bewegen, die laufen so bizarr ineinander.
– Ich konnte die Fliegen aufspießen, ihnen die Flügel ausreißen, sie mit dem Daumen zerdrücken. Das heißt doch, dass es sie gibt, dass ihre fleischigen Körper echt sind. Sie sind doch keine Hirngespinste.

Er grinste. Seine Zähne waren plastikstuhlweiß.

...
– Eine wissenschaftliche Erklärung? Nun, die hängt sehr davon ab, wen Sie fragen. Der da in der Ecke hat die denkbar knappste Antwort von allen: Manipulative Semiose. Ginge es nach mir, hätten wir Ihnen übrigens längst alle Zähne ausgeschlagen. Aber Hilma ist der Meinung, dass Sie eine Veränderung durchlaufen. Sie sähe es in Ihren Augen. Die würde ich Ihnen am liebsten in Ihren hintersinnigen Schädel drücken. Ich sage Ihnen nur das Nötigste, unter privatem Protest, der nichts mehr zählt.
– Woher stammt sie, die Materie?
– Es wäre wirklich so befriedigend, Ihnen die Fresse zu polieren. Also, das ist natürlich die schwierigste von allen Fragen, vielleicht weil sie so einfach zu beantworten ist: Wir wissen es nicht. Wir wissen nur, was Cahill in seinem Essay schreibt, dass sie um das Jahr 1878 erstmals gesichtet wurde. Es gibt viele Hypothesen, ich habe längst den Überblick verloren. Für mich klingen sie alle okay, das ist auch irgendwie eine Form von Tragik: dass ich nicht mehr so recht unterscheiden kann zwischen geisteskrankem Irrsinn und vernünftigem Zeug. Hören Sie gut zu. Ich weiß, an welchen Stellen Sie nachhaken

oder prustend auflachen werden. Ich werde mich nicht wiederholen, ich habe keinen Bock auf ihre Scheißungläubigkeit.

Beliebt ist natürlich die Erklärung, dass irgendeine Alien-Intelligenz die Materie hier hinterlassen hat, vielleicht als Abgas ihrer Raumschiffe oder Ausscheidung ihrer supragalaktischen Körper, naja, das klang für mich am Anfang zu abgedroschen, aber: Wieso denn nicht? Sie haben es auf der Erde platziert, vielleicht als eine Art Test, um etwas über die Intelligenz der gesamten Menschheit herauszufinden, oder als ein Gesellschaftsspiel, um sich zu amüsieren beim Anblick einer Spezies, die sich äußerst blöd anstellt dabei, sich der Materie zu bemächtigen. Es würde jedenfalls vieles erklären.

Etwas nüchterner, sozusagen geologisch nachvollziehbar, ist die Hypothese, dass die Materie aus einem unterirdischen Depot ausgetreten ist. Eine illegale Bohrung oder Minensprengung hat die Kaverne oder Höhle oder Lagerstätte beschädigt, die Substanz sickerte allmählich an die Oberfläche, als eine Ressource, eine besonders seltene Erde, wenn Sie so wollen. Welche mineralischen oder geochemischen Prozesse sie geformt haben, ist eine ganz andere Frage. Das ist mir viel zu kompliziert, diese Art von Worten kann ich nicht einmal aussprechen.

– Und welche Erklärung gefällt Ihnen am besten?

– Gefallen? Das ist keine sonderlich kluge Kategorie, um ein Verständnis von irgendwas zu erlangen. Aber es gibt da schon eine Theorie, in die ich mich etwas hineingefuchst habe, wenn ich ehrlich bin. Die ist nicht so naheliegend, die hat eher einen verstörenden Touch. Die Materie hat nichts mit Aliens zu tun, sie steht auch nicht am Ende eines organischen Prozesses, ihre Geschichte reicht keine Jahrmillionen zurück, sondern lässt sich ziemlich genau datieren.

Einige Stichworte: Technik, Information und deren Hinterlassenschaften, also ihr Abfall sozusagen. Passen Sie auf, am Anfang fand ich das superschrullig, aber Ge-

räte wie der Telegraf, später dann Telefon, Radio, Fernseher, Fax, Teletext, dann natürlich das Internet, WWW, Mails, Streaming, die Serverfarmen, Sie wissen, was ich meine, also das alles sondert wie eigentlich jedes Gerät etwas ab, das kann mal ein Ausfluss sein, mal ein Abgas, ein Abrieb oder eine Abwärme, je nach Gerät und Verfahren ist es ein anderes Beiprodukt, das ist bekannt, okay. Können Sie mir folgen? Und im Falle der erwähnten Geräte und Technologien ist es das, was wir Materie nennen. Der Clou besteht darin, dass die Daten, diese ungreifbare Sache, dass die sich materialisiert. Sie liegt plötzlich vor, als Substanz. Das ist das Wunder. Als Cahills Trupp hier aufschlug, hatte sie sich schon über Jahrzehnte angesammelt, eben seit der Erstnutzung des Telegrafen, das war es, was diese angeblichen Pioniere auf den ersten Aufnahmen sahen, eine Müllhalde, ein Reservoir eines unbekannten und eigentlich unerwünschten Stoffs.
– Eine Abraumkippe soll das sein?
– Eine Deponie, ja, ich schicke Ihnen gerne ein paar Aufsätze dazu, wie wir uns das vorstellen, also wieso sich die Materie gerade hier ablagert, das ist hochspekulativ. Es gibt so viele Unbekannte, aber eine Deponie an Daten, ein Ort, an dem sich die Daten ungewollt verstofflichen, das klingt doch nicht irrer als der Besuch von Außerirdischen, oder? Jedenfalls hat das *I.L.E.*, haben diese Schweine die Materie nutzbar gemacht und industrialisiert.
– Und wie funktioniert das entsprechend dieser –
– Ganz kurz nur noch, ich habe eigentlich Besseres zu tun. Sie kennen sicherlich Absatz 5.g. von Cahills Essay, Loews mattes Lila, die berühmte Passage. Die Deponie-Theorie kann die Stelle supereinfach erklären, also in den Partikeln der Materie, die Loew inhalierte oder schlürfte, war das Wort *lila* eingelagert. Irgendjemand hat in einem Telegramm von einem *lila* Sonnenaufgang geschwärmt. Oder in einer telegrafischen Nachricht ein *lila* Kleid erwähnt, das er bei irgendeinem Empfang gesehen hat. Und dieses Lila hat sich hier abgesondert als eine Fiber, als ein Korn oder eine Schwade, also jedenfalls als

Teil der Materie. Falls Sie Geduld haben, fragen Sie den da hinten mit der manipulativen Semiose, der wird es Ihnen viel zu detailliert erklären und ein völlig überdrehtes Technik-Vokabular benutzen, das gut klingt, Sie aber nicht schlauer macht. Wir haben aber keine Zeit mehr.

Jedenfalls ist entsprechend dieser Theorie in der Materie ein Potential angelegt, um es grob zu sagen, Formvollendungsvielfalt, gestalterische Speicherkapazitäten, virtuelle Performance, so was.

Es geht eigentlich nur um das Management; Abwärme, Abfluss, in unserem Fall nun einmal Abdaten. Und die lassen sich auffangen, wiederverwerten oder umformen, auf jeden Fall einsetzen, als Waffe, die diese Schweine entwickelt haben.

…

– Und eine Fliege in irgendeinem Online-Clip oder Radiobeitrag oder Telegramm ist dann der Archetyp, die Grundlage für –

– Der Semiotyp, wenn ich deren Fachterminus richtig verstanden habe, die Grundlage für die Fliege, die Sie dann vor sich haben.

– Aber gibt es diese zweite Fliege laut dieser Theorie denn?

– Gab es die erste denn? Sie haben die richtige Neugierde, stellen aber die falschen Fragen.

– Und wieso fliegen die Fliegen immer dieselbe Flugbahn?

– Weil auch Schweine Fehler machen.

…

– Ich habe mir jetzt lange genug angeschaut, wie Sie sich mit denen über ihre Herleitungen und Schlussfolgerungen unterhalten haben. Sie alle sind gefangen in einer äußerst redseligen Verzweiflung. Wollen Sie wissen, wie ich die Lage einschätze?

Es dauerte einige Sekunden, bis ich merkte, dass das für ihn keine rhetorische Frage war.

– Ja, daran bin ich sehr interessiert.

– Die präziseste Beschreibung für die Materie lautet *Sache*. Und diese Sache ist nichts anderes als damalige und jetzige Gegenwart als reinste Ablagerung, als Bestand.

…

– Das ist Lava und Wogenprall, Abrieb und Schwebstaub von Netzwerken, das sind Flares, die uns unsere Grenzen als Körperwesen aufzwingen, das sind angebrandete Aerosole, Epilepsien an Bytes, verschleuderte Tröpfchen, Sprinkler, mit Sporen bestückt, mit Kokken, Frequenzen und Gischt, das sind Hangrutsche und Aufschüttungen als biopolitische Szenarien, Trail-Fantasien, Absonderungen von Generationen, zu Transistoren verschlackt, später dann planktongleich zerstoben in den Kreisläufen, nichts als immersiver Asbest, geerbt und vergessen, es sind klamme Schwellkörper, auf deren Oberflächen die Topographien pulsieren, das ist negativer Kitt, der die alten Dogmen straffhält, das ist ein Bodensatz aus Abraum und verfilzter Technologie, der Schmelz der Kommunikation, Dünungen, bestehend aus systemischem Schorf und Partikeln.

…

– Also bei mir sind es orangerote Socken, die mein Onkel bei einer Wanderung trägt. Er stapft vorneweg, als müsste er mit jedem seiner Schritte über eine Gletscherspalte steigen, die nur er sieht. Es ist später Sommer. Meine Eltern hatten mich zu ihm geschickt, ich bin natürlich zwölf oder dreizehn Jahre alt und soll die Gebirgszüge kennenlernen. Mit meinen Kinderschritten komme ich nicht mit, und während ich ihm zurufe, dass ich nicht hinterherkäme, zieht eine enorme Wolke über den tiefblauen Himmel, von links nach rechts, so mächtig wie der Berg, der vor uns aufragt, nur noch erhabener, weil er sich auf mich zubewegt. Sehen Sie das vor sich? Sie füllt den gesamten Himmel aus. Also, ich habe mich lange mit Nephologie beschäftigt, um mehr über die Form dieser Wolke herauszufinden. Aber ich versichere Ihnen, es ist kein Kumulonimbus. Aber ich habe sie gesehen, ich bin in ihrem eisernen Schatten gewandert, vor mir ein Onkel in albernen farbigen Socken, der vor etwas weggerannt ist, dem er längst anheimgefallen war. Seither kenne ich eine Angst, sie ist schieferfarben und bleischwer, sie kann sich jederzeit über mir ausbreiten und mich lahmlegen. Das ist für mich die Materie, das ist ihre Macht, die hier verfeinert wird. Ich bin nicht das Wrack, zu dem die mich machen wollen.

...

– Aber passiert das innerhalb oder außerhalb von mir? Ich habe zig Fliegen aufgespießt. Das habe ich getan, das ist passiert.

– Sei nicht so altmodisch. Das spielt keine Rolle mehr, innen und außen, hier und dort.

– Doch, ich will wissen, ich muss wissen, ob sie bereits in mir drin sind oder ob sie sie um mich herum positioniert haben.

– Hören Sie, hören Sie auf damit, mit so Gedanken, mit diesen Grenzziehungen, alles ist längst eine einzige wunde Fläche. Sie können sich nicht zurückziehen an irgendeinen richtigen Ort. Wie ich schon sagte: Es spielt keine Rolle mehr, wo Sie sind, wo Sie meinen zu sein.

...

– Sie waren mehrfach im Tunnel, der den Zoo mit dem *I.L.E.* verbindet. An was haben Sie sich erinnert? Lassen Sie mich raten: ein geliebter Mensch, ein Suizid, eine dumpfe Trauer, die Sie seither befällt. Wer, wo, wann? Nichts als Dekoration und Anstrich. Es gibt Spots, an denen jeden von uns eine modulare Erinnerung überwältigt. Im und über dem Tunnel ist es der Suizid, unter den Pinien, nahe der Reifenspur, die prägende orangerote Kindheitsanekdote. Diese Erinnerungen sind individuell und gleichzeitig generisch. Vergessen Sie das ab jetzt nie wieder: Wir sind in Räumen unterwegs, deren Ausmaße wir nicht überblicken.

…
– Ich würde es so ausdrücken: Für die geht es um kombinatorische Kontrollverfahren, um Autorität als Puzzlespiel, also um Methoden der Manipulation, für uns hingegen um Werte, wenn Sie so wollen. Materialität ist jedenfalls in beiden Fällen keine ausschlaggebende Kategorie mehr. Wie Sie diesen Raum nennen, ist zweitrangig. Ich habe mir oft die Frage gestellt, welche der Erinnerungen stimmen, welche Bilder ihren Ort schon immer in mir hatten. Und ich muss Sie enttäuschen, ich weiß es nicht. Es gibt wohl einen Kern, etwas Authentisches, wenn Sie das Konzept bemühen wollen, auf den die sich beziehen, damit es sich organisch, heimelig anfühlt, aber er ist unrettbar korrumpiert, verloren, sobald die ihr Verfahren in Gang setzen.

…
– Und die Sprengung?
– Ja.
– Und der Strand?
– Ja.

…
Wenige Minuten, bevor es weitergehen würde, lehnte Hilma sich zu mir. Ihr Atem roch abgestanden, wie die Luft in einem Silo, den man nach Monaten der Gärung öffnete.
– Für was, glauben Sie, steht denn nun das J in Hermann J. Müller?

Sie hatte es mir ins Ohr geflüstert. Das *J* ist auch nur ein weiterer Riss, das hätte ich ihr gerne geantwortet. Wohin würde ich gelangen, wenn ich den Buchstaben entzweireißen würde? Aber ich schaute sie nur stumm an und ging davon aus, dass sie die Überforderung, die sich meiner bemächtigt hatte, als Bereitwilligkeit auslegte, mich von nun an ihrer Sicht der Dinge zu unterwerfen.
– Was haben Sie vor? Ich muss Meldung erstatten bei der

Akademie. Sonst verliere ich jegliche Integrität. Ich weiß jetzt –

– Integrität, dieses Wort aus Ihrem Mund.

Ihnen war klar, dass sie nur eine Chance hatten, dass sie nur dann einen Sieg erringen konnten, wenn sie dem *I.L.E.* die Grundlage seiner Wirkmacht nahmen. Sie mussten das Institut bloßstellen, indem sie den Schleier wegzogen, hinter dem die Materie in industriellem Maßstab ausgebeutet wurde. Als ich ihnen von den Plänen der Brigadiers berichtete, die Alfons/Fons mir wenige Minuten zuvor geschickt hatte, nickten sie; jede Kopfbewegung eine Welle, die sich Bahn brach. Ich hatte den Eindruck, dass das Meer der Wandtapete sich bewegte.

...

Jemand riefe mich: Ich würde ihm folgen, daran musste ich denken, als sich Hilma nach einer Unterredung mit dem Kollegen von Alfons/Fons zu mir setzte. Ich lächelte sie unwillkürlich an, Hilma, die stottrige Bibliothekarin, die Frau mit den tranig langsamen Bewegungen. Meine Blindheit amüsierte mich nur noch. Sie lächelte ebenfalls.

– Wir haben das gegengeprüft. Die Infos von Ihrem Brigadier sind glaubwürdig, das wird wohl exakt so ablaufen. Das spielt uns in die Hände. Sie werden eine nicht unwichtige Rolle spielen. Ich hoffe, Ihnen ist klar, dass ich meine Hand für Sie ins Feuer lege.

Ich nickte ausgelassen.

– Es wird zwei Finten geben, zuerst eine Explosion am Rathaus. Das wird kurzfristig einen Teil der Sicherheitskräfte vom *I.L.E.* binden. Aber selbst dieser Fons und sein Schlägertrupp werden schnell merken, dass das nur eine Ablenkung ist. Gut so. Das soll ihre Wachsamkeit schmälern, weil die sich daran berauschen, den Trick zu durchschauen. Dann kommen Sie ins Spiel. Sie senden ein Signal ab, um sie aufs Zoogelände zu locken. Sagen Sie, dass wir uns da sammeln, dass wir dort unser Hauptquartier haben, Sie wissen schon, benutzen Sie einfach diese Worte, die die Brigadiers hören wollen. Das Gehege der Pinguine ist vorbereitet, wir werden sie dort festsetzen. Und dann wenden wir uns dem *I.L.E.* zu.

…
– Das Zeitfenster ist eng.
– Ja.
– Es gibt nur diese eine Gelegenheit.
– Ja.

…
Als das Treffen im *Neunneunneun* zu Ende ging, erbat ich mir trotz des engen Zeitplans eine Stunde. Hilma lächelte mich an. Es wirkte, als blickte sie durch mich hindurch, und ich schaute betroffen zu Boden, bevor ich verstand, dass ich mich für sie gerade in einem Limbus, in irgendeiner Zwischenwelt befand. Ich besaß noch die alte Gestalt und bildete die neue erst allmählich aus, ihre Dichte und ja, auch ihre ungeahnte Integrität. Hilma wusste das, Hilma hatte gar nicht durch mich hindurchgeblickt.
– Sechzig Minuten, nicht mehr, wir sind eh davon ausgegangen, dass Sie die brauchen. Es ist nicht einfach, eine Vollbremsung hinzulegen und die Richtung zu wechseln.

Ich nickte und textete Mahum, dass wir uns dringend sehen müssten. Ich hätte den Bescheid. Er solle in fünfzehn Minuten am Eingang des Zoos sein. Dann schrieb ich Alfons/Fons, dass die Mannschaft der Akademie auf dem Weg sei, sich minütlich mit mir absprechen würde und sich die Brigadiers lediglich für Notfälle bereithalten sollten.

…
Ich ging zum Zoo, ging nicht zu den Pinguinen und nicht zu den Eisbären; tatsächlich mied ich die gesamte *Themenwelt Eis*, die in den ersten Tagen zu einem meiner liebsten Orte geworden war. Ich dachte probeweise

an Saul, an sein Porträt in der Küche der Eltern und an die Messages, die er Hannah geschickt hatte, an seine Playlist und an das Muster seiner Bettwäsche, und in mir regte sich nichts.

Mit Sauls Verschwinden hatten sie nichts zu tun, die Steckermenschen, die Aufständischen. Wegen Saul und Als war ich in diese Stadt entsandt worden, aber ganz ohne deren oder mein Zutun war ich in die eigentliche Ermittlung hineingeraten. Alfons/Fons hatte vorhin auch meine Wahrheit ausgesprochen: »Es reicht. Saul interessiert mich nicht mehr.«

Aber die Sonne hatte sich geregt. Sie war ein Stückchen höher gestiegen als Beweis für die Beweglichkeit von Himmelskörpern, vielleicht auch von Überzeugungen. Und ich entschied mich unter dem Eindruck ihrer Glut, in Richtung *Themenwelt Savanne* zu gehen, Mahum den Standort zu schicken und dort auf ihn zu warten.

Das Hyänengehege wirkte unangetastet, kaum verwuchert oder verlottert. Knöchelhohe Büsche waren dekorativ verteilt über das sandige Hanggelände. Hier und da glimmerte eine Matschpfütze auf, ihr Glanz erinnerte mich an teure Kosmetikprodukte. Noch zehn Minuten hatte ich Zeit, nur für mich, noch zehn Minuten würde ich nichts hören in der Stille meines letzten Mittags in der Stadt.

...

»Es bleibt uns nichts anderes übrig«, das hatte vorhin jemand gesagt, als wir im *Neunneunneun* über die Dezimierung gesprochen hatten, darüber, dass sie für viele das einschneidende Erlebnis gewesen war. Sie hätten damals gespürt, dass etwas nicht stimmte, dass etwas nicht in Ordnung sein konnte in einer Welt, in der etwas so Unsägliches stattfinden konnte. Die Dezimierung hatte sie zur Revolte angestiftet, zuerst als private Ausschweifung. Dann hatten sie sich gefunden, gesammelt und vorbereitet.

Es bleibt uns nichts anderes übrig

Ich hatte darauf gewartet, dass die Person weitersprechen würde. Ihr Satz war noch nicht beendet. Ihr Mund war offen, ihr Atem bereit für die nachfolgenden Worte. Aber es kam nichts mehr. Ihre Worte hatten den Raum gedehnt, ohne ihn ausfüllen zu können – eine akustische Öffnung hin zum Nichts.

Es bleibt uns nichts anderes übrig

Von Wissen konnte nur in einer Hinsicht die Rede sein, dachte ich, während ich beim Gehen durchs Gehege ein wenig Staub aufwirbelte. Ich wusste, dass ich nie in Gänze nachvollziehen würde, auf welche Weise die Materie ihre Wirkung entfaltete. Sie war wie Luft, zugleich wie die Frequenz, die durch die Luft schwang, sie ermöglichte sich selbst und durchraste alles und alle. Inwieweit hatte die Materie meinen Blick auf die Welt beeinflusst? Selbst im Sturz, selbst als die Welt während der Dezimierung ihre Verwundungen zur Schau gestellt hatte, hatte ich nicht hingeschaut, vielleicht auch nicht hinschauen können.

Es bleibt uns nichts anderes übrig

Die *Sache*, das schien mir in der Tat die triftigste Art und Weise zu sein, um die Materie zu beschreiben. Die Dezimierung hatte die *Sache* entblößt. Die alten Zusammenhänge, die das *I.L.E.* aufrechterhielt und denen die Akademie als ein weiterer Handlanger zuarbeitete, diese Zusammenhänge waren in den Tagen rissig geworden. Es war, wie ich erkennen musste, tatsächlich völlig gleich, ob sich diese Erkenntnis innerhalb oder außerhalb von mir ereignete. Sie betraf mich schlichtweg. Während ich auf Mahum wartete, textete ich dir.

…
<10:52> ich weiß dass du mir nicht antworten wirst
<10:52> das macht es leichter, dir zu schreiben
<11:01> auch zur dezimierung wirst du schweigen. trotz deiner mutter? wegen ihr? entweder weißt du alles oder du weißt nichts. in beiden fällen fühle ich mich betrogen. die pinguine, ihre ganze arbeit, was für ein witz. der tunnel war ein nachschubweg, um die sogenannten tiere zur schau zu stellen. wir gehen davon aus, dass die dezimierung durchs ILE verursacht wurde, jahrzehntelang hat es die landschaften bestückt, mit biota-accessoires, wie es vorhin jemand ausdrückte, den du gut kennst, in den zoos, den erholungsparks und den reservaten. ich kann mir nicht vorstellen, dass deine mutter nichts davon wusste. die materie als antwort auf den schwund der arten, nenn das nicht kompensation, es ist eine methode kontinuierlicher zerstörung, die dazu dient, die historischen verwüstungen zu kaschieren. kein wunder, dass die zweite hauptstadt versucht, es geheimzuhalten. es gibt keine natürlichen erklärungen dafür, ein betriebsunfall, eine missachtung des protokolls bei der umwandlung der materie, eine fehlprogrammierung.
<11:03> dass sich die dezimierung in allen distrikten ereignete, zeigt, wie weit die materie gestreut wurde. sand in den augen, ganze zugladungen an sand. dass hier, in direkter umgebung vom ILE, alles so prächtig gedeiht, ein glänzender spleen am rande des abgrunds, das ist die naheliegendste gefahr, der wir uns stellen müssen.

…
– Bevor wir anfangen, will ich –

Ich unterbrach Mahum, und er lächelte, als er weiter durch das Gehege auf mich zuging. Nein, es war mehr als das: Der rechte Mundwinkel schob sich spitz hoch, während der linke sich nach unten kräuselte. Dieses Gesicht verlachte und verspottete mich auf zwei unterschiedliche Weisen.

– Nein, Mahum, bevor wir anfangen, sage ich dir, was ich weiß. Ich weiß, dass es nie um Saul ging. Ich weiß, dass es nur um die Tochter von Als ging. Ich weiß, dass du beteiligt warst, um Saul zu verschleppen. Wo ist er?
– Ah, die Mission, Sie haben es endlich durchschaut. Und was bringt Ihnen dieses Wissen? Sie stehen hier wie eine bucklige Hyäne, die zu viel Sonne abbekommen hat. Zeigen Sie mir den Bescheid. Ein Treffen in der *Themenwelt Savanne* – ist das Ihr Ernst?
– Ich habe deinen Bescheid nicht. Es spielt auch keine Rolle. Du sagst mir trotzdem, wo er ist.
– Du erpresst mich mit dem *Cheevl*?

Er schaute mich entnervt an.

– Wenn du es noch nicht weißt, habe ich dich überschätzt. Und wenn du es weißt und so tust, als wüsstest du es nicht, unterschätzt du mich. In gut drei Stunden wird eine Mannschaft der Akademie hier aufschlagen. Es gibt Umtriebe, manche nennen es einen Aufstand. Sie werden alles auf den Kopf stellen. In weniger als vier Stunden stellen wir unsere Realität wieder her und jubeln sie euch ausgelaugten Städtern unter. Also: Wo ist er? Ich bin deine letzte Chance.

Unsere Realität – ich hatte den Kopf hochgereckt und irgendwie versonnen in den Himmel gestarrt, damit Mahum nicht merkte, wie schwer es mir fiel, diese Worte auszusprechen.

– Nein, Farr, ich werde in dieser Stadt nicht untergehen.
– Es ist zu spät, um Als' Tochter zu finden, und zu spät, um aus diesem Fiasko Profit zu schlagen.
– Du bringst mich aus der Stadt, bevor deine Horde einfällt. Auf Als kann ich nicht mehr zählen.
– Du weißt, was ich hören will.
– Der Junge mit den unglaublich tiefen und leeren Augen? Er ist in der *Themenwelt Eis*, im Eisbärgehege.
– Ist er tot?
– Wir haben uns viel Mühe gegeben. Und die Umsetzung war am Anfang ziemlich gut, ganz ehrlich. Aber für Als, für diesen gebeutelten Vater ist es zu spät. Jahrelang hat

er an diesem Coup gebastelt, die finale Verzweiflung. Er hat nichts unversucht gelassen, und das trotz seiner misslichen Lage.
– Wie heißt sie?
– Solange. Ein passender Name, französisch und so weitläufig vom Klang her, edel und sphärisch, Solange, hören Sie diese Ferne? Ihr Vater sehnt sich so sehr nach ihr. Als ich ihn kennenlernte, da wusste ich sofort, dass ich ein Wrack vor mit hatte, er erinnerte mich an einen Gletscher, der schmilzt und mehr und mehr zu so einer gräulich ranzigen Bracke aufweicht, bevor er dann ganz abhandenkommt. Das wird sehr bald passieren. Oder es ist bereits passiert. Sie sollten die Fährte von Solange aufnehmen. War das zu viel verlangt? Sie haben ihr Foto gestern eingesteckt, Ley hat es mir noch geschrieben. Seither ist er abgetaucht. Er humpelt zwar, aber irgendwie ist der Kerl sehr flink.
– Ist er tot?
– Wer jetzt? Als, Ley oder Saul?

…
Mahum, hörst du dich das sagen? »Am See stieß eine zweite Person hinzu, allem Anschein nach hatte sie dort in der Nähe gewartet. Sie schleppten Saul dann weg. Ich folgte ihnen noch kurz, aber dann waren sie plötzlich verschwunden. Verschluckt.« Siehst du dich das machen? Bei der Nachstellung hast du deine zweite Exit-Strategie vorangetrieben. Du hast wohl geahnt, dass Als nicht liefern würde. Hat er dir ebenfalls einen Bescheid zur Umsiedlung in Aussicht gestellt, wenn du ihm bei seinem Theater hilfst? Wenn ich jetzt auf deine Manöver zurückblicke, ist meine Anerkennung rein mechanisch: die Doppelbelegung des Hotelzimmers, damit ich auf Ley aufmerksam werde und ein wenig, aber ja nicht zu viel Verdacht schöpfe; die Nachstellung, bei der du dich als Kronzeuge einer Entführung inszeniert und doch nur die halbe Wahrheit erzählt hast. Du willst wirklich mit allen Fasern deines entzündeten Körpers weg, oder?

In meiner Vorstellung bleibt Mahum stumm. Weder Widerworte noch Schuldeingeständnisse. Er hat mir nichts mehr zu sagen.

…

Saul lag in einer Lache aus Öl und Regenwasser, das aus Rissen in der Decke der Kaverne tropfte. Die Kleidung war verschmiert, das Hemd teils zerrissen. (Es hatte drei Löcher, ich prüfte es nach, als wäre das von entsetzlich großer Bedeutung.) Sein Blick musste sich vor nichts mehr schützen, das Haar hing ihm in blutverklebten Strähnen über die Stirn. Die Platzwunde am Kopf, die er sich Mahum zufolge bei einem Fluchtversuch in der sechsten Nacht zugezogen hatte, war deutlich zu sehen. Wir standen um die Leiche, stumm, ein wenig betroffen, und mich ergriff das Gefühl, dass Mahum und ich uns wie Familienangehörige benahmen, die den jüngsten Bruder betrauerten. Es war unangenehm und naheliegend; es war unangenehm, weil es naheliegend war. Wir hatten mehr gemeinsam, als mir lieb war. Ihm war wie mir jedes Mittel recht, um dieser Stadt zu entkommen.

Sie hätten vergessen, sein Hemd am See zu lassen, sagte er plötzlich. Ich konnte mich nicht entscheiden, ob sein bestürztes Stottern echt war. Und als er sich später geweigert hätte, es ihnen zu geben, hätten sie vergeblich versucht, es ihm auszuziehen. Als hätte ihnen dann ein neues besorgt, wegen der DNA und der Spuren. Niemand hätte das gewollt. Ich hätte einfach die dumme Fährte zu Solange aufnehmen sollen, es wäre so offensichtlich gewesen, dann hätten sie ihn irgendwann freigelassen, das wäre gar kein Problem gewesen. Es war definitiv nicht echt.

Dann sah ich doch noch Sauls Augen, wie sie Sekunden vor dem Ende hin- und herglitten und mit weißlich kraftstrotzender Energie hochstierten, wie sie den Raum über sich erweiterten. Die Kavernendecke wurde weggesprengt, und Saul erhaschte einen letzten Blick auf den Nachthimmel. Dann starb er, ein Junge seiner Zeit, ein ahnungsloser Komparse.

Während ich den Blick wieder sinken ließ und mich Mahum zuwandte, stellte ich mir die Eltern in der Kühlschrankküche vor, in der Kälte, in die sie sich zurückgezogen hatten. Die Tür fiel zu, das softblaue Licht ging aus; endlich waren die beiden ganz bei sich.

– Wo ist Als?

– Ich habe gestern Nacht das letzte Mal was von ihm gehört. Ich habe mehrmals versucht, ihn zu erreichen, auf dem Weg hierhin. Er antwortet nicht.

– Und Ley?

– Wie gesagt, der Kerl ist flink. Ich habe ihn erst wegen dieser Sache hier kennengelernt, Als hat ihn irgendwo aufgetrieben. Ich mochte ihn nicht. Der ist weg.

Ich schickte Standort und Fotos der Leiche an Bell. An der Aufklärung des Falls lag mir nichts mehr. Es ging nur noch darum, Bell zu zeigen, dass ich auch diesen Auftrag abgeschlossen hatte.

...

<11:23> hab sauls leiche

<11:25> bericht folgt. verantwortliche identifiziert, verwaltungs- und sicherheitsbehörde involviert, informationssperre für die betroffenen stellen: rathaus, brigadiers und hotellerie. meldung asap mit details

<11:26> entsendung einer mannschaft nicht vonnöten

<11:26> aufsehen vermeiden, gefangenentransport morgen, geständnisse, zeugenschutz etc.

...

Wäre das Leben noch normal, dachte ich, wären meine Tage in der Stadt zu einer weiteren legendären Anekdote geworden, zu einem Glanzstück des mythenanfälligen Getuschels auf den Fluren und Gängen der Akademie.

…

– Weißt du, Mahum, es gibt auch andere, die wegwollen, nicht nur aus dieser Stadt, sondern aus diesem Zustand. Du bist nicht allein, das soll dich gar nicht trösten, dahinter steckt auch keine Solidarität, es ist nur eine Tatsache. Du bist nicht allein.

– Es war ein Unfall, Ley und Als, die haben eigentlich –

– Das ist mir egal.

Er fixierte mich, wirkte erneut entnervt, aber diesmal eher in Bezug auf sich selbst, weil er mir nicht folgen konnte. Endlich hatte ich gelernt, wie er Grimassen zu schneiden, die niemand entziffern konnte.

– Bringst du mich hier raus?

– Das weiß ich noch nicht. Wie gesagt, in einigen Stunden wird das Städtchen hier aus seinem fiebrigen Schlaf gerissen. Dein Taktieren bringt nichts mehr.

– Was wird passieren? Ich hab dir Saul gezeigt, das hätte ich nicht –

– Ich kann, und ganz ehrlich: Ich will für nichts garantieren. Sei um 15 Uhr am Checkpoint. Wenn es sich einrichten lässt, wirst du da abgeholt.

– Von wem? Von dir? … Farr, was treibst du? Zu wem gehörst du?

…

Ich war pünktlich. Ich war unvorbereitet. Und ich war bereit. Das wurde mir klar, als ich am verabredeten Ort Hilma, den Ex-Kollegen von Alfons/Fons und sogar Hannah sah. Wir trafen uns im Keller, den du angeblich für mich ausgespäht hattest. Wahrscheinlich war auch die Gesprächsgruppe, von der du mir berichtet hattest, einer der vielen eingezogenen Spiegel gewesen, die mich geblendet oder meinen Blick perspektivisch gebrochen hatten.

An einer Wand hing die gleiche Karte der Stadt wie im Wohnzimmer der Ferienwohnung. Auch die Pins hatten dieselben Farben, und ich dachte kurz, dass sie tatsächlich mein Exemplar entwendet und hier aufgehängt hatten. Aber als ich näher herantrat, sah ich, dass andere Stellen markiert worden waren: der Weg, den die Brigadiers später nehmen würden, die Pinguinberge, in denen wir sie einsperren würden, der Sammelpunkt im Wald, zu dem wir gleich aufbrechen würden, sowie drei Fluchtwege aus der Stadt, bewertet nach Risikograd und Erfolgsaussichten. Mit einem roten Stift waren alle meine Spaziergänge eingetragen, penibel versehen mit Datum und Uhrzeit. Ich war weder wütend noch bestürzt, eher gerührt; seit der ersten Stunde in der Stadt hatten sie sich meiner angenommen.

Ich fragte nach dir, nach deiner Rolle oder deinem Status, und dann blickte ich lange in stumme Gesichter. Genauso gut hätte ich eine Waschbetonwand ansprechen können.

Pünktlich um halb eins erschallte – deutlich lauter als die bisherigen Tracks – quer durch die Stadt eine *Envir*-Playlist, die erst drei Stunden später enden würde. Hannah, die meinem Blick bisher ausgewichen war, schaute mich kurz an und sang die Lyrics mit. Später würde ich erfahren, dass sie die Playlist zusammengestellt hatte.

Die Klänge zerrissen eine Stille, die nie wieder zu dieser polyesterhaften Behaglichkeit zurückfinden würde, in der hier alles schlummerte. Ich sah sie zwar nicht, aber ich stellte sie mir vor, Gesicht für Gesicht: wie der eine Städter die Augen schloss und spürte, dass es keine Selbstverständlichkeit mehr war, sie leichtfertig und voller Neugierde zu öffnen; wie ein anderer Städter in den Himmel blickte und ihm die Gewissheit der Farben abhandenkam. In ihren Augen platzten Äderchen auf, die sie erst am Abend entdecken würden, wenn sie mit einer Betroffenheit, die sie weder kannten noch verstanden, vor ihren Spiegeln stünden.

Kurz darauf gingen wir los. Wir schlugen uns durchs Unterholz und sammelten an verschiedenen Stellen Leute ein. Als wir den Sammelpunkt erreichten, wurde mir klar, dass sie die Spots mit den Erinnerungstriggern kannten und weiträumig gemieden hatten.

Als der siebte Track zu Ende ging, wurde wie vorgesehen vor dem Rathaus eine Bombe gezündet. »Vor allem Mehl und Staub, sehr wenig Sprengstoff«, hatte Hilma vorhin gesagt, und ich hatte wieder unangebracht ausgelassen genickt. Ich hatte gefürchtet, dass die Detonation mich an die Sprengung erinnern würde, dass die Erinnerung wuchern würde und ich mich plötzlich erneut Hand in Hand neben meinem Vater wiederfände.

Aber in mir regte sich nichts, weder beim Knall, der dumpf durch die dichtstehenden Pinienstämme zu mir drang, noch beim Anblick der Rauchfahne, die Sekunden später durch den Himmel zog.

...
<12:37> rathaus ist eine finte
<12:37> schick deine brigadiers zum zoo
<12:37> kanal- und tunnelanlagen als unterschlupf
<12:38> pinguingehege ist hauptquartier

...
Es schmeichelte mir, dass sie meinen Vorschlag, von wo man am schnellsten und unauffälligsten auf das Areal vom *I.L.E.* gelangen könnte, sofort gutgeheißen hatten. Wir warteten nach wie vor an der Stelle, die ich vor kurzem ausgespäht hatte. Wir waren dreißig, vierzig, dreiundfünfzig oder ein, zwei weniger oder ein, zwei mehr Leute; ich hatte nicht nachgezählt. Die Vorstellung, dass eine vielgestaltige Kraft zum Schlag ausholte, gefiel mir zu gut, um sie durch irgendeine unnütze Zahlenpräzision zu gefährden. Ganz abgesehen davon war und ist mir bis heute nicht klar, wie viele überhaupt zum Untergrund gehörten. Es waren sicherlich mehr als die im Wald Versammelten.

Endlich kam die ersehnte Info: Die Brigadiers waren im Innern der Pinguinberge eingeschlossen. Um zwei Minuten vor eins schickte mir Alfons/Fons allen Ernstes eine Video-Aufnahme, auf der zu sehen war, wie seine Männer, von Rauchschwaden umhüllt, zusammengekauert in ihren schwarzen Uniformen Schulter an Schulter auf den Rampen, Ebenen und Vorsprüngen saßen. Davor hatte er mehrfach vergebens versucht, mich anzurufen. Der Clip dauerte dreiundvierzig Sekunden, und er hatte darin dreimal um Hilfe gebeten. Durch den Hall seiner Stimme hatte er noch verzweifelter geklungen.

Wahrscheinlich hatte er bereits vor ein, zwei Minuten die Initiative ergriffen und die Zweite Hauptstadt benachrichtigt. Eine Mannschaft der Akademie, bisher nichts als eine oft zitierte Truppe an Gespenstern, würde sich sehr bald auf den Weg machen, wenn sie nicht schon unterwegs war.

Überraschend schnell wurden die wenigen restlichen Wachposten überwältigt, und ich mochte den Gedanken, der sich währenddessen in mir eingrub: wie die Bewegung, die uns durch das Unterholz trieb und uns immer näher an das *I.L.E.* brachte, wie diese Kraft erbarmungslos an Fahrt gewann – Körper, die nach vorne schnellten, Blicke, die diese Körper wahrnahmen, nicht als Chance, sondern als Gefahr, Synapsen, die diese Information tiefer in ihre Hirne leiteten, vielleicht bis in die Herzen, und so die Distanzen endgültig aufhoben.

…

Das *I.L.E.*, der Gründungsort eines Mythos, das Abklingbecken, die Schaltzentrale, das Unwesen – die Eingangspforte mit dem Kürzel in serifenlosen Lettern, so kleinlich autoritär, so lächerlich akkurat, als bestünde die Gefahr einer institutionellen Verwirrung, als würden wir ohne diese drei Buchstaben in ein ganz anderes, viel harmloseres Gebäude eintreten; das Foyer mit polierten Böden, mit staubfreien Ablageflächen und mattschwarz glänzenden Bildschirmen, ein Debakel an Glätte, das, wäre ich länger dort geblieben, meine Gedanken zu rutschigen Bagatellen verformt hätte; der

Flur, leicht abschüssig, der nach hinten, nach unten führte, bestrahlt von einer durchgängigen Lichtspur an der Decke, die Wände so wandfarbenweiß, als würden sie jeden Abend neu gestrichen, um über Nacht zu trocknen; die Türen, die beidseitig alle paar Meter zu Räumen führten, die das Wissen rund um die Materie verschluckt hatten in einem reibungslosen Ablauf aus Schlingen, Verdauung und Verwertung, es entstellt hatten zu Darlehen der Macht; das Personal, nur eine Notbelegung fürs Wochenende, das sich als das Mobiliar, das es ja letztlich war, hin und her bewegen ließ, perplex oder eilfertig oder beides; die Rundtreppe, die in Schleifen nach unten führte, ihr Spin ein verschlagenes Manöver, um aus diesem Ort eine Umgebung des Spiels und der Entfaltung zu machen; die Lagerstätte aus Silos, erstarrt in metallischer Ruhe, eingelassen in die Erde, über die die Städter in fideler Ahnungslosigkeit schritten; die Sicherheitsschleusen, die zu den Laboren, Aufbereitungszellen und Entfaltungskapseln führten; schließlich das Becken, das die Materie über irgendwelche magnetischen oder chemischen oder nanotechnologischen Vorrichtungen komprimierte und eindämmte.

…

Mir war Hannahs Outfit bereits im Keller aufgefallen. Sie war mir, dachte ich auch jetzt bei ihrem Anblick, in jeglicher Hinsicht davongeeilt, und womöglich war das auch der Grund, weshalb mir ihr Tonfall von Beginn an so missfallen hatte: Sie war mir um Monate voraus, Monate der Vorbereitung, der Täuschung, wahrscheinlich sogar der Hoffnung. Dass sie ihr löchriges Shirt trug, war ausgemachte Sache. Dass sie darunter einen am Kragen zerfledderten Rollkragenpullover trug, hatte mich dann doch bestürzt, obwohl ich mein generelles Unwissen längst umarmt hatte, als eine Art edle Verblendung, die ich allmählich und mit wachsendem Stolz ablegen würde.

Ihre Tante habe ihr den Pullover gegeben, das hatte sie mir zugeraunt, als sie im Keller an mir vorbeigegangen war. Wir hatten Rücken an Rücken gestanden. Es waren die ersten Worte, die sie an dem Tag an mich gerichtet hatte, und ich hatte mich ihr noch nie so nah gefühlt.

– Sie hat ihn mir vererbt, als sie mich das letzte Mal besuchte, das ist neun Monate her. Kurz darauf hat man sie gefasst. Sicherlich kennen Sie die Person, die sie in der Akademie verhört und gefoltert und sonst wo ausgesetzt hat. Ich fordere keine Entschuldigung, schon gar nicht von Ihnen, ich verlange die totale Aufmerksamkeit.

Ich hatte ihr nicht gesagt, dass ich Saul gefunden hatte. Als ich beobachtete, wie sie sich jetzt vor der Kamera positionierte und mit Hilma letzte Details besprach, wurde mir klar, dass sein Tod sie nicht erschüttern würde.

Bei der Nachstellung hatte sie nicht sich selbst, sondern eine Rolle gespielt. Das Mädchen aus der Provinz mit seinem Slang und seiner dösigen Koketterie hatte nichts mit der Person zu tun, die ich vor mir hatte. »Ich bitte Sie«, hatte sie auf der Veranda gesagt, »wir sind keine Kids, die schmieren.« Auch sie hatte ihr Spiel mit mir gespielt. Als sie preisgab, zu den Steckermenschen zu gehören, da war ich ihr während des Gesprächs kurz nahegekommen. Aber ihre Schwäche hatte nur einige wenige Sekunden angedauert, dann hatte sie sich gefangen und mir allerlei Lügen zu der Bewegung aufgetischt, sie zu einer Lifestyle-Gruppierung, einer Teenie-Schrulle verniedlicht. Jetzt stand sie vor mir, doppelt ausgerüstet mit Rollkragenpullover und Shirt.

...

– Loews mattes Lila, das war eine Lappalie, ein Witz gegenüber dem, was jetzt kommt.

…
Auf einem Bildschirm im Nebenraum sah ich einige Minuten später, wie ihr die Materie gereicht wurde. In der Phiole war der türkisfarbene Schaum gut zu erkennen. Während Hannah sie mit ausgestreckten Armen vor sich hielt, zoomte die Kamera heran: An einer Stelle brodelte der Schaum, stieg als Dampf hoch und verformte sich zu einer mattbeigen Schwade, die Hannahs linkes Auge verdeckte. An einer anderen Stelle verdickte sich die Materie zu Tropfen, die blaugräulich schimmerten und luftballonlangsam zu Boden schwebten. Einem der Tropfen folgte die Kamera bis zum Aufprall, bei dem die Flüssigkeit wie Dampf zerstäubte, dann zoomte sie heraus und nahm Hannah wieder ins Bild, die die Phiole an den Mund führte und den Inhalt in einem Zug trank.

…
Drei Morgen, zwei Mittage und zwei Abende lang habe ich versucht, das niederzuschreiben, was ich anschließend sah. Es ist mir nicht gelungen. Das sage ich nicht verzweifelt, eher erleichtert: Es beweist, dass wir Erfolg hatten, dass meine Sprache noch nicht Schritt hält mit dem, was wir angestoßen haben. Ich muss weiter üben, auch darum geht es mir hier.

Dann erinnerte ich mich vorhin an das Gespräch während der Nachstellungen, als Hannah, Jay und Mahum-Saul über das Musikvideo von *Envir* – naja – philosophiert hatten.

Die Forenbeiträge, auf die sie Bezug genommen hatten, fand ich binnen Minuten. Die User schreiben zwar über den Clip von *Envir*, aber in ihren Postings, in diesem stupide hellsichtigen Austausch zwischen Fans kommt so ziemlich alles zum Ausdruck, was mich überfiel, als ich sah, was aus Hannah wurde, zu was sie wurde.

Topic:	ü envir // NEW_CLIP_NEWEST
Posting:	#1746
User:	kritio_theys

also mich erinnert sie an ein gemälde, das sich bewegt und sich ausweitet. ka, was ein fluidum oder myzel ist, aber für mich ist klar, dass sie aus ihrem körper fährt. die haut ist keine barriere mehr, und sie ist voller kuriosität und kunst. und der glow, den sie hat, strahlt auch auf uns, also sie glänzt so diamantenblau und der screen wirft das licht auf dich, wie du das schaust. du bist mit ihr verbunden. vielleicht meint *berlberl* das, wenn er von einem fluidum spricht?

ps. und sorry, ich kann auch keine lippen lesen. aber es muss sich richtig top anfühlen, sich so zu verwandeln. stellt euch mal vor, ihr wärt so weit, so ganz offen und irgendwie bereit für was neues. also für mich steht ganz klar fest: bisher bester clip von *envir*, auch wenn ich das bisher zu jedem ihrer clips gesagt habe, haha.

Topic: ü envir // NEW_CLIP_NEWEST
Posting: #1747
User: berlberl
ganz kurz nur, erstens das mit dem fluidum hat wer anders geschrieben und zweitens wegen des myzels, also was ich damit meinte: dass sie neue verwandtschaften wagt, das klingt crazy, i know, aber genau das habe ich gefühlt, als ich mir das video zum ersten mal angeschaut habe. sie lässt irgendwie ihre daseinsform zurück. aber sie wird nicht einsam, das ist kein *lonesome wolf bullshit* oder so, sie hat eine idee von einer neuen form mit vielen, mit dem, was sie umgibt. alle sagen, dass das VFX sind, ich bin mir nicht sicher, ganz ehrlich, meine meinung. das ist nur ein gefühl, aber *envir* wird nicht mehr in der alten gestalt auftreten. sie ist längst weiter.

Topic: ü envir // NEW_CLIP_NEWEST
Posting: #1748
User: we-irlo
ihr schreibt und schreibt so hammerviel und so krass viel bullshit. was ihr meint, ist ganz einfach: glamour und organik und hope

Topic: ü envir // NEW_CLIP_NEWEST
Posting: #1749
User: kritio_theys
hey, *we-irlo,* mal wieder ein großes thx für deine superkurze und superschlaue hilfe. das hilft uns echt nicht weiter. wir reden über das ganz sicher beste vid von *envir,* das hat mehr als paar worte verdient, meine meinung jedenfalls. @*berlberl*: thx für deine erklärung (mein ich jetzt ernst), das mit der neuen daseinsform und dem myzel find ich voll spannend, hab mir alles nochmal in halber geschwindigkeit angeschaut, jetzt werd ich das gefühl nicht mehr los, dass das keine VFX sind, wtf, diese verwandlung. sie ist so magic.

ps. und im ernst, welche worte sagt sie da? ist das eine botschaft an uns???

Topic: ü envir // NEW_CLIP_NEWEST
Posting: #1750
User: we-irlo
es ist eine aufforderung, aber ich verrat's nicht, vor allem niemandem in diesem forum. ihr mit eurem angelesenen shit jargon. ps. um das klarzustellen, ihr seid alle loser und lutscher, ihr habt *envir* und ihren future glam nicht verdient

…

Die Views zogen nach zehn Sekunden an und schnellten nach einer halben Minute hoch, dreihundert, neunhundert, viertausend und immer mehr. Es dauerte etwas länger als gedacht, bis der Stream gekappt wurde. Zuletzt waren mehr als siebzehntausend User zugeschaltet und starrten wohl ähnlich fassungslos wie ich auf einen Screen. Nachdem der Stream offline gegangen war, wurde ein vorbereiteter Text auf allen Kanälen, die noch nicht blockiert waren, versendet, zusammen mit mehreren hundert Links, von denen der Clip heruntergeladen werden konnte.

I.L.E. = Ideologie Lüge Error
Wake me up when it's quitting time
& Was & Wäre & Wenn & Rêve & Révo &

…
Die Nachrichten, Anrufe und Standortanfragen von Bell, die mich im Anschluss an den Stream in immer kürzeren Abständen erreichten, ignorierte ich. Fahrlässige Untätigkeit, ein wenig revolutionäres Laissez-faire, das war also der Schlag ins Gesicht, der ihm seit so langer Zeit gebührte.

Wahrscheinlich hatten sie längst eine zweite, dritte, vierte Mannschaft losgeschickt. Uns blieb wenig Zeit. Während des Streams hatte ein Stoßtrupp einen Teil der Materie abgefüllt und in mehreren Behältnissen weggebracht; das hier war tatsächlich erst der Anfang.

Als ich hochstieg und das *I.L.E.* verließ, hatte sich das Gebäude verwandelt, war zu einer wirkungslosen Verwaltung geworden. Ich lief durch einen Ort der Bürokratie, deren Pedanterie nicht mehr die Leben bestimmen würde. Längs über die Frontseite des Desks des Sekretariats hatte jemand *Status quoi!?* gesprayt, und beim Anblick der Kinderschrift musste ich laut auflachen. Alles, also das Foyer und wir und unsere unangemessen heitere Tatkraft, alles wurde von den Bluescreens der Bildschirme erhellt, die an den Wänden hingen. Mittig auf einem der Monitore glühte das Istgleichzeichen samt der Figuren. Ich blieb stehen, wurde aber binnen Sekunden weitergezerrt.

Die Gestalten: Vielleicht tanzen sie ja auch, dachte ich, ein Fest, eine Beschwörung.

Ob sie Mahum abholen könnten, fragte ich kurz darauf einen Assistenten von Hilma, als wir unter den Piniendächern zurückliefen und ich einen letzten Blick auf den igelnasenförmigen Turm des *I.L.E.* warf. Ob sie ihn retten könnten? Ich hätte es ihm versprochen. (Erneut dieses Wort.) Ich hätte ihn für 15 Uhr an den Checkpoint bestellt. Wieder ein stummes Gesicht, wieder der Waschbeton.

Ich habe seither nichts mehr von Mahum gehört.

…

Mir war und ist eigentlich bis heute nicht klar, wie viele beteiligt waren, bei der Vorbereitung und den falschen Fährten, bei der Erstürmung, der Gefangennahme der Brigadiers und dem Abtransport der Materie. Dreißig, fünfzig, hundert, tausend? Gehörst du dazu? Soll ich dich zwei-, drei-, fünfmal hinzuzählen, um dir gerecht zu werden? Oder kein einziges Mal?

…

Ich weiß nicht, welche Rolle ich noch spielen werde. Mir waren noch im Wald die Koordinaten des Unterschlupfs mitgeteilt worden, den ich ohne Umwege aufsuchen sollte. Sie hatten die Ferienwohnung leergeräumt und alle »nötigen Unterlagen«, wie sie sich ausgedrückt hatten, in mein Auto gebracht, und dieses anschließend nahe des Checkpoints abgestellt. Ich sollte sofort losfahren.

Kurz nach Mitternacht war ich hier angekommen, und seither warte ich und habe begonnen, diesen Bericht zu verfassen. Die Nachrichten, die zu uns durchdringen, überschlagen sich. Ich weiß nicht viel, aber ich kenne die Protokolle der Akademie und durchschaue binnen Sekunden, welche Finten die Zweite Hauptstadt einsetzt, um das Desaster zu vertuschen. Die Communiqués, die Beschuldigungen, die Gegenmaßnahmen. Immer weniger werden ihnen Glauben schenken. Über sekündlich neu generierte Links lässt sich der Clip nach wie vor downloaden. Es gibt Kommentare, Analysen, Memes, Feeds, die pro Minute um tausend Beiträge und mehr anschwellen, scheinbar sogar erste Demonstrationen. *Envir* hat in einem Statement darauf Bezug genommen.

Hier unten leben wir größtenteils von Gerüchten. Und ich weiß auch nicht, was als nächstes ansteht: ein Angriff auf das Institut, der Einsatz der Materie, ein

Attentat in der Zweiten Hauptstadt, die Erstürmung unseres Verstecks. Alles ist möglich. Es fühlt sich weder gut noch schlecht an, nur: möglich.

...

Ich hätte meinen Bericht, hätte die Dokumente gründlicher verstecken müssen. Dann wäre es nicht so weit gekommen. Der Typ, der meinem Bettenlager zugewiesen ist, hat sich alles, was ich bisher niedergeschrieben habe, durchgelesen, während ich gestern Nacht über die Äcker gegangen bin.

Es ist die einzige Zeit, während der wir einigermaßen sicher umherstreifen können. Im Wind knallten Planen gegen die Gestelle der Gewächshäuser. Ich hatte den Eindruck, dass mein Vater, dass Bauch und Bergh allmählich zu plastikbeuteldünnen Gestalten wurden, jetzt, da ich die Erinnerungsspots rund um die Stadt hinter mir gelassen hatte und die Episoden zu Papier brachte. Sie alle werden, dachte ich, noch ein wenig rascheln. Diesen Platz, diese Ehre werde ich ihnen erweisen, bevor sie dann zu Boden sinken, ein wenig wie Laub und ein wenig wie eine ermattete Naturgewalt.

Jedenfalls: Als ich zurückkehrte, saß er auf meinem Stockbett. Er ließ die Füße baumeln und fixierte mich mit seinem Blick. Ich wusste, was er getan hatte, und fragte mich, welche Worte er sich für seine Anmaßung zurechtgelegt hatte.

– Ich wusste es.

Es wäre interessant, dachte ich in dem Augenblick, seinen Rumpf mit einem kräftigen Ruck nach unten zu ziehen. Dann bräche sein Körper wie eine Puppe aus Pappmaché entzwei und sein Inneres ergösse sich auf den unebenen Boden.

– Ich wusste es, als du letzte Woche angekommen bist, so theatralisch verwirrt, ich wusste einfach sofort, dass du der Hammer bist. Über dich wird viel geredet, dass du ein Überläufer bist, aus der Akademie, dass du etwas mit dem *I.L.E.* zu schaffen hast. Aber niemand rührt

dich an, irgendwer verbürgt sich für dich. Jetzt weiß ich, weshalb.
– Hast du das Dossier irgendwem gezeigt?
– Nein.
– Ich bin noch nicht fertig mit dem Schreiben.
– Als du ankamst, kamst du da direkt vom *I.L.E.*, aus der Stadt?
– Ja, das hast du doch alles gelesen.
– Ja.
– Du darfst es niemandem sagen, vorerst.
– Klar, ganz klar, das bleibt unter uns, ein Geheimnis wie bei Mahum, Als und Ley. Aber echt Wahnsinn, dass du etwas mit dem Stream zu tun hast. Wir sind hier ausgeflippt, völlig außer Rand und Band waren wir, als wir das gesehen haben. Es hat alles bestätigt, was wir ahnten.
– Hör zu, das –
– Ihr habt die Materie aus dem Klammergriff der Zweiten geholt. Weißt du, ich lebe schon lange hier, wobei man das nicht wirklich ein Leben nennen kann. Ihr habt mir gezeigt, was trotz der Lage machbar ist.

Er ließ seine Füße noch immer baumeln.
– Ich höre die Leute auf den Gängen reden. Ihr habt echt was losgetreten. Die diskutieren darüber, wie sich die Materie einsetzten lässt, echt Wahnsinn, was binnen so kurzer Zeit entsteht, was die sich ausdenken. Ich mag unseren Eifer, völlig verzweifelt, na klar, aber dass das möglich geworden ist.
– Hast du es live im Stream gesehen?
– Leider nur die letzten dreizehn Sekunden. Von ihr habe ich nicht mehr viel erkennen können. Was ist mit dem Girl passiert? Also ich meine: Was ist aus ihr geworden? War sie irgendwann wieder bei euch, so ganz und gar? Komm schon, du weißt, was ich meine. Ich dachte echt, dass ich träume. Ich konnte nicht glauben, was ich da gesehen habe. Aber es stimmt, nicht wahr?
– Es stimmt, alles stimmt. Und wegen des Dossiers: Du gibst mir noch drei Tage. Dann habe ich alles abgeschlossen.

– Weih mich ein, komm schon. Ich kann dir helfen, meine Mum nannte mich immer ein schlaues Kerlchen. Sie fand das nervig, aber ich kann dir helfen. Es macht mich nämlich wahnsinnig, es ist doch so, dass ich dir einen Schritt voraus bin, das dachte ich beim Lesen die ganze Zeit, also die Frage ist ja: Wo ist die Tochter, Solange, die sphärische Solange? Und weshalb ist ihr Fall so ein Tabu?

Ich war müde, würde aber nicht einschlafen können. Ich war wütend, konnte aber augenblicklich nichts dagegen tun. Das heißt: Ich ließ ihn einfach weiterreden.

– Erste Hypothese: Sie ist ein Teen, der untergetaucht ist, das war vor neun Jahren noch nicht so gang und gäbe, aber das könnte schon sein. Das allein wäre aber noch kein Grund, sie aus den Akten zu streichen und den Zugang zu ihren Files zu blockieren. Hypothese eins macht nur Sinn, wenn wir Folgendes hinzuziehen: Sie ist zu einer Figur im Untergrund geworden, und ihr Aufstieg begann mit ihrem Abhandenkommen vor neun Jahren. Nicht jede dahergelaufene Brigadier-Null darf in dem Fall rumstöbern, das obliegt den Oberen aus der Zweiten. Und dazu gehörst du, tut mir aufrichtig leid, nun einmal nicht. Zweite Hypothese: Die Ermittlungen liefen katastrophal, die Behörden haben sich zu viele Fehler geleistet, und aus Selbstschutz wurde der Fall dann zensiert. Das ist, ich geb's zu, die langweiligste Variante, deswegen wohl auch die wahrscheinlichste. Und die dritte Hypothese ist die wildeste, und ich seh's an deinen Augen, die werden ganz glasig auf einmal, für dich ist es die einzig folgerichtige Annahme, endlich gestehst du dir das radikale Denken zu, das du in der Stadt einfach nicht hinbekommen hast: Die Tochter war eine biosemiotische Dublette, ein Abdaten-Avatar, ein Semiotyp-Hack, also die Begriffe habe ich noch nicht drauf, aber du weißt, was ich meine, wie die Fliegen halt, das wäre doch die Krönung, oder? Eine designte Entität, die kollabierte, auf die niemand mehr zugreifen konnte, wie die fucking Tiere bei der Dezimierung.

Dann war ich doch auf einen Schlag todmüde. »Natürlich habe ich diese dritte Option in Erwägung gezogen«, das hätte ich ihm sagen wollen, »sie treibt mich in den Wahnsinn, sie nimmt mir den letzten Halt, die Vorstellung, dass dieses Psychodesign alles und jeden betreffen kann, dass es keinen Raum außerhalb seiner obszönen Reichweite mehr gibt.«

Aber ich sah den Speichel, der auf seinen Lippen glänzte, und die Beine, die baumelnden Beine. Mit ihm konnte ich dieses Gespräch nicht führen.

»Das ist erst der Anfang«, sagte ich also und hoffte, prophetisch zu klingen, wie eine biblische Figur, die weiß, dass ihr Gegenüber nicht verstehen kann, was sie verlautbart.

Endlich: Windstille, Denkflaute, Beinruhe. Er sagte nichts. Ich weiß zwar, dachte ich mir, dass ich mehr Ahnung habe als vor einigen Wochen. Aber eigentlich ähnele ich diesem unwissenden Idioten hier mehr, als ich mir eingestehen kann.

...

Was ich nicht weiß: wo Als und Ley sind. Womöglich hat sich Als um Ley gekümmert – oder Ley um Als. Gebrochene Versprechen, geplatzte Träume. Oder Als wurde geschnappt, von Alfons/Fons, von der Assistentin, von dir. Es braucht nur eine Hand, ganz gleich, wem sie gehört, um ihn zu packen und aus dem Bild zu zerren.

Es spielt auch keine Rolle. Sie sind allesamt geschrumpft zu Nichtigkeiten, die am Wegesrand liegen, als Teil dieses barocken Arrangements von Müll und Entbehrlichkeit, das ich auf dem Foto von Saul im Flur seiner Eltern gesehen hatte.

Was ich zu wissen glaube: Ich konnte den Ball damals am Strand nicht auffangen, seine Flugbahn war vorgegeben. Mir wurde in dieser Szene zu keinem Zeitpunkt eine Alternative zum Scheitern gewährt. Es war egal, wie stark ich meine Armmuskulatur anspannte, wie sehr ich einen guten Stand im unebenen Sand suchte. Monolithisch sollte sich die Erfahrung des Ungenügens vor orangeroter Kulisse in mir aufrichten. Die Sprengung war ein ähnliches Exerzitium gewesen, das mich formen sollte, die Staubwolke, die Staublunge, die Staubschicht, die überdauerte.

Imaginäre Zurichtungen, Verunmöglichungen von Tatkraft – mit Kinderschritten werde ich diese missgestimmten inneren und äußeren Landschaften nach und nach hinter mir lassen.

…

Sie sprechen hier viel von Freiheit, von Vorstellungskraft, aber ich bleibe auf der Hut und suche ein Gleichgewicht, das allem Rechnung trägt: der Gefahr des Sturzes und der Chance des Schwebens.

…

Ein letztes Mal vier Worte: Nun zu dir, Bauch.

Bin dran, bald mehr; ich möchte, dass das damals an der Mole deine letzten Worte gewesen sind. Ich weiß nicht genau, wer *sie* sind, aber *sie* wollen mir dich wegnehmen, indem sie dich zu einem Gespenst machen, einer Einflüsterung und Erscheinung. Sie sind Meister des Schmerzes und des Verlusts. Sie arbeiten daran, Erinnerung und Erfindung endgültig gleich klingen zu lassen. Es geht ihnen nicht um Trost, nur um Macht.

Aber das werde ich nicht zulassen, Bauch. Seit du dich entschieden hast zu gehen, bin ich, das möchte ich dir zum Abschied schreiben, in eine Dämmerung eingetreten. Bitte verstehe das nicht als Vorwurf. Ich bereite gerade meinen eigenen Abgang vor. Seit dieser Nacht, die trotz allem unsere gemeinsame war, suche ich nichts anderes als deinen Windschatten. Weißt du, durch welche Gegenden ich gereist bin, in welche Risiken ich mich begeben habe? Vergebens. Die Welt, die du hinterlassen hast, ist lädiert und hässlich, und mit jeder Sekunde, die ich ihrem spröden, zugigen Wind ausgesetzt bin, wird sie für mich mehr und mehr zu einem Ort, an dem ich das Atmen verlerne.

Bevor unsere letzte Aufsicht am Wehr begann, saßen wir bei Zigarette und *Cheevl* auf dem Kamm einer Düne. Bergh war noch nicht zu uns gestoßen. Die Sonne ging unter, und als wollte sie uns eine kleine Freude zum Ausklang bereiten, ließ sie die Gischt des Neuen Meeres aufglühen wie Schwaden geschmolzenen Metalls. Aber es war kein Gruß aus der Ferne, sondern eine Warnung vor meiner lächerlichen menschengemachten Hoffnung. Während das Abendlicht schwand, erzähltest du mal wieder von den *Deklinationen der Trauer*, philosophischen Fragmenten, an denen du seit Monaten schriebst. Es sei ein spekulatives Regelwerk für die Befindlichkeiten während der katastrophischen Zeit, du konntest auch an diesem letzten Abend deine Großspurigkeit nicht im Zaum halten.

Der Kadett, der schreibt – lange Zeit fand ich das sentimental, und oft genug habe ich dich damit aufgezogen. Ich fand es nicht nur kitschig, sondern auch gefährlich. Von der Akademie durfte niemand jemals davon erfahren. Sie hätten dich sofort rausgeschmissen. In Kauerhaltung auf der Düne, vom *Cheevl* erlahmt und irgendwie selig, ahnte ich dann, weshalb du schreiben musstest. Die Ahnung wurde nie zu einem festgefügten Gedanken, deswegen kann ich sie auch jetzt nicht zu Papier bringen. Ich hörte dir weiter zu, wie du über die *Deklinationen* sprachst, und brach für jedes Wort, das mich traf, einen Halm des Strandhafers ab: die Fehler, die wir machen müssen; wie wir daran scheitern, uns eine neuartige Grammatik zu geben; wie variantenreich der Verlust ist. Am Ende hielt ich unsere Angst und ein Büschel Hafer in Händen.

Du hast sie nicht kennengelernt, aber viele der Städter würden deine *Deklinationen* verschlingen. Auch sie sind Verletzte, geprägt durch die Dezimierung, auf der Suche nach einer Antwort, aus vier oder mehr Worten. Sei unbesorgt: Ich trage die *Deklinationen* weiter bei mir, auch wenn ich das Manuskript nie bekommen habe. Ich werde sie unter diese Leute bringen, also unter die, denen ich traue und die es zu schätzen wissen. Dies hier wird den Anfang machen.

Bin dran, bald mehr: Ich möchte, dass du nicht ins Dunkle, sondern ins Offene gegangen bist.

…

<19:32> weißt du, wieso ich dir von den deklinationen der trauer erzählte? damals im zoo, gleich bei unserem ersten treffen? ich habe dich überrumpelt. weil sie mich an einen menschen erinnern, den ich liebte. und ich machte den fehler, ihn in dir wiederzuentdecken. ich denke nicht daran, mir diesen menschen nehmen zu lassen.

<19:36> er hieß bauch, und es hat ihn gegeben. er ist an dieser welt zugrunde gegangen, an ihren manövern, schikanen und tristessen. ich wollte es ihm nachtun und bin daran gescheitert, reiner zufall. war es zu viel verlangt, ihm als wiedergänger erneut begegnen zu wollen? ich wählte dich. auch hieran möchte ich nicht zweifeln: dass seine deklinationen, von denen ich dir so ungeschützt erzählte, einen sinn haben, dass sie gebraucht werden, bei jedem meiner zungenschläge und augenblicke. am ende wird es darum gehen, etwas richtig zu machen.

<19:46> ich habe die stadt verlassen. ihre bilder werden mich weiterhin begleiten. als ich herkam, wünschte ich mir, weniger zu sehen. mein wunsch ist auf ungeahnte weise in erfüllung gegangen: ich sehe weniger von den ablenkungen, von den platzhaltern und beschwichtigungen, die eine ungeheure leere kaschieren. und gleichzeitig sehe ich mehr, mehr vom möglichen, von dem, was wir erreichen können und erreichen werden. es bleibt uns nichts anderes übrig

…

Ich höre die Vögel, die Grillen.

Ich werde, dachte ich, als ich in den Rückspiegel schaute und die Stadt erblickte, vielleicht schon morgen den Versuch unternehmen, diese zu beschreiben. Die Straßen waren leer, und ich fuhr so schnell, dass es ein Ding der Unmöglichkeit war, das Tier zu bestimmen, das ich in mittlerer Distanz erblickte. Es war mit großer Wucht an den Autobahnrand geschleudert worden.

Die Sonne stand hoch am Himmel und ließ die Fahrbahn silbermatt schimmern, und in einem schlagartigen allgemeinen Hellerwerden, einem Puls aus Licht und Überblendung, sah ich den Klumpen aus nächster Nähe aufglänzen, die Gliedmaßen hochgestreckt, das Fleisch häufchenweise verteilt und von Fliegen umschwirrt, und ich hatte nicht die leiseste Ahnung, ob es sich dabei um etwas oder nicht doch um etwas ganz anderes handelte.

• •
•

Ich weiß nicht, was ich von jetzt an schreiben werde. Aber eines weiß ich: Diese Dokumente sind keinesfalls die Antwort auf das Warum, vielmehr wird man das Gegenteil erfahren.

Han Kang

INHALT

Publiziert mit der finanziellen Unterstützung des luxemburgischen Kulturministeriums

LE GOUVERNEMENT
DU GRAND-DUCHÉ DE LUXEMBOURG
Ministère de la Culture

With the support of Kultur | lx – Arts Council Luxembourg

Kultur | lx Arts Council Luxembourg

ISBN 978-3-0358-0618-2

Druck und Bindung: Steinmeier, Deiningen
Layout: 2edit, Zürich

www.diaphanes.net